深圳新锐小说文库

主编　杨争光
总策划　邓一光　尹昌龙

新生活

徐东／著

海天出版社（中国·深圳）

图书在版编目（CIP）数据

新生活 / 徐东著. — 深圳：海天出版社，2016.1
（深圳新锐小说文库）
ISBN 978-7-5507-1514-1

Ⅰ．①新… Ⅱ．①徐… Ⅲ．①短篇小说－小说集－中
国－当代②中篇小说－小说集－中国－当代 Ⅳ．
①I247.7

中国版本图书馆CIP数据核字(2015)第280354号

新生活
Xinshenghuo

出 品 人：聂雄前
书稿统筹：于爱成
责任编辑：涂　俏　蒋鸿雁
责任校对：张　玫
责任技编：蔡梅琴　梁立新
装帧设计：李松璋书籍设计工作室

出版发行：海天出版社
地　　址：深圳市彩田南路海天综合大厦（518033）
网　　址：www.htph.com.cn
订购电话：0755-83460293（批发）　83460397（邮购）
排版制作：深圳市思成致远创意文化有限公司　0755-82537697
印　　刷：深圳市顺帆达印刷有限公司
开　　本：787mm×1092mm　1/16
印　　张：18.5
版　　次：2016 年 1 月第 1 版
印　　次：2016 年 1 月第 1 次
定　　价：29.80 元

序　言

主编这套文库，是一种享受。

阅读十二位青年作家的作品，更是一种享受。

还有鼓舞。

边鼓边舞——兴奋！

十二位文学新锐，是从几十位符合条件的作家中推选出的，也许并不能代表深圳文学的高度，却能真切地感受到深圳文学滋养、生成的元气、生气、意气。有这三气在，新的高度是可以预见的——不仅是将来深圳文学的高度，也许还是将来中国文学的高度。

三十多年，能聚集如此整齐的文学集群——我实在不愿使用"新军"这个词，文学实在不是因为利益或信仰而生发的战争，文学群体也实在不是军事组织——也只有深圳能够。

我从来都认为，"文化沙漠"是对深圳的误判。面对这种误判，深圳以它包容开放的胸怀和着眼未来的视界，踏实、稳健地建设着自己的文化。来自五湖四海的深圳人，携带着他们各自的文化之根，就地栽培。移民，遗民，夷民，互不嫌弃，互不抵牾，欣然接纳，不拒杂交——深圳就是这么任性！养性之后的任性。现在完全可以说，深圳不仅是个经济奇迹，也创造了文化培育、积累和健康生长的奇迹。

文学是文化的组成部分，并处于文化最敏感、最精致的部位。深圳文学曾有过短暂的浮躁。浮躁是一种内在焦虑导致的精神和行为变形。很快，这种浮躁就成为浮云而升天，留下的是平稳的文学耕耘。而且，这种文学耕耘的主流是非职业的民间写作。本文库中的十二位小说新锐，都不是所谓的专业作家。仅凭这一点，不仅这十二位，整个深圳文学的生态，也可以是未来中国文学生态在当下的一个试水，或者说是一个示范也成。这就是深圳的见识。也是深圳的性格：有健康理性为根基的见识，就付诸行动，创造成果。

深圳有"打工文学""青春文学""网络文学"，但以为这就是深圳文学的标志，也是一种误判——对深圳文学的误判，正如"文化沙漠"说对深圳的误判一样。每一位作家都是打工者；许多作家都可能以"打工者"作为他们的文学形象。每一位作家都有或有过青春期；过了青春期的作家也可能叙写"青春"。在互联网时代，每一位作家都不可能或很难拒绝网络，"网络文学"作为一种瞬间现象，已经成为过去时。深圳文学将不在所谓的"打工文学""青春文学""网络文学"等等标签的框定里打转。

文学就是文学，不是别的。文学和"打工""青春""网络"遭遇，将是日常性的。深圳文学要的不是有形无义的标签，而是真正属于文学的品相。这品相既是深圳的，也是中国的、人类的。福克纳以一块"邮票大的地方"为文学地盘，写出了人类的精神境遇，以及充盈于胸的悲悯情怀。鲁迅以"未庄"为文学地盘，塑造出了可与堂吉诃德相媲美的人类精神形象。本丛书中的十二位作家，性格不同，文笔各异，却都有着不甘平庸的文学野心。他们守着深圳，一个现代与后现代并存、移民与遗民甚至夷民杂居、物质与精神厮杀、灵魂与肉体纠缠、解构与建构时刻都在发生的地盘上，文学野心能否成为文学现实，我不敢妄言，但深圳应该有着它足够的耐心，等待和期盼。

说得似乎高亢了点。那就降低调门，轻声说几句：由于先天性营养不足——比如，长期缺乏不断发展的自然科学和人文科学的后援与支持；比如，白话文写作至今也不足百年的实践，等等——从整体来说，中国的叙事文学，包括小说艺术的家底，并不丰厚。五千年中华文明固然伟大，但仅以此作为现代小说艺术的滋养，我以为是不够的，因为小说艺术要抵达的是整个人类。

鲁迅是清醒的："过去的生命已经死亡。我对于这死亡有大欢喜，因为我借此知道它曾经存活。死亡的生命已经腐朽。我对于这腐朽有大欢喜，因为我借此知道它还非空虚……"以汲取营养论，鲁迅是母奶和狼奶通吃的。正因为清醒，还在中国现代文学起步的时候，他的心血书写，创造了中国文学的高标。

精神荒芜，思想枯竭，是人的穷境，文学的死境。

在生命的关口，守住了人的底线，也就站在了人的高点。在文学的关口，守住了写作的底线，也就守住了文学的高地。

我愿以此与年轻的同道们共勉。

末了，还有几句说明：

本"文库"又称为"12+1"，即十二位文学新锐的作品，并一本文学批评专著。相信批评专著能对十二位青年作家作品——或许还有深圳文学，有精到的解析。

本"文库"由邓一光先生提议，他和尹昌龙先生任总策划，由我担任主编。具体的联络、协调及编务工作，是由工作室的几个年轻朋友做的。

本"文库"的作家年龄均在四十五岁以下（含四十五岁）。吴君、盛可以诸位应在此列，因事先议定的原则，未进入本文库，是一个遗憾。

本"文库"由深圳市宣传文化基金全额资助，海天出版社独家出版发行。

为深圳文学祝福。

杨争光
2015年6月26日

目　录

大风歌

　　天地间尚没起风时，高兴金想到了风。想到了风，她那颗苍老的心竟激动起来。她用鼻子吸气，把缺少牙齿的嘴巴噘成一个小喇叭，然后用力吹气。嘴巴发出呼呼的声音。发出异常的声音，她感到快乐，心一下子变成了小姑娘似的，从生命里泛着嫩气和懵懂的意味，让她忽略了一切不美好的事儿，觉着一切都甜美。

　　心的欢悦感到些疲惫时，高兴金又安静下来，安静下来，她发觉自己有些不正常了。不正常也是正常，对于一个八十一岁的老人来说，这世界上还有什么是正常的呢？

　　高兴金的妹妹高兴银，不久前上吊死了。

　　高兴银在七十七岁的一个夏日黑夜里醒来，意识到还活着时，内心寂寞极了。她梦到了老伴儿，老伴儿早就死去了。她梦到他让她跟他走。他对她说，兴银哪，你看天这么热的，热得你喘不过气来，你跟我走吧，阴间里凉快。她说，好啊，我跟你走。但她还活着，走不成。她一急呢，就醒来了，后来她摸到腰带，把腰带系到平日里挂柳条篮子的，揳进墙里的耙钉上，呈一个圆圈，然后把脖子放了进去。她对自己狠了一次，终于摆脱喘不过气来的痛苦了。只是可惜了那被她摘掉的柳条篮里盛着的吃食，它们散落在床铺上，再也找不到她的嘴巴。

高兴金之所以想到风，并且利用嘴巴制造风声，也许是模糊地想到了妹妹高兴银，想到她死于腰带构成的那个圆圈。

她的三儿子叫她到家里去吃饭，看到她不正常。三儿子问，娘，你干啥哩？你噘着个嘴吹啥哩？

她不说话，她只是看了儿子一眼，继续噘着个嘴吹。

他的三儿子喊来大哥。大哥忧愁地问，娘，你这是怎么啦？谁惹你生气了吗？

她仍然不说话，仍然继续用嘴巴制造风声。

下午时，大儿子对三儿子说，老三，给老二挂个电话吧，咱娘可能魔道了。

二儿子在县公安局里上班，接到电话就骑着摩托车来了。可二儿子来时高兴金已经不再制造风声了。她累了，躺在床上，非常安静。

高兴金的三个儿子在屋子里看着他们的娘，两个儿媳妇，还有几个孙子孙女在院子里，初秋的太阳照着泥土色的院子，一派柔和的橘黄色。那院子，以及院子里的房子，是高兴金和老伴儿修建的，已经有三四十年了。他们的三个儿子先后长大，成家立业，从那个院子里走出去，拥有了他们各自的院子和房子。

老伴儿去世以后，三个儿子曾商量把他们的娘接到自己家里去，但是高兴金说，我住惯了老屋子，谁家也不去。于是她就住在自己的老屋里。

老屋子的窗像洗脸盆那么大，用草纸糊着，即使在很亮的白天，房子里仍然显得很暗。如果关上门，就更暗了。小房子里挂着七八个小篮子，有竹子的，有柳条儿的，有玉米皮编的，有纸糊成的，那七八个篮子里各自盛着七零八碎的东西，有些也放糖果、炒豆、花生什么的。高兴金的孙子和孙女们最喜欢那些神秘的篮子，他们总能从那些篮子里获得一些好吃好玩的东西。那些东西是专门为小孩子们准备的。看到孙子孙女们调皮玩耍，把些吃食儿放进嘴巴里咬嚼，高兴金的心便欢悦，脸上便浮现出慈爱的微笑。事实上，她是在有意无意地通过那些小篮子制造生活的神秘乐趣哩。她是一个好女人，一个极好极好的老人。她会做各种好吃的饭食，树上的槐花、榆钱、香椿芽儿，地里的灰灰菜、苦苦菜、马齿苋，河里的鱼和虾，到了她手中，落到锅灶里，都变成馋人的饭菜，常常让孩子们直流口水。虽然孙子孙女们都有自己的母亲，可他们都还是常常跑到奶奶家里来，吃她做的饭食。

高兴金做了一辈子的饭，在五八年，在一辈子最为困难的日子里，凭着对生活的爱意与神奇的想象，她把许多普普通通的东西变成了美味佳肴，把许多看起来根本不能吃的东西，就像树皮、草根、地里的昆虫等等，都变成了能吃的食物。她对做饭十分自信，那种自信似乎来自于她对生命与大地的热爱和感悟。她像一个魔术师，向天空中一伸手就可以获得鸽子，把鸽子放进怀里，再拿出来就可以变成一束鲜花；向大地上一伸手呢，她就可以获得野兔，把野兔儿在围裙里藏一藏，拿出来就可以变成一只肥胖的小羊。

高兴金的老伴去世以后，她的天空便灰淡了许多。他们的结合，在另一个世纪，虽然是父母之命，媒妁之言，可他们相依相伴，生儿育女，油盐酱醋的生活也像天和地一样永恒。那永恒，在他们生命里并不虚无，反而还有一些重量。就像噘着嘴巴吹气，不也正是因为感觉到生命里的那种重量么？

可是老伴儿却先她走了。他走了以后，虽说还有孩子们，可高兴金感觉到自己不完全了。她不再是她，她感到缺少了什么。另外，她的手脚也不再像以前那样灵便了。曾经，她的手是多么的灵巧啊，每到过年，或村子里有红白喜事时，她用那双手能剪出图案复杂的剪纸，慕煞了许多人。

她的小脚是裹过的，长也不过三寸，那小脚带动着她单薄的身子骨儿，咯叽咯叽地走过许多路。她没有出过远门，可一辈子走下来的路，也不知有多长。尤其是在年轻时，不管在家里，还是在地里，她的那双小脚敢跟男人的大脚比赛谁有用哩。

高兴金老了，真是老了。她的老伴儿去了，她的老妹妹也去了。她清楚他们已经去了另一个世界，清楚他们像祖祖辈辈的老人一样被埋进泥土里，可她又会觉得他们会像种子一样穿透泥土，像庄稼一样成长，在阳光和雨露里生长了翅膀，飞翔在她看不见的地方。她清楚自己也将会像他们一样。当她那样想时，就有点儿不舍得离开。她假想的消失，变成另一种活法，另一种活法却总让她心底没根儿。

过年过节，高兴金总是要给老天爷，给死去的人烧香烧宝。她暗暗祈祷来生来世，祝愿一家人幸福美满。她给孙子描绘过她想象中天堂里的庭院。那是一个有着三重朱漆大门的深宅大院，大院里花影重重，鸟鸣啁啾，四季如春。她呢，在自家的院子里，想走就在那花红柳绿里，在那莺歌燕舞中走动走动，想坐就安逸地闭着眼睛坐在太师椅上，听听戏，大声咳嗽咳嗽，自由自在。她相信会拥有那三重门的大院，因为她一辈子行善，一辈子吃苦，一辈子没做过啥亏心事，一辈子平平和和。她不会落到地狱里，去受刀山火海的罪。他的孙子当时也相信，但后来他长大到了城市里，渐渐就忘记了奶奶的理想，陷入了城市的生活包围，每日生活在激烈的生存竞争中，时不时地抱怨这，抱怨那。

高兴金的三个儿子走出了屋子，不约而同地看了看天上的太阳。太阳正亮。他们从天上看不出什么，更看不出他们的老娘为什么一反常态，变成了一个不正常的人。但他们的心里都有些感受到了生命的神奇与力量，不免心里有些毛毛草草的。不过，他们正值壮年，还有许多人生的任务没有完成，强大的生活逼迫着他们，让他们没有心思，也来不及细细思考生命的问题。

老二摸出一支烟来，递给了老大一支，然后又丢给了老三一支，自己也抽出一支点燃。三个人在院子里抽烟。

老大说，我看，咱娘怕不是不中用了。

老三说，送县医院，让医生瞧瞧吧。

老二说，看上去也不像是有病，再等等看。

老大的媳妇在一旁说，是不是中邪了？

老三的媳妇看了她一眼说，迷信，昨天还好好的，能吃能喝，咋会中邪？

高兴金在屋里头，听到儿子儿媳们的话，竟然又有些莫名其妙地快活，她清楚自己已经变了，变成了另一个人，变得有点儿像个小姑娘，又有点儿像个老妖精。她处在正邪之间，又需要发出声音。于是她发出声音：啊呜！像是猫叫。在院子里的孩子们吃了一惊，急忙回到屋里。回到屋里时，她又不作声了。她闭上眼，像是装死。

三儿媳妇用手背放到高兴金布满皱纹的额头上，感到有温度，然后又放到鼻翼上，感觉有气息。联想到婆婆刚才的一声怪叫，她有些想笑，便笑了。

老大的媳妇剜了她一眼，怕惊了神灵，让她不要笑。

她却说，哎哟，咱这个娘啊，老了老了又像个小孩子似的跟咱们装样……二哥，你在城里，你的话娘最喜听，你问问她哪儿不如意了才作这怪。

老二没理会老三的媳妇。

老二在娘的床头上坐了下来，看着娘，有点发呆。他或许在瞬间想起了过去，过去像白驹过隙一样在他的脑海中一闪，他母亲的形象产生却又倏然地消失，就像一幅抽象的画。

老三也用手摸了摸母亲的额头，惊着了似的说，烫。

老三看了老二一眼，老二也用手摸摸，疑惑着说，是不是发烧，给烧魔怔了？

高兴金的心里跟明镜似的，知道自己没发烧。她的头脑里刚刚刮过一场大风，那大风飕飕的，夹杂着数十年的日月生活内容，夹杂着生命燃烧过后灰烬般的往事吹过，摩擦生热，能不烫么！

老三的女儿胖胖叫来了村医娃娃。娃娃背着棕色医药箱来了，他摸了摸高兴金的额头，然后把温度计放在她胳肢窝里。拿出听诊器，听了听她的心跳。听了一会儿，娃娃说，正常啊。后来抽出温度计，一看，也正常。娃娃说，一切正常，不像是有病啊。

既然医生说没有病，大家都松了一口气。

高兴金制造风声的第二天便又正常了。说是正常，与往日又有些不一样。往日里高兴金没事儿时，总爱与孩子们在一起说话。有时也会跑到儿媳妇家里，帮着做点家务。再不就与村子里的老头老妈妈在一起聊聊天。那次事件以后，她安静了许多，有时呆在灰暗的屋子里，会呆很久。有时她跑到太阳地里去，也会呆上很久。倘使有人跟她说话，她的脸上表情不再像以前那样丰富多彩。敏感的人在瞬间会感受到她的脸皮底下藏着冰一般的东西。

树叶在深秋时分纷纷落下，树一棵棵变得清爽了，枝条刺向苍穹。大地上到处是落叶。地里的庄稼被放倒了，地被机器被牛马拉着的犁翻开了，湿润的泥土散发出清淡的香味儿。那种香味儿被耙平，被整理，像微波荡漾的水面一样笼罩着地面，期待着种子。把种子播进地里，麦苗儿不久就钻出来了。冬天呢，快到了。北风呢，也快吹起来了。生命力正盛的人们，大人和小孩子们，都不太把冬天放在心上，继续着他们的活动。小孩子们去上学，或者玩耍。大人们去做生意，或者闲着。老人们却显得脆弱和无助，担心熬不过冬天。在冬天里有多少小虫小花草要死去呢，这难道不暗示着天地生命的定律和无常么？

大儿和三儿把老二从县城里叫来，商量他们的娘怎么过冬。

老大说，不能让娘再一个人住了，晚上有个什么事叫人，没有人应。

老三说，是，咱们得想个办法。

老二说，你们说怎么办，咱就怎么办吧。

商量的结果是，老二在县城里，两口子都有工作，照顾老人不方便，老人可能也不习惯离开家，这样就由老大和老三轮流照顾老人。

第一个月是在老大家过的。

第二个月就是冬天了。

每年冬天结冰前都要刮一场大风，那场大风吹着呼哨，呼哨里夹杂着灰色的带着白刃的镰刀，随时随地就要砍断一些东西的样子。在冬天到来之前，高兴金无数次想到风，想到大风中飞扬的一些事物。她想得很累，那种累似乎在积蓄一种力量。她在床上躺了有半个多月，不见少吃少喝，却不见她起床解手。在一个刮风的下午，她突然想起床了。

三儿媳妇说，娘，别起啦，起来干啥哩，你看天那么冷，还刮着风哩，你听，飕飕的。

高兴金说，我觉着我的腿不中用了，得下床走走，活动活动。

三儿媳妇说，让你不要下床，你偏要下，感冒了怎么办？

高兴金不说话，她从床上坐起身来，摸衣裳。三儿媳妇见她决意要起，便帮她穿上衣服。高兴金的衣服是黑色宽大的粗布棉衣，裹上细细的小腿，看上去像个纸扎的人。起了床，她要走出屋子。

三儿媳妇说，在屋里走走吧，你看，你说你的腿不中用了，这不好好的吗？可不能到外面去，到外面被风吹走了。你看你，瘦得一口气就能被大风吹走哩。

高兴金没有听儿媳妇的话，她拄着拐棍，把头探到了屋外。她头上戴着一顶黑色的帽子，帽子未能盖严白色的头发。她的脸感觉到风，冷风激发了她心里的想象，她的生命里像充满了气似的，让她产生一种想飞的冲动。她尖尖的小脚迈出门槛，三儿媳妇那么胖，那么有力的一个人，竟然拉不动她。她说，风、风、大风啊，大风……

她说起话来，有点儿像唱戏。她很投入地说，很兴奋地说，完全忘记了三儿媳妇的存在。

三儿媳妇说，你想干啥去？娘啊，我看你是老糊涂了！

高兴金一边挣扎着向前走，一边说，风啊，风，大风，哟嗬嘿……

娘，我的老祖奶奶，你想干啥去？你看看我都拉不住你哩！

高兴金的脸上浮现出坚强的笑容，皱纹一个个都变得饱满了。她似乎在笑三儿媳妇傻哩，她心下想，你拉不住我，你怎么能拉得住我哩，我到了岁数了啊！她的手，她的胳膊，她的腰，她的腿，她的尖尖的小脚，她的全身都充满了力量。她在三儿媳妇的搀扶下，顶着风继续向前走。出了院门，走在村街上，村里人看到她，都觉得惊异。高兴金就那么坚持向前走着，就好像前面有什么在等着她一样。三儿媳妇本是一个有些愚笨的人，在那时也感受到婆婆生命中的那份力量。她又急又气，后来那种急和气变成了眼泪哗地从眼里滚落下来。后来她们走到了田地里，村庄里有人从风里得到消息，纷纷赶过来，希望能出一把力，把她带回家里。倒是三儿媳妇对众人说，她劲大，由着她吧！

风很大，风似乎越来越大，高兴金终于被大风卷走了，只留下身体。孙子从城市里赶回来时，看着躺在灵床上的奶奶，想用眼泪来证明对奶奶的爱，但流不出眼泪。他俯下身想要抱抱奶奶，想法十分自然，却被阻止了。得知奶奶死在大风里，他说，前两天我梦到了大风，风大啊，好大啊。说出梦，他的泪就流出来了。

看火车

我八十六岁啦，他经常给问他岁数的人说，我八十六岁啦。可他要是想想是不是真的八十六岁了，记没记错，他还得想一阵子。院子外面是街路，如果有走过的人，他需要费点儿眼神，费点儿眼神也不一定能看清楚从街路上走过的到底是谁。

他生活了一辈子的那个村庄不大，不过五六十户人家。村子里的人，除了那些孙子辈他认不全外，基本上所有的人他都认得。他认得的人，也都很尊敬他，在经过他的时候如果不是太忙，会给他打个招呼。老爷爷晒暖儿哪？大爷爷挪到树影底下吧，凉快！他的耳朵听不太清楚了，可还是张开嘴啊啊地应着，露出几颗活活络络的牙齿。牙老早就缺了，剩下的几颗也不大中用了，吃东西硬的是不行了。

要是街路上有很长一段时间没有人走过，他会想起往事。他经常想年轻的时候，六十岁的档儿他还算年轻呢。那时候他的力气仍然很大，当时在生产队里，年轻的小伙子们听说他力气大，便选出来一个跟他比试搬石磙，二三百斤的石磙，他还能抱起来呢。抱了起来，却说自己老了，要是放在二三十年前，他的劲儿更大。那时他一夜可以砍七亩高粱，一天可以锄八亩地，一顿饭可以喝一桶面条，一桶面条有十几碗呢！

他还会想起老伴儿。他在椅子上打盹，太阳那么亮地照着，他竟然也能做梦。他梦到老伴儿向他招手，跟他说话，让他跟着她走。在梦里他还清楚自己活着，老伴儿去了另一个世界。他用梦话来打破老伴儿不现实的梦想。他说，我也想跟你去啊，可是我还活着，我还能活几年哩，我还要看着我的孙子娶媳妇，你别招手了，你招手我也不跟你去。他让自己醒来，他不想就这样做着梦死去，可是他醒来了，那颗苍老的心又生出难受的情绪，有点儿后悔醒了。他想，为啥不跟她去了呢，跟她去多好啊！

叹息时他发出长长的"唉"声。抬头看看太阳，太阳在眼里是一个火球。他咂咂被阳光晒干的嘴唇。对于他而言，几乎停滞的时空让他有点儿郁闷。他想唱戏，于是他就唱了：自从盘古开天地，三皇五帝到如今。他的声音不大，嗓音沙哑，却也有些抑扬顿挫的味儿。他也不太听得清楚自己的唱，当意识到时，便又放大了嗓门儿：又战了七天并七夜啊，罗成清茶无点唇，无点唇哎呀噢，噢唉……

吃晚饭时，儿媳妇想扶他，他不让。他的手里有一根棍子，那根棍子是老伴去世以后才开始拄的。三年了，棍子的把手磨得光溜溜的。老伴儿去世那天他没有掉眼泪，他的眼泪好像蛰伏在生命的深处，一下子泛不上来，直到老伴被埋了数日后泪才落下来。他吃不下饭，也没有心思吃，想什么呢？他不清楚想了些什么。

晚饭是面条儿，他喜欢吃面条。面条浇着葱花鸡蛋，脆生生的，筋道道的，用牙花子就可以嚼得动。他不需要嚼得太碎，年轻时养成的习惯，面条儿一入口，舌头搅拌一下，分泌出一些香甜的唾液就咽下去了。他吃饭总是很香，这让孙子想到爷爷常讲的一九五八年吃糠咽菜的困难日子，不过，那日子对于孙子来说太遥远了。

咽着面条儿，一会儿就把面吃完了，有眼色的孙子对他说，爷爷，我给你加点。孙子知道爷爷虽然吃得快，但也就只能吃一碗。每一次要给爷爷加时，爷爷就会把碗揽在怀里，怕他加。孙子是想让爷爷多吃的，他小时候爷爷很疼爱他。他说，爷爷，我不给你加面了，给你加点汤，多喝点汤好。爷爷同意了。吃过饭，孙子把爷爷扶到房子里去安歇。爷爷不需要他扶，以前也说过多少次了，但他还是要扶着爷爷，他喜欢用手牵着爷爷的那双粗大的手。星期天他从县中学里回来时便会牵着爷爷的手，把他领到太阳地里，蹲在他面前，和他说话。有时不说话，他也蹲在爷爷的面前，看着爷爷笑。那时候，他的爷爷也是微笑着的，因为他的孝顺孙子就在他眼前啊。

三个儿子，一个女儿。他轮流在两个儿子的家里生活，一个儿子一个月。他的大儿和三儿在农村，二儿子在县公安局里上班。二儿子没法儿照顾他，但是也会按月给他送些钱，还有些用的，以及营养品。他的大儿子有两个儿子，两个儿子都结婚了，又都有了儿子，他们的儿子管他叫老爷爷。他喜欢那些活蹦乱跳的孩子，给他们拿饼干和糖果吃，看着他们在街路上玩耍调皮。有时他看着看着就会想起自己小时候，他小时候是哪朝哪代了呢？他的印象中没有了自己小时候的模样。只是那么想一下，只是那么想一下，便又会发出轻轻的一声叹息。

他关注眼前的时间，没有人陪的时候他会从地上摸起一根草，一块石子儿，用他粗大的手指细细摸着，用他不太管用的眼瞧瞧它们的模样。有时候实在是坐不住了，他就会离开椅子挂上棍子去走路。他想走到集上去，但是儿子们在三年前就不给他这个权力了，怕他在赶集的路上摔倒了，或者是迷了路。他在心里感到十分可笑，都走了一辈子路了，他怎么会摔倒呢？他更不会迷路，那个集市他都赶了一辈子了，他闭着眼睛也能摸去摸回。尽管他在心里不服老，但是儿子们认为他老了，他就得装成老了的样儿，让他们安心。

从家前走到家后，他有时也会到田地麦场上去看看，那儿曾经是他的战场，他俘获了多少小麦、玉米和大豆啊！他把那些庄稼纳到心中来想象，想象那些庄稼，以及乡村生活的一年四季，想象几十年来连续不断的劳动。难道说只是岁月让人变老么？是岁月中那些他用生命和汗水浸泡过的庄稼，和实实在在的生活让他变老了。人人都会在经历了一些事物以后变老，从泥土里来回到泥土中去。他也到坟地里去看，地里有许多坟，那是村子里老去的人们。有的还没有他年纪大就没了，他却还活着，这让他有些骄傲，有些快活。他心想，真能，活过了他们，真是能。

村子里还有一个比他岁数大的老人，有时他们会在一起晒太阳，有时他干脆去找他。他想跟他说话，说他们那个年纪所说的话。那个老人比他大二岁，八十八岁了，他准备好了随时就要离开这个世界。他这样跟他说，他就劝他，让他好好地活着，说只要他活着就是年轻人的福啊。他们在一起说话时还会想到和他们差不多大的老人还都有谁活着，自己本村的，附近村庄的，盘点一番，分析他们的身体状况，家里的年轻一辈孝不孝顺。如果听到谁谁去世的消息，他们就会沉默一会儿，似乎那沉默的片刻，是为了在自己生命中记住某某去世了的现实。

人老了，越来越相信灵魂的存在，当他在坟地里伫立时，他希望那些消失的人能从泥土里钻出来，与他握握手，说上两句。他想知道他们在地下，在泥土中生活得啥样，他对那泥土中的生活有些怕意，对于死后的生活，他心里一点底也没有。

过了年他就八十七岁了。

新生活

　　天冷了，北风有时会从下午刮起来，一直刮到晚上。北风把树上的叶子早就吹下来了，也把地里的草吹黄了。他的重孙子们拿了火柴去点那些枯了的草，草噼噼啪啪地燃烧，烧出一片灰黑的地面。河里结了薄薄的冰，整个村庄显得非常安静，孩子们去河里面捞冰块玩，他们发出的欢笑声也很静。整个田野都种上了冬小麦，小麦青幽幽的，长势十分喜人。过了春节，上了化肥，它们就会疯长、长高、结穗儿、饱满、变成金黄，等着庄户人收获。年轻时候他能十多天不睡觉呢，为了抢收抢种。后来他终于睡了，睡在了新翻起来的坷垃地里面，他也不觉着硌。

　　头上戴着火车头的帽子，那顶帽子是二儿子从部队转业回县里时给他的。是顶带棕黑色毛边儿的帽子，给他时是半新的。现在那顶帽子他戴了少说也得有十年了，十年的风雪吹白了那顶帽子。二儿子前年给他买了顶新帽子，是皮的，他戴不惯。他偏爱那顶旧帽子，虽说帽里子染上了他的发油，有厚厚的一层，可也正是散发出的那种味道，使他安心，让他舒服。他只喜欢穿粗布的宽大棉袄棉裤，有半新的二儿子穿不过来的毛衣毛裤，他觉着不暖和，穿在身上，贴着身子也不舒服。主要是习惯了自己中意的衣服，换个样儿，他觉着不美气。那宽大的棉袄没有扣子，他不需要扣子，他只要把袄裹起来就挡住了瘦瘦的松皮露骨的胸脯，然后再用一根一米多长的布腰带缠上两匝，用力一杀，打个活扣就行了。如果天气冷，他会用两根小细绳系上裤腿，有时他弯腰不方便，就由儿子或者是孙子代劳。儿子给他扎腰带的时候他总是说，用力。用力扎紧了腰，他才有力气走路。

　　在冬天他从来不恋窝子，怕恋窝子恋得手脚不灵便了，起不来了。他是一个清醒的老头儿，一辈子不抽烟，喜欢喝点酒，从不多喝。有时他比儿子起得还要早。早几年，他早早起来还会去拾夜里被风吹落的树枝当柴火，背了背箕去拾牛马的粪当肥料。现在他不拾了，儿子儿媳不让他拾，不让他干任何活计，只让他闲着。要是他不想闲着，他们就跟他生气，说他那么大岁数了，再干活，村子里的人会笑话他们。只有孙子理解，说爷爷闲着没事儿，干点力所能及的活有利于健康。孙子的话不管用，对于儿子儿媳来说，他们在村子里的面子很重要。

出了门，他去看门外的树林子。那些树是他早年种下的，现在已经成材了，对于三个儿子来说，那是一笔财富。最近几年，他也种了几棵树，在三儿子家里的水井旁边，在门前的河沿上。种树很简单，村庄的阴凉地里总会有一些槐树榆树的苗儿，它们是被风吹落在泥土地的槐树和榆树的种子，种子抓着泥土的缝隙进入到泥土中，喝了秋天的雨，冬天的雪，开春就从泥土里生长出来了。生长个一年两年，就变得有些粗壮了。它们不属于谁，谁移栽了，它们就属于谁。他把它们移栽了，就属于他，属于他的儿子了。

他看看天，伸伸手，试试手的灵便，然后用手摸摸腿，感觉一下腿的力气。他开始走路了。他试着不用挂棍子，事实上不用棍子也能走，只是觉着脚跟有点儿死板，像木头似的，不够活泛了。他熟悉他的情况，理解脚和他一样，老了一些，但它还是可以信得过的。路上他遇到几个早起的人，早起的人骑着自行车或开着三轮车去集市上卖货。他们卖的是贩来的或是自己池塘里的莲藕，蘑菇窖里的蘑菇，大棚里的蔬菜。他看不清楚他们谁是谁，但是他们看得清楚他，那些年轻人都从心底佩服他，大声跟他说话，大爷起那么早啊！爷爷你锻炼啊，还真看不出你老人家还行哪！他点头，笑着，应着，嗯哪！如果遇到走路的愿意与他多聊几句，他就与他们多聊几句。人家说，大爷爷，今儿个是肖皮口集哩，去赶集吗？他问，你看我还能赶集吗？别人说，能，你老人家身子骨看上去硬朗着哩，咋不能哩？他很高兴，说，唉，我觉着我也能哩，俺家小三他不让我去啊！别人说，你是他爹啊，三叔还能挡了你的大驾？又说了两句，那人走了。

他很高兴，又走了一会儿，回家来了。他感觉精神头很好，想要去赶集了。他喜欢赶集。集上有那么多人，那么多东西。他有钱，可以买些东西给重孙子啊。他也想吃集市上的包子了，那猪肉粉条的，香喷喷，热乎乎的，很是好吃呢。他有钱，他的二儿子，他的孙子们，他的外甥外甥女给了他不少钱。那些钱都存在箱子底下了，还有一部分存在他的火车头的帽子里。虽然他不怎么花钱，可还是乐意把一些零钱带在身上。他有很久没有亲自花钱了，他想花钱。

集离村庄也不过七里地，七里地年轻时几十分钟就走到了。他听说离集市不远的地方，近一年来还通了火车。想到火车，有些激动，他还从来没有见过火车。听下东北的人说，火车很长，有几十个一溜排开的房子那么长，在两条钢线上跑，呜呜的，叫声比牛响亮多了。他想过，应该在死之前看看火车。他跟孙子说过那个想法，孙子答应过用地排车拉着他去看看。孙子答应过后就骑着自行车去县城里上学了，下一次回家来没再和他提起看火车的事儿。

吃过早饭，他觉着行。早上试了手脚，不用棍子就可以走路，有了棍子一定可以走到集上去。他吃下了整整一个又松又软的馍，喝了一碗面汤，咽下一个咸鸭蛋。那馍和鸭蛋，加上他的想法变成力量，他对儿子说，小三，我听说咱这儿通了火车，今天我去转转。儿子说，爹，别跑远了啊！他说，嗯哪。

从饭桌上离开，他的心里真是激动和欢喜，像个孩子似的，他觉着自己变得聪明又灵活。他对儿子说了要出去转转，而且提到火车。儿子没有理解他话语中潜在的意思，他不让他完全理解，却又给了他一个信息。他为自己的聪明感到高兴。

回到房里，从箱子底下拿出钱来，抽出了几张大点的票子，然后把帽子摘下来，与那些零碎钱放在一起。他走出了院门，来到了路上。他让自己不要走得太快，尽管可以走得快一点。他想，应该保守一些走路，如果把力气一下子用完了，虽然走到了集市上，回不来了怎么办呢？他这两年可没试过一次走那么远的路呢，他得小心些，讲究点走路的策略。

走出村子，路面不太平整，前两天下过一场冬雨，路面曾经泥泞过，后来被太阳晒干了。他走在路上，把脚踏在平整的地面上，迈步时，腿抬得有点高远的意思，生怕被路上的坎坷绊住了。他的头和肩膀探向前方，由于背是驼的，腿又抬得老高，人还是显得有些向后仰。隔远些看，那走路的姿势，颇有些特别。太阳已经升得老高了，有超过他的年轻人问他，大爷爷，你干啥去啊？他不敢说去赶集，怕那人劝他回去，或者掉头回家去跟他的儿子报告。他缓下脚步，装作若无其事的样子说，我遛遛腿，我看我这腿还中。

走得有些热了，他便把裤腿上的绳子解开了。行走产生的一些小凉风钻进裤腿里，让他觉得既轻松，又惬意。他有点儿怕后面再有村子里的人走过来，这时再有人走过来，他说遛遛腿儿就有点儿让人信不过了。他加快了步伐，加快了步伐，他手中拄的棍子就有点儿派不上用场了。

终于走到了集市上。集市是个十字形街，大体可以分为南面和北面，南面是卖菜卖肉的，北面是卖杂货的地方。快过年了，有许多卖鞭炮，卖春联和年画的。他听到鞭炮声，感觉不如以前的响。看到春联和年画，感觉不如往年的新鲜好看。他知道是自己的耳朵和眼神不太管用了，但他还是相信感觉。集上的人很多，一个挨一个，他在人群中有点儿担心别人会挤倒他，便把棍子用力捣在地面上，让它发出些声响，同时嘴里还发出"嘿嘿"声音。他以为棍子和他发出的声音会引起别人的注意，事实上熙熙攘攘的人群哪能听得到他和他的棍子发出的声音呢？不过集市上的人的眼神要比他好多了，看到他弯腰驼背是个老人，他们便尽量地给他留足走路的空间。

他想买几挂炮仗，给老大家几挂，给老三家几挂。老二家就不用了，老二在城市里过年，自己会买。事实上老大和老三也会买，但他还是想要多买几挂。日子过好了，过年时辞旧迎新，多放几挂就多一些喜气。他让卖鞭炮的给拿最响的，人家给他拿了，他说，要是不响我可回来找你啊！卖鞭炮的笑着说，中，大爷，要是不响你再来找我！接着他又来到了卖杂货的摊点。花花绿绿的杂货，他看不清楚，也不知道该买些什么。他想给重孙子买个玩具，但是他不清楚什么样的玩具重孙子们会喜欢。他们一个十二岁，一个八岁，都调皮贪玩。他把重孙子的情况跟摊主说了，摊主给他推荐了一把电动冲锋枪、一架飞机。都是塑料的。摊主给他演习冲锋枪，扳动扳机，冲锋枪发出哒哒的声音，但是他不太听得见。摊主是个聪明的妇女，她大声说，大爷，你重孙子一准喜欢哩，很响。他不相信，后来摊主把冲锋枪放到他耳朵边扳响了，他这才相信了。他说，飞机会飞么？摊主笑着说，大爷，会飞的你买得起吗？会飞的飞机在北京哩，咱这小地方哪里有啊。他说，啊？摊主见他没听见，便也不强调自己的说法，提高声音建议他说，大爷，你两个孙子最好买一样的东西，一人一个，省得挑拣闹矛盾，大过年的，便宜给你啊，二十一块。他这次听清了，觉着摊主的建议有道理，但是他还是觉着贵了。他说，十二块，十二块两个，我买了。摊主大声说，大爷，十二块我赔本哩，卖不成。他摸着枪，觉着给人家十二块要两个有点儿少了，便说，再给你加两块，不能再多了。摊主说，大爷，你真会讲价钱，这样吧，十八，一分也不能少了。他用十八块钱买了两个冲锋枪。摊主用一个方便袋，装好了给他。他把枪和鞭炮拎在一个手里，心里有些高兴。他有两年多没买过东西了，高兴，觉着活着有意思。

找到了卖吃食的地方，他想起以前赶集时，那时孙子还在上小学。他总是给孙子捎几个烧饼。想一想自己吃不动烧饼，孙子们也都大了，他有些失落。烧饼带着焦黄的火烤的麦香味儿，堪是贴心。他想到重孙子，还是掏了钱，买了六个。他觉着手中的东西有些沉重了，走了那么多路，也有些饿。他想吃包子，便在包子铺里买了一块钱的包子。买了四个，他吃了一个，很香很美，又吃了一个，第三个，他想了想，觉着吃不下了，便把包子用纸包好了，放在盛烧饼的地方。他向卖包子的打听路，师傅，火车离这儿远不远？师傅说，不远，一直走，拐两个弯就到。他自言自语地说，我还没有见过火车哩，要见见火车去。师傅说，老大爷，火车现在怕见不成了，得下午五点才过。他说，啥？师傅又重复了一次，他还是没有听得清楚，但没有再听下去就走了。

又问了两个人，他终于来到了铁道上。铁道高出地面许多，他向上爬的时候颇费了些力气。那时天已经是正午了，太阳很亮，射出很热的光。走了许多路，又拎着东西，他感到浑身发热，便把东西放在地上，松开了腰带，让空气钻进棉袄里。他看到了铁道，两条铁轨并排放在横着的水泥条子上，水泥条子下面是石头子儿。他摸了摸铁轨，用手捡起一块石头敲敲。他自言自语地说，这是火车的路。他想，火车是怎么走在上面的呢？这么细的两条铁轨，火车会不会摔下来呢？

他小心地坐在了空地里，累了，需要歇一会儿。把东西放在地上，摘下了帽子，检查还剩下多少钱。他看不太清楚钞票的图案，但能摸出钱是多少面值。他的儿媳妇怕小孩子偷拿走他的钱，曾经提议过由她来保管着，他没有同意。虽然他花钱的机会不多，但有些钱在身上还是有安全感，有些活着的证明和底气。有时他半夜里醒来时，会以为自己死了呢。他以为是在阴间里，因为夜里看不到一丝光亮。这时他便去摸床头的箱子，从箱子底下摸到那卷钱。钱系着皮筋，扯开皮筋，破开钱，一张张地摸在手中，从口中沾点唾沫，点上一遍两遍，渐渐他觉着自己没有死，活得好好的。于是他高兴，把钱重新卷起来，放到箱底，又摸着床沿躺下来，等着天明去走路。

如果家里要买点什么东西，他知道了，很乐意出钱。他的儿子和儿媳妇们不花他的钱，他们说，你好好放着吧，放好，别放得自己找不着了。他便笑，他想，我放的钱怎么会找不着了呢！孙子从中学里回来，有时他也会问，小啊，你需不需要钱哩？爷爷给！孙子不再是小孩子了，懂事了，不要。小时候他给爷爷要过钱，买过冰棍、糖葫芦。爷爷不舍得花钱，把钱都给了贪吃的小馋猫们，然而他们都大了，有的还有了自己的孩子。他们为什么一下子就变大了呢？回想着并不算遥远的过去，他又回到现实中。

他盼着火车能来，可等了很久，火车还是没有来。他想火车是不是今天不来了啊？他有点儿想要回去了，看看日头，家里的人中午饭都已吃过了。他们找不见他会着急的，他真想回去了，但还没有见到火车，这可怎么办呢？他从地面上站起，费了劲，站起来时差点摔倒，最终还是站稳当了。走下高高的铁路时，出了问题，不小心，他被一块石头绊倒了，十多米的斜坡，滚了下去。一头栽倒时，他心里说，坏了，这下可完了。滚到平地里，他没有死，只是晕了一些时候。醒来时动了动手，动了动腿，腿摔伤了。他想坐起来，腰似乎也不听使唤了。他想看看周围有没有人，但离路还有一段路呢，他的眼看不到有人路过。他有些焦急，开始后悔不听儿子的话了。

烧饼、鞭炮，给重孙子买的玩具枪呢？他费了很大的劲儿才模糊地看到它们离得并不是太远，他想爬过去逮住它们。有东西离身体远一些，总会让他担心。他又动了一下，但是腿和腰都痛。他咬了一下牙，真倒霉，那颗早就松动的门牙也断掉了。他想，真是老了。过了一会儿，平静下来他又像孩子似的生出一些委屈。我想我能成啊，怎么会摔倒了呢？

　　他忍着痛终究把东西归拢在身边了，又一次想要站起身来，利用棍子，但仍然失败了。他又躺下来，他的背是驼的，不能仰面躺，只能侧身躺着。他躺着，想让大地给他一点力量，他喘着气，想着与力量有关的过去。过去他能挑四百多斤，能抱起二三百斤重的石磙，跑起来像兔子一样快，摔倒了立马就能爬起来啊，他生气，他骂了一句，我日他奶奶。他实在是恼怒了！不过，那次摔倒，他看到了火车。火车的到来是通过身下的大地感觉到的。那东西可真大啊，动静可真不小哩。他看到黑乎乎的火车开过来，开近了，在他眼前的铁道上一闪一闪地通过，那从大地上通过的火车，真长啊！

丸子汤

李宝家从集市上拉着车子回到家，看到一头大黄牛在路边吃草吃得那么执着香甜，觉着人活得还是太娇贵了——他想学牛吃草，于是放下车子在路边拔了一把草在河里用清水洗了，放进嘴里慢慢地嚼。

李宝家想起年轻的时候。四十年前，那时三十来岁的他吃过树皮、草根和观音土。那些年月离他有些遥远，他想要通过吃草把过去和现在联系起来，证实一下现在，为未来腾出一些空间。他老了，每一次想起过去，觉着过去发生过的事是有重量的，那种重量在他的生命中，让他觉着力量不如从前，手脚的灵便程度也不如从前了。他做什么事都是慢腾腾的，快不起来。即便是回忆，想要用一个下午的时间去想过去几十年来的时光，也不能快起来。他想得很慢，他的想就像天上的云彩一样，虽然在动，可看不到在动。

魔道妻子没有去世时，他似乎还不需要回忆，但现在他越来越需要回忆了。魔道妻子和他没有正常的对话。她总是在不停地说骂，不停地说，指指划划的。尽管如此，她在的时候毕竟是一个可以相伴的人啊。现在她没有了，她怎么就没有了呢？他平时几乎不照镜子，不大容易发现自己的老。他的魔道妻子去世后，他才开始认真想到老了的现实，才意识到自己有一天也会死去，想到这儿，他有些急切地想要看看清楚自己活着时的样貌。他从家里搜寻到落满灰尘的镜片，用布擦亮了看自己的模样，结果他发现自己真的是老了哩。他的脸上有了密密麻麻的皱纹，胡子和头发都白了许多，一双眼睛透着熟悉的光，那光是从他的心里散发出来的，所以他熟悉。但他无法细腻感到生命变化的过程。他想他自己怎么一下子就变成了这样呢。

李宝家只能记清楚自己十六岁以后的事儿，再远了他实在记不起来了——十六岁那年，他的父母饿死了。安葬了父母，他和十八岁的哥哥逃荒来到了花家村。那一年冬天河里结冰了，雪落了老厚的一层。露着脚趾的鞋踩在雪上，咯吱咯吱响，脚冻得生疼。他与哥哥穿着破烂的单衣走进了花家村的土地庙，像两只野兔，但他们没有野兔温暖的皮毛。土地庙没有门，晚上又刮起了北风，北风吹着哨子呼呼刮进来，冷刀子一样一片片地割着他们。他与哥哥紧紧地抱在一起，但仍然冷。冷让他们打哆嗦，感到嘴唇和耳朵都快冻掉了。

哥哥冷得实在没有办法，想到了石头，便说："咱们抱着石头跑吧，跑出汗来就不冷了。"

李宝家和哥哥一人找了块石头，抱着石头在庙里来回跑。跑了一阵，身上果然热和了。但他们肚子里没有食物，跑了一会儿就跑不动了。

停下来还是冷。

"哥啊，太阳什么时候出来啊？"

"快了，快了。"

"哥，我冷啊！"

"太阳快出来了。"

"哥，我冷得受不了！"

"睡吧，睡着了就不觉着冷了哩！"

李宝家在哥哥的怀里果真睡着了，醒来时他发现身上披着哥哥的衣服，哥哥呢，赤条条的吊死在了庙房的梁柱上了。

太阳出来了，天气有些暖和了。李宝家的泪哟哗哗地流出来。他把哥哥抱下来，哭喊着："哥，哥啊，你不能丢下我啊，太阳出来了啊，你不能啊，哥啊！"

哥哥死了，不能答应他。他的哭喊声唤来了村庄上的人。

村里的人说："人死了，活不过来了，埋了吧！"

李宝家不愿意，非要把衣服脱下来，给哥哥穿上。村子里的人让他把衣服穿在他哥哥身上，虽然知道他的哥哥已经感觉不到冷了。

村子里的人又给李宝家找了一身棉衣裳，让他穿上，他接受了。他给村子里的人磕头。村子里的人给了他一张草席，帮着他把他哥包裹好了，找了片地，挖开，埋了。

李宝家跪在哥哥的坟上不愿回去，村子里的人还是把他拉回了那个破庙。

有人给他抱来了麦秸草，有人又给了他一些吃食。村子里的人都希望他能活下来。

有一次李宝家去离花家村七里地的肖皮口要饭，那儿有集市。

要饭的时候他被狗咬伤了腿，走不回来了。晚上感到冷，便在集市的灶坑里蹲着过夜。灶坑可以容下他的身子，可以挡风，暖和。他走进去，把一个破麻袋片盖在自己的头顶上，蹲着也可以睡着。

肖皮口每隔两天有一个集，他在那灶坑子里睡了两个晚上。

卖丸子汤的人一大早来了，揭开灶上的麻袋片，看到里面有一个人，吓了一跳。那时候他醒了，从灶坑里出来。

李宝家认识买丸子汤的麻脸。

麻脸有五十多岁，一脸麻子，个头不高，穿着一身棉纺的粗布棉衣。

"你咋睡在这里？"

李宝家不说话。

"你叫啥名？"

"俺叫李宝家。"

麻脸不理他了，回到木轮车旁，准备从车上把锅和柴火卸下来。他走过去帮麻脸。

麻脸问他："你会烧火吧，你给我烧火吧，我管你丸子汤喝！"

李宝家心里很高兴，答应了给麻脸烧火。

麻脸在集市上有亲戚，他从亲戚家弄来桌凳摆好，再打来水，把水倒进锅里，水烧温的时候再放进去一块羊油，让羊油在水温里散发出香膻的味道，把水变成汤。汤水烧开的时候麻脸便住锅里倒进些丸子，这个时候该是有吃客的时候。

赶集的人闻到丸子汤的香气，便走过来。他们看到黄澄澄的油炸丸子在白生生的羊油间浮着，十分诱人，便会感觉到自己有些饿，有些馋。

有人说："给我来上一碗。"

麻脸拉着长腔说："好嘞，一碗！"

一碗丸子汤里面有十五六个丸子，麻脸总是掌握得很好，不多给，也不少给。

李宝家在烧火的时候把一切看在眼里，他想，要是我也能卖丸子汤就好了。

每次赶集的时候，李宝家都去给麻脸烧火。

有一天麻脸说："我给你说个媳妇吧！"

李宝家以为麻脸耍他开心哩，便不吭气。

"我说的是真的哩。"

李宝家以为麻脸取笑他，还是不说话。

"你要是同意，以后你就不用要饭了，你就跟着我干。"

李宝家看着麻脸。

"下了集你跟我回家去看看吧。"

李宝家答应了。结果他就遇到了魔道妻子。

魔道妻子是麻脸的侄女。那一年宝家十七岁，他的魔道妻子二十岁。

李宝家看到她时，她很瘦弱，穿着干净的衣服，梳着条大辫子。当时他的心里一下子想起了自己的娘，当下便喜欢上了她哩。他不知道她是个神经不正常的魔道人，后来他知道了，仍然喜爱她。

两个人结了婚。魔道娘家的人帮忙给李宝家在花家村盖起了两间土房子，李宝家自己起土和泥，打起了院墙。

过了几年，麻脸得病死了，李宝家便接过了麻脸的生意。

李宝家一直做着麻脸传给他的生意，几十年如一日。

以前他早起准备去赶集，他的魔道妻子也起床。他们一起做早饭吃，魔道妻子烧火，他下汤面。

吃过饭，他去赶集了，她呢，就站到院门外面等他回家来。

从出发到下午回来的那段时间里，魔道妻子会一直站在大门口，独自个儿连骂带比画地说话，也不知道她都说些什么，骂了些什么。

李宝家挣了钱，后来又起了混砖房，日子越过越好了。

李宝家的大门口一边是一个不大不小的坑，坑里有着苇子莲藕；另一边是一片树林子，林子里的小鸟儿在清晨时叫得特别欢快；有早晨上学或下学的小学生经过他的魔道妻子，他们便会朝她喊："老魔道，老魔道！"

她呢，追着，或退着，对着他们骂。

小学生拾起土坷垃扔她，也不见得非要扔在她身上，她有些怕，也有些兴奋。

李宝家和自己的魔道妻子一直没能生养。

村子里的人都说，魔道遇到李宝家，可真是她的福哩。李宝家是一个多么好的男人哪，他从不打她，也不骂她，对她那么温和，知冷知热得那么好。

她呢，虽说是个魔道女人，毕竟是个天天站在家门口在盼着他回家的人啊。李宝家回来了，她更有些笑容在脸上。那笑容有点儿像干枯的花儿，虽说失去了艳丽的色彩，却是有着一种特别的香味儿的。

几十年来，魔道妻子就一直站在门口，看着李宝家出门，然后又看着他回家。

李宝家看她一眼，一路上，一天的疲惫，也就减去了多半。

李宝家总是不声不响地出门，又慢慢吞吞地拉着车进家门。

等到他回来，他的魔道妻子就停止了说话，跟随在他的身后，有时候还会帮着他用手推一把车，帮着他从车上卸下来一些东西。

忙活完了，李宝家便坐在竹椅上休息一会儿。如果魔道妻子懂得给他倒一杯茶多好呢，但是她不懂得。李宝家便自己动手倒。他很能喝水，喝过水，休息得差不多了，他便走到厨房里。魔道妻子也走进厨房里，从他手里接过火柴来，在灶里点着火。

以前，魔道饿了，想自己做点吃。她没有能力注意火的危险，家里就着火了。多亏有人发现得早，及时喊来村子里的人扑灭了。

后来李宝家就把火带在自己身上，等回来再把火交给她，让她生火，他来做饭。

李宝家会做非常可口的饭，他在集市上不吃饭，总是回来跟着魔道妻子一起做饭吃。

李宝家总是希望她能多吃，一直是这样的。可她总是吃不多。他希望她能胖一点，可她总是很瘦。当然，他所有的希望都只是细微的希望，这很像他的性格，他从来不强调什么是重要的。

吃过中午饭，下午还有很长的一段时间，李宝家便在自家的院子里整理菜地。他家的院子很大，种了许多菜。他最需要芫荽，因此芫荽在菜中占的比重最大。他薅草、松土、浇水，那青绿的菜让他心里也绿莹莹的泛喜欢。

李宝家把自家的地送给别人种了，种地的人替他家交公粮，负责挖河打堤。除了赶集以外，李宝家几乎没有什么别的活动。

村子里的人都很尊重他，他的魔道妻子去世后发丧，村子里自觉来了许多帮忙的人。

魔道妻子去世后，李宝家让自己不去想她，一想她，他就难过。但他还是忍不住就想起她。

有时候他会在梦里梦见她，她在他的梦里还在说着他听不懂的话，指手画脚的。听她说得累了，自己便也觉着累了，他便把梦关闭了，继续睡。

一年秋天的某一日早上，李宝家醒来以后就再也睡不着了。

李宝家早早起了床，整理好东西拉着车出门了。出门的时候他习惯地回头看了看，每次回头看的时候就好像看到魔道妻子站在他身后。他老是有那种幻觉。

带着那种幻觉，李宝家在大雾里拉车，缓慢地行走。脚步踏在泥土路上，发出突嗒突嗒的声响。他在想着些什么，又好似什么都没有想，只是拉车前行。拉车时他肩膀上的绊儿，松松紧紧的。他有些驼背，头脑伸向前方，一双有些粗糙的手握着车把，向前拖着，走着。

从花家村到肖皮口集，或者王屯集的路都不是太远，那通向集市的路，他不知走了多少个来回了。

春夏秋冬，岁岁年年，在那些时间里，虽然走得很慢，但是他一直在走。

走到半路的时候，李宝家觉着自己的困劲儿又来了，他没有在乎自己的困意，眯着眼睛继续走路。偶尔有机动三轮车突突地从远处开来，那么响的，也未必就能惊动他昏昏欲睡的心。

走着走着，李宝家突然听到了孩子在哭，心一下子警醒了，停住了脚步，支棱起耳朵来听。

是，没错哩，是孩子在哭哩。在这前不着村后不着店的地方，怎么会有孩子在哭呢？该不是那孤魂野鬼趁着大雾来骗他的心吧！他站了好久，确定了那哭声是一个婴孩的。

李宝家把车子停在路旁边，寻着那哭声发现了一个布包，包里有一个孩子。孩子出生没多久，小脸乌青，黑眼珠儿藏在薄薄的眼皮底下，小鼻子一点点，有着两个出气吸气的小洞洞。他的小嘴呢，哎呀，他的小嘴是个兔儿豁。

李宝家的心被揪起来吊在雾里了。他想，这是哪个为人父母的这么狠心呢？唉，这真是不应该啊！

李宝家把孩子抱在怀里，心里很是疼他。是个男娃哩，如果不是个豁嘴儿，他是一个很漂亮的孩子哩。

李宝家确定是狠心的父母把那孩子抛弃了。他想了想，觉着这好像是天意。孩子的出现一下子唤起了他对孩子的渴望。那个渴望一下子变得现实起来，变得强烈了起来。他有点儿迷信，认为自己早起是老天爷给他安排了，让他拾到了那个孩子。

李宝家把孩子抱在怀里时感觉自己一下子年轻了许多，他的精神头儿焕发了。他用一只手抱着孩子，一只手拉着车。

他走得有些快，他第一次感觉需要快一点了——他掉了个头儿，不赶集了，他要回家。他要把孩子养大，养到他可以走可以跑，可以上学可以叫他爷爷。啊，那该多好。

妻子走了一年以后，老天爷又给了他一个小生命，让那小生命来陪伴孤孤单单的他，真是老天开眼了。再说他积攒了许多钱呢，那些钱他跑到镇子在银行里存起来了。以前他发愁自己死了以后那些钱给谁，现在他不愁了。

回到了家里，太阳射破了雾，雾渐渐地散架了，消失了。

李宝家把孩子放在床上，看着他笑。他的心里喜欢极了，虽然他是个小豁嘴儿。

他不知道该怎么照顾孩子，便抱着那孩子通过树林去找花婆婆。

花婆婆一辈子养了七个儿子，对养小孩很有经验，他要向她问问小孩子该吃些什么，该怎么养。

李宝家抱着孩子来到花婆婆家里时，花婆婆正在院子里剥玉米粒儿。

见他抱了个孩子过来，她的眼睛一下子就亮了。

"哎哟哟，这孩子是哪里来的？"花婆婆说着站起身来，迈着小尖脚走近一看，说，"哎哟哟，是个兔嘴儿哩，这娃子，你瞧瞧！"

李宝家把孩子让花婆婆帮他带着，他要给她些钱。

花婆婆说："哎哟，我说宝家，我也打心里喜欢孩子哩，我不能收你的钱，我的七个儿给我的钱还不够花的吗？这孩子我给你带也是我的一个晚景哩，你放心去赶你的集，卖你的丸子汤吧！孩子缺啥了，我给你说，让你给买。"

村子里都知道李宝家拾了个孩子，也都为他感到高兴。他们想，他老了也算有个送终的了。

李宝家给孩子起名叫李路金，意思是，李路金是他在路上拾到的金子。

三年过去了，李路金会跑会跳了，可嘴还是豁着。

村子里的人叫他豁子。

那小孩儿很聪明，不喜欢别人叫他豁子，他一次次吐字不清地纠正别人的叫法："我叫李路金，我是爷爷从路上拾的金子，我叫路金。"

有一天花婆婆没了。

离世前花婆婆还对儿子们说："你们宝家大爷是个好人哩，他在咱们村上没有什么亲人。我没有了，你们要照看着他啊——以前你们年轻时咱家里缺吃少喝，多亏了他帮衬咱哩。"

不用说，花婆婆的儿子们也都知道。

村子里的人们都知道，李宝家是个忠厚老实的人。

李宝家八十一岁了。

李宝家不能再赶集了，他是真的赶不动了。

本来，他的心已经变老了，因为李路金的出现他的心才又变得年轻了。

他总想着去赶集，他还想多挣些钱哩，多挣些钱给他的路金。但他实在赶不动集了，拉不动车子了。

年纪到了，心不老也没有用。

闲在家里的日子，是舒服惬意的。

小路金很乖，他用嫩生生的小手拉着李宝家，一口一声爷爷，叫得他心里泛起了一圈一圈的涟漪。

晚上的时候，李宝家搂着小路金睡觉。小路金的胳膊腿很瓷实，嫩乎乎的结实。李宝家用粗大的手摸摸他光滑的身子，他感到痒痒，便咯咯笑。

孩子笑，李宝家便觉着好玩、开心。但孩子睡着的时候，他却睡不着。

虽然李宝家觉得自己很困了，但他却不舍得睡，他要想一些事儿。

李宝家想得最多的是，自己老了，路金还小，以后如果他不在了，这孩子该怎么办哩？

小路金六岁时，李宝家从镇子里的银行里取了钱，带着路金坐车去了县医院。回来时小路金的豁嘴儿补上了。

嘴不豁了，小路金变成了一个漂亮的男孩。他穿着新铮铮的衣服，胖胖乎乎的，方头方脑的，说话瓮声瓮气的让人喜欢。

小路金上学了，李宝家托人给他买了个书包。

李宝家不认识字，小路金从学校里回来的时候，便给他念跟老师学的字：人、口、手、上、中、下。

李宝家听着，看着，觉着小路金很聪明。他闭上眼睛，想象路金长大长高的样子。如果他长大了，上成了个大学生，他还活着，那该多好哩。

李宝家知道自己活不到那个年纪，他觉着自己快不行了。

李宝家发现有一个妇女老是望着路金，那个妇女二十七八岁年纪。她发现他时，赶紧走开了。

那个妇女李宝家以前并没有见过，他肯定她不是花家村里的人。

第一次李宝家没大在意，后来又见到了她。

小路金在树林子里玩呢，她走过去给他吃糖。

那一次，李宝家觉着那个妇女可能是小路金的亲生母亲了。

想到这一点，他的心都快浮到了嗓子眼上了。他有些紧张，生怕那个妇女把小路金给抱跑了。

李宝家走过去喊："路金。"

那妇女抬起头来，也有些紧张，她的眼里还有泪呢，泪水染红了她的眼圈。他们对视了一会儿，那妇女很快低下了头，又抬起头。

妇女赔着笑脸说："我路过这里，这个小孩真好！"

李宝家摸了一下嘴，移动了一下手里的拐棍，想说什么，却说不出来。

后来那个妇女走了。

李宝家问路金："你愿意跟她走吗？"

路金说："不。"

"为啥？"

"我要跟爷爷在一起！"

李宝家的眼泪哟，一下子涌上了眼窝，把个眼窝盈满了。这孩子有良心哩，这孩子跟他有感情，爱着他哩。

回到了家里，他决定打听一下那个妇女是哪个村的，准备把路金送回去。

那时候李宝家已经几年不能做生意了，不过，在决定把小路金送走的那一天，他还是在家里做了锅丸子汤。

李宝家想让小路金喝一碗他的丸子汤。

路金喝他煮的丸子汤时，他说："细细品么，别喝得那么快么……"

在把小路金送走没多久，李宝家就没了。

有一年过年回家，在上坟的时候，我看到已经长成大人的小路金。那时他已经结婚了，听说，每到过年过节时，他都会来为他的爷爷李宝家来烧纸钱。

小时候我也喝过李宝家做的丸子汤。那焦黄酥脆的丸子，漂浮在汤里，舀一碗，撒上一层翠绿的芫荽，香喷喷的，那种味道只能存留在记忆中，是再也闻不到了。

白太阳

北方平原上的一个村庄。

中午时分，火球般的太阳喷射着毒辣辣的白光，把村子里的泥土地烤得焦黄焦黄的，泥土路上有了厚厚的一层尘土，让人觉得抓上一把就可以当炒面吃了。有上了年纪的人心里头想，要不是老天爷在暗中保佑，这房子、这树、这麦子地都得冒烟起火。

一头老黄牛卧在一棵榆树下，用尾巴驱赶着牛虻，鼻子上有一层油汪汪的汗，身上散发出一股青草、牛屎和汗臭混合在一起的味道。黄牛的大眼睛呆呆地盯着远处。

村子里的人正在地里忙活着抢收麦子，他们顶着太阳，不怕热，也不能怕晒，要不然金黄金黄的小麦可就要爆芒散落到地里了！

谁也没有想到，在这种忙碌的时节大嘴竟喝农药死了。

大嘴被村子里的人称为大嘴，不是她的嘴大得出奇，是她在村子里爱吃嘴有了名声。她有两个儿子，一个闺女。大儿子和闺女都成家了，小儿子小柱还在上高中，那一年正值高考。

大柱和小柱的脾气一个比一个大，大柱结婚后脾气变得好了一点。小柱在学校、在村子里可是出了名的暴脾气，他斜着眼，冷着脸看什么都不顺心，好像谁都欠了他的，不敢得罪他。

大嘴和儿媳妇刘芳不和睦，经常因为一些鸡毛蒜皮的小事吵架。麦收前分家另过。分完别的东西，家里还剩下一只公鸡和一只母鸡。

大嘴的儿媳妇刘芳说，俺要母鸡！

大嘴说，俺知道母鸡比公鸡中用，你想要，就给你吧！

刘芳看着在院子里昂首阔步的公鸡，觉得公鸡个头大，吃肉的话比较划算，这不正合了大嘴婆婆的意，便就多说了一句，公鸡比母鸡肉多，还能打鸣哩，别觉得俺沾了您的光！

大嘴觉得媳妇不会说话，争辩说，母鸡会下蛋哩，公鸡会打鸣是没错，可公鸡打鸣，您不是也能听见吗？

刘芳生气了，她说，您要是不想让俺也听见，把公鸡抱到您被窝里去养着，这样俺就听不见了。

大嘴说，你看看，你看看，你这当媳妇的说的是啥话？

当时大柱在旁边，瞪了他媳妇一眼，刘芳就不敢再多说了。

刘芳还是抱走了母鸡。她在自家的院子里搭了个鸡窝，但后来却不见鸡下蛋。她仔细想了想，觉着母鸡可能是恋旧窝，跑到大嘴婆婆家里去下蛋了。

刘芳在心里骂，这个老东西，老馋猫，这么些天鸡一定是在老窝里下了蛋，也不给俺说一声。

刘芳与婆婆家隔了一道矮土墙，几步就到了婆婆家。

婆婆大嘴正在做中午饭，做的是鸡蛋面。

刘芳说，俺家的鸡是不是在您家下蛋了？

大嘴说，没有啊，媳妇！

刘芳说，还说没有哩，这面条里的鸡蛋从哪里来的？

大嘴说，瞧瞧您说的是什么话啊，啊，俺没有母鸡就吃不成鸡蛋啦？这鸡蛋是大柱子的姐姐从娘家给我捎来的，她知道母鸡分给您了，就给我捎来了二十个鸡蛋，不信的话您去屋里看看，我是不是骗您！

刘芳到屋里看了，鸡蛋篓子里果然有许多只鸡蛋，白皮的，黄皮的，不是一只鸡下的。

刘芳想了想，可着两只小手拿了六只鸡蛋，脸上堆着笑说，娘啊，麦季里忙活，累人，我拿这几个蛋去给您大柱补补身子去啊！

大嘴把媳妇拦在门里说，这可不中，这鸡蛋是俺闺女送给俺的，您家不是有鸡吗？这蛋不能拿走！

刘芳的脸上就挂不住了，她说，谁知道这蛋是不是俺家的鸡下的哩？

大嘴说，不管咋样，分了家这鸡蛋您就不能再拿走了。

刘芳说，给您儿子补身子您都还不让拿，您不心疼您儿，我还心疼哩！

大嘴说，俺儿想吃鸡蛋会来俺们家吃，这鸡蛋您拿走俺可不答应！

刘芳手里拿着鸡蛋，不愿意跟婆婆争了，寻空儿，出了屋门，出了院门。

大嘴在后面追着骂开了，你给我回来，你个小馋X，自己馋了还说要给俺儿子补身子，给我回来……

刘芳听得真切，在街上站住脚，回过头来也骂，您个老馋X，不让俺拿偏拿，俺拿的是自家的鸡下的蛋……

从地里回家吃午饭的人远远围着，笑着，看热闹。既然有观众，婆媳俩骂上了就想分个高低，因此骂了足足有一顿饭的工夫。

大柱在地里割麦子，肚子饿了回来准备吃午饭，看到媳妇和娘在当街骂架，心火腾地就上来了。

大柱气冲冲地要走过来打媳妇，刘芳看见大柱走过来，怕他打，心里紧张，把鸡蛋打碎在了地上。

大柱走过来，见她怕自己，倒也就没有再打她，只是大声嚷着，让她回家去。

刘芳知道大柱有脾气。虽说她娘家有三个哥哥也都不是吃素的。为大柱打她的事，曾带着棍子和砍刀，怒气冲冲到家里来，声称要好好教训一下大柱。大柱远远看见那势头，吓得跑了。倒是小柱拿着一把铁锹就冲出来，抡着铁锹嚷着说，我看你们谁敢，谁敢我砍死谁——结果双方都受伤了，在医院里住了有一阵子。

刘芳最后还是听了大柱的话，回家去了。

大嘴骂过儿媳妇，见儿子又给自己出了面，当时有种得胜的感觉。回到家里，她却越思越想越难过。

大嘴想，我这是咋的啦？媳妇要拿几只鸡蛋，就让她拿去呗，又不是吃到别人家嘴里。俺日他哩个亲爹，都怪这太阳忒毒了，把俺热得头晕眼花的昏了头……

大嘴正后悔着呢，大柱又过来了，脸黑得像块铁，生硬。

大柱说，当是多大的事情，你们吵！就不怕街上的人笑话？你看她回到家，我还没打算收拾她，她就寻死觅活的，要喝农药——要不是我抢过来把药瓶子给打碎了，她是个没心眼的，真敢喝——你说这大忙天，现在她回娘家了可怎么办哩？上次她和你吵架我就揍肿了她的脸，她娘家的三个哥来咱家闹事，小柱砍了人家，差点没坐牢，娘您咋没长记性哩？

大嘴坐在一把矮凳子上，不吭气。她有偏头疼的毛病，这个时候就觉得头像有十几根针在扎着一般。

大柱说完话，也没心情留下来吃饭，就走了。

大嘴被儿子说了一顿，头一阵阵地疼，浑身燥热，汗水拉拉地从身上流下来。她喝了一瓢冷水，心里也鼓鼓囊囊的难受。

大嘴走出屋子，抬头看了一眼白太阳，想到打麦场里的大柱他爹正等着她送饭去，便忍着不舒服回到屋子里去盛好了面条。没成想脚底下一滑摔倒了，一盆子鸡蛋面都倒在了地上。

大嘴脑子里嗡嗡的像是飞着一团蜜蜂，心里像堵了块大石头，突然就觉得这日子没法过下去了。她呆呆地在地上坐了半天，后来想到自己的儿媳妇要喝药寻死，她想，你会喝药俺就不会吗？干脆俺喝药死了算了！

在愁苦的乡下，人的命如同草芥一样，一个念头差了命就绝了。

大嘴在屋子里的墙角找到药瓶子，拧开瓶盖，咕嘟咕嘟把药给喝下去了。这下可好了，大嘴心里想，就不用再活着受罪了！

大嘴喝了敌敌畏，喝下去后感觉不到头在痛了，不过肚子却开始像刀割斧砍一般裂痛起来。她从屋里滚到屋外，屋外的太阳毒辣辣地照着她，她的瞳孔开始放大，嘴里哇哇乱叫，也没人听清她说了些什么。她可能是后悔了，但没用了。

村子里的人说，大嘴跟媳妇吵了架，气死了。

大嘴的二儿子小柱回到家里，听村里的人说他娘是被大哥的媳妇给气死的，二话没说从厨房里摸了把菜刀，就要去嫂子的娘家找她算账去。

大柱听说了，赶过来一把拉住小柱说，你干啥去？

小柱瞪着眼说，别拦我，你拦我就不是我哥——我告诉你，你要是再敢拦我，我先把你砍了——都怪你娶了那狗日的媳妇，我要是不砍了她，我日他妈就不是娘养的！

大柱的脸一黑，大声说，要砍你就砍我，你砍！

小柱身体里的血像烧着了的油，真的就在大柱的肩膀上砍了一刀，鲜红的血汩汩淌下来。

大柱没想到小柱真敢砍他，用手指着他气得说不出话来。

小柱愣了一下，知道砍错人了，心里却还是恨他挡路，于是说，哥，你让开，不让开信不信我会砍死你？你让开！

小柱说着又举起了菜刀。

大柱也上了劲儿说，你，你他妈的砍，给我砍，我不想活了！

小柱把刀举在半空中，落到一半，意识到他是大哥，手像是被拉住了一般，砍不下去了。

小柱说，等我砍了那婊子养的回来你再让我砍你！

小柱说完，绕开哥哥跑起来。

大柱在后面追着小柱，他空着手跑得快一些，追上了手里拿着刀的小柱，抬脚把他给踢翻在地上。

小柱从地上爬起来，手里还是握着菜刀，他红着眼睛说，你真想让我砍死你？

大柱说，你不是砍了吗？再来一刀，你把我给砍死吧！

小柱说，你真想死？

大柱说，你不是也想死吗？你砍死了人你还能活吗？我不让你偿命，他妈的别人能不让你偿命吗？我看你这书白念了！

小柱说，我不怕死，你活着给咱爹养老送终，我不怕死！

大柱说，你不怕死也得把娘给发送了，发送了娘，你爱死不死——娘不是气死的，是她不想活了，想不开喝药死了！

小柱说，我不管，我现在就是想砍人！

大柱抬了抬头，看了一眼太阳说，我日他妈的……我告诉你，我现在都快疯了，你别逼我，你看我这血还在淌！

小柱说，你先回去哥，你去包扎一下！

大柱说，你不想让我死的话，现在跟我回去！

小柱说，我砍不死她不能算完，我现在就是想要砍人，你要是我亲哥你就别挡着我。

大柱说，我看你是真疯了！

　　小柱抬头也看了一下射着白光的太阳说，我真想不通，为啥为了几个鸡蛋就把咱娘给闹死了，我真他妈的想不通……

　　大柱皱着眉说，我的血还在淌，我求你了，跟我回去！

　　小柱说，我知道血在淌，我不回去！

　　大柱说，你就看着淌吗？

　　小柱把刀递给大柱说，我他妈不管了，你砍我吧，我求你了，我把刀给你！

　　大柱接过刀说，我看你疯了，真是疯了！谁他妈没有脾气啊，你就知道你的脾气大——你以为我不敢砍你？我现在不砍你，走，跟我回家去，把娘给发送完了我再跟你算账！

　　小柱说，我不想回去了，哥你把我砍了吧，我不想回去了。

　　大柱说，我快疯了，血流得我真快疯了，你干吗还要逼我呢？你这个笨蛋，我日他妈真想砍了你，你活着干啥啊你！

　　小柱从哥哥的手里抢过菜刀，抢起来就在自己的手臂上砍了一刀。

　　小柱看着血滴滴答答地从胳膊上滴到地上，说，行了，我他妈的先跟你回去！

　　兄弟两个身上流着血，血染红了他们的衣服，从衣角滴到焦黄发烫的地面上，嗞嗞冒着白烟。

　　大柱用手捂着自己肩膀上的伤口，一边走一边说，你他妈的砍自己也那么狠，你看你，成了个血人！

　　小柱也用手捂着胳膊上的伤口说，我死不了！

　　大柱说，日他妈的，不就是几个蛋吗？

　　小柱说，这事还没算完！

　　大柱说，就你能，你还想怎么样？

　　小柱看了看太阳，皱着眉头恶狠狠地说，我日他妈的，这天热的我想把太阳这狗日的给砍下来！

大柱说，你去砍啊，你还真以为自己能耐了！

小柱真就把菜刀奋力地投到了天上，过了好一阵子才"啪"的一声落到了路面上，扬起了一些尘埃。

大嘴下葬后，世界上就少了个人。

少了个人，但世界仍然满满当当的，有着各种各样的人。

大柱对小柱说，弟，我认真想过了，咱以后不能再让别人感到怕咱们了，那不是能耐！以后再想要砍别人时，就砍咱们自己一刀出出气，行啵？

小柱没说同意，也没说不同意。

远　方

　　在冈仁布钦的南面是纳木那尼，两座雪峰之间是玛旁雍错和拉昂错。神　山与圣湖给天空一种混沌的力量，欧珠出生在这片天地间。比起雪山和圣湖人显得十分渺小，欧珠感觉到了这一点，因此什么活儿也不想做，只想闲着度时光。

　　有风景的地方，人的想象也是奇特的。

　　有一位喇嘛说："欧珠那么安然自在，就像是神山与圣湖的儿子。虽然欧珠不是神山与圣湖的儿子，可有人偏要说他是的话，这也是有道理的。"

　　有许多熟悉和不熟悉欧珠的人，看到他蹲在寺院的墙根底下晒太阳，感觉墙根儿便是欧珠的世界了。想象穿透了一切，只要细心去发现，一切都是特别的。

　　欧珠也是特别的，他蹲在县城寺院的墙根下，看着大街上走过的人，觉着自己的存在可以隐到别人的身上。隐身到别人的身上，跟着走动，就好像天地间根本没有他这个人，就好像别人都是他，就好像他和一切有生命的事物都浑然一体了！

　　欧珠总是摸着一块石头想事儿，或者没有想事儿的时候，他的手也在摸着那块石头。石头被他摸得非常光滑了。

　　一位喇嘛有一天看到了欧珠手中的石头，感叹地说："不一般啊，欧珠，石头变得光滑了，时光从你的手指间流走了，但我却觉着有什么留下来了。请你告诉我，为什么总是喜欢把石头拿在手里摸呢？"

　　欧珠回答说："我怕我的想法把我带起来飞到天上去，手里有石头我就可以蹲在墙根前晒太阳了。"

　　"很神奇啊，欧珠，你的想法很特别，混沌的世界需要排顺序的话，我想应该从你来排起。"

　　"是吗？一切都很特别啊，我手里的石头告诉我，一切都在远方，远方更特别。"

　　欧珠的妻子叫梅朵，梅朵是位个子高高的女人，她的眼睛鼻子和嘴巴不大也不小，很漂亮，也很能干，家里外头的活计都由她一个人来做。梅朵做不过来的活儿便由她十六岁的儿子和十三岁的女儿来做。

　　欧珠十六岁的儿子叫吉次，十三岁的女儿叫尼次。他们都不上学了，一个放牛，一个放羊。

　　县城不远处便是草场。

　　每一天，吉次和尼次赶着牛羊去草场的时候，他们便会看到自己的阿爸欧珠。赶着牛羊的孩子看到自己的阿爸就像没有看见一样。

　　欧珠见他们不跟自己说话，自己也懒得对他们说什么。外面的人看到这种情形，都觉着这个世界很特别，于是有人就取笑欧珠，说他一个大男人整天不干活，把那些活儿都让自己的老婆和孩子干了。

　　对于那些说法，欧珠从来都不发表自己的观点。欧珠心里有语言，看到自己的孩子在他面前经过，他在心里说，一个人隐身到别人的身上，他自己也就跟着别人去了，你们赶着牛羊去吃草，我也跟着去了啊，虽然你们没有跟我说话，可是我知道你们对我是有话要说的啊！

尽管是这样，欧珠有时候还是会感觉到自己是个没有用的人。想象与现实是两回事，这个他还是清楚的。不过欧珠愿意在自己的世界里晒太阳，如果去忙着做事儿，他就没有时间蹲在墙根下一边晒太阳，一边想象了。

蹲在墙根下一边晒太阳，一边想事儿，这是多么美妙的啊！这样美妙的事儿让欧珠忽略了一切现实，心甘情愿地那样度时光。

蹲在县城寺庙的墙根下天天晒太阳，欧珠的梦想会被晒干变成现实吗？如果梦想被晒成现实，一定是特别的吧！像这样的问题，没有绝对的答案。欧珠的心里什么都有，可是什么都不确定。

不确定的事物是模糊的，一些事物因为模糊而变得有弹性。

欧珠在自己的世界里想象一切，一切便在他的世界里飞翔，这种飞翔在暗处。等吧，在太阳下等，一切都会清楚的，一切都会变得明亮。

欧珠闭上眼睛，又睁开眼睛。睁开眼睛，又闭上。他一次次拿自己用眼睛看到的，和自己在心里想到的事物做比较。比较来比较去，欧珠的眼睛便闭不上了，直直地看着街面上的一切，像一块石头，一个傻瓜。

胖胖的次仁来了，他像一股实实在在的风吹来了。

次仁说："有福啊，欧珠老兄，你就在太阳底下晒太阳吧，不到吃饭，不到天黑的时候你就不用回家……谁让你娶了一位能干的妻子，又有两个听话的孩子呢！"

次仁是皮毛贩子，他去过很多地方，也去过大城市拉萨。

欧珠从来没有去过拉萨，也没有想着要去。他从别人的嘴里听到新鲜的地方，新鲜的事儿，他便觉着自己去过了，经历过了。

欧珠不太爱说话，与他一样喜欢墙根儿的人也有几个，不过那几个人蹲在墙根的时间都不如欧珠多。他们在说话的时候，欧珠几乎也从来不插嘴，他只是静静地听他们说外面的新鲜事儿。世界就好像在他们的话语和欧珠的想象中活生生地存在了。

瘦高个儿的格列说："欧珠，怎么不见你说话呢？我们都在说啊。"

欧珠的眼睛望着远处，然后又望着格列说："我为什么要说呢？有你们说就足够了啊……我怕我一说话，世界就变了。"

"你一说话世界就变了，可笑啊，欧珠，怎么会呢？"

"也许是可笑吧，可是我觉得空气很安静，我一说话的话，有些事物就要被惊动了。"

虽然许多人认为欧珠傻，可是他们又会觉着欧珠是神奇的。

欧珠的眼睛不一般啊，欧珠的眼睛闪闪发光，就像是玛旁雍错和拉昂错里的湖水在涌动，就像冈仁布钦和纳木那尼这两座雪山的雪在闪光。有着这样眼睛的男人即使他蹲在墙根下也是特别的。

尽管这样，人们在自己的世界里仍然以自己的存在作为参照，他们会觉得欧珠的眼睛再奇怪也只不过是蹲在墙根下晒太阳的欧珠。

欧珠所在的那个县城不大，那个县城里所有的人，包括欧珠的妻子梅朵，都觉得像欧珠这些蹲在墙根下的人是没有出息的。可是欧珠晒了一天的太阳，在晚上回到家的时候却会对梅朵说："我的身子很热，很热是吗？"

欧珠的身子的确是暖洋洋的，即使是缺少光的房子里，也是有些会发光的。梅朵倒是喜欢，喜欢却也未必会赞美欧珠的身子。

欧珠的阿爸和阿妈活着的时候给欧珠娶了梅朵，那时候他刚刚二十岁。转眼间他三十七岁了。他有了两个孩子，孩子也变大了。

欧珠从来没有像爱幻想一样爱过梅朵，欧珠与梅朵有着不同的世界，但是他们却合成了一家人。

生活在继续，有许多人的生命都这样一天一天地度过了。

欧珠早晨吃过糌粑，喝过酥油茶，手里握着石头，身上带着淡淡的糌粑和酥油茶的香味儿又走到县城东边寺院的墙根下，在自己的位置蹲下或者坐下来。

有些风从天空中，从街道里吹来，有些尘埃或草絮落到欧珠的身上，他浑然不觉。他的眼睛或睁，或闭，一颗心却好像睡着了。

心快要睡着的时候，心里的一切事物都放松了，自由了。

这时候，次仁又像风一样走过来，他手里拿着两块石头，放在欧珠的面前说："欧珠，欧珠，睡着了吗？把这两块石头当成你要卖的东西吧……我想你要是在拉萨守个地摊儿，卖一些零碎货的话，一天下来也是可以有一些收入的啊！"

墙根边其他的人都笑起来，根本没有想到如果次仁把那两块石头放在他们面前，他们也是可以成为取笑的对象的。

欧珠看着次仁，又看看那些发出笑声的人说："你们都很高兴啊……我心里的东西是搬不到地面上的，也不会有人出钱买。"

"你心里能有什么呢？我看只有糌粑和奶茶吧！"

"我的心里有什么，谁也看不见……我想只要有茶喝，有糌粑吃，我就满足了啊！"

"如果没有梅朵和你那两个能干的孩子，我看你就不会这样说了吧！"

"你们看，天上的太阳很亮，很亮的太阳照见的一切都很真实，你说'如果'，我看所有的假设都是很可笑的啊……生意人，赶快去挣你的钱去吧！"

在墙根下晒太阳的人又笑了起来，他们觉着不爱说话的欧珠，一旦说起话来，还是很有力量的。次仁本来想跟欧珠开个小小的玩笑，没想到却被欧珠取笑了。

"我们走着瞧吧！"次仁说完就走了。

欧珠从地上站起身来，看了看远处的山，他的心被打扰，有些活动了。

欧珠感到自己有点儿多的想法，被莫名的事物敞开了。

那些想法携带着自然的风景，使他想要活动一下。混沌的生命里有着许多色彩与味道，而这一切似乎都与远方有关。远方，欧珠似乎看到了许多人和事物都在滚滚向前，而那些事物像时光，像水，都流走了，而他自己就像河边的一块石头，没有动。没有动，甚至没有想要动，可是那些生命里有灵性的内容还是需要他动的，怎么办？

欧珠用手指飞快地摸着石头，深入而细致地想着什么。他觉得现实里没有一条适合他走的路。他抬头看天，想要在天空中发现一条路，他想飞，张开手臂，可惜手臂不是鸟儿的翅膀。无论欧珠的心里盛下了多少风景，收藏进多少只从天空中飞过的鸟儿，他仍然不能够飞起来。

想象行不通，那么就回到现实里来。或许继续想下去，继续想下去，结实的现实世界也许就会变软了。在现实中，欧珠的远方在每一刻的成长与变化中展开，无限地接近他的生命，又永远都不可能到达。

欧珠又在墙根蹲下来，好像整个县城变成了一个人的影子，也随着他矮下来了。

欧珠把石头放在自己的口袋里，又从口袋里摸出鼻烟壶，倒出一些烟末，吸了一鼻子，感觉很舒服。他精神振奋地看着从街上走过的人，以及牛羊，想要从那些事物中发现什么秘密。过了很久，他对身边的高个子格列说："我们这些晒太阳的人，守住了时间……"

"时间？守住了？"格列盯着他问。

"是啊！"欧珠又从口袋里摸出石头说，"时间被我们守住了，本来，时间是可以这样过，也可以那样过的，我发现我们这样过的时间让我们变得像石头。"

格列看着欧珠手里的石头说："是吗？只是我还是没有明白，你为什么总是用手摸着这块石头，这只不过是一块普普通通的石头啊！"

"我的心一直在远方，我手里的石头，它就是远方。"

"远方，远方在哪里呢？石头怎么会是远方呢？"

"有路的地方，顺着路走；没路的地方，顺着草走；没有草的地方，顺着石头走……远方，我感觉到了……今年的冬天会有变化，雪会从天上落下来，非常大。"

"是吗？非常大？"

"也许我将会去一个新的地方，这是谁都没有办法阻挡的事情。以后，我是说到了落雪的那一天到来了以后，我可能就不能在这儿晒太阳了。"

"是啊，下雪的时候是没有太阳的，我也会蹲在家里不出门。"

冬天很快就来了。

天空悄悄准备好了许多雪，太阳变得暗淡了下来。

寺庙的墙根前只有欧珠和格列了。

格列说："看来，天很快就要下雪了。"

"是啊，就要下雪了，阳光不那么强了……我要回去了，我突然想喝点儿酒。"

"去吧，酒里面也许有你想要的阳光。"

欧珠回到家里时看到了次仁搂着梅朵在亲嘴。

梅朵说："既然你什么都看见了，隐瞒就没有什么意义了。

我需要像次仁这样的男人，他会做生意，会挣钱，最重要的是他有许多动听的话打动了我。白天你晒太阳去的时候他跟我说，我听不够，晚上还想要接着听，可是你却又要回来了……今天你回来得这么早，欧珠啊，你说我们该怎么办呢？"

"我是突然想要喝一点酒，所以提前回来了。"欧珠说，"如果次仁的心里也有你，我想这个问题不难办。次仁啊，你说过的'走着瞧'就是这样吗？我都看到了，我现在想听你说说，你准备永远都对我的妻子说那些动听的话吗？"

次仁不知说什么好。

欧珠用有些神秘的语气对他说："你是不是想取代我，在这个家里面变成我？我看啊，你以后就叫欧珠吧。"

次仁不安地说："告诉我，欧珠，你是不是心里生气了？"

"叫欧珠的我是有些生气，可是远处的欧珠没有生气，该发生的事情谁又能阻止呢？想一想我的妻子梅朵她喜欢你，我又能生什么气呢？天快要下雪了，我想我该去远方了。"

梅朵说："你，你要去远方？"

"是啊，远方。"

"你再也不回来了吗？"

"在时间的河流里，有谁看到水流走了，还能够流回来吗？"

次仁找了个空隙溜了，房子里只剩下欧珠与梅朵。梅朵呜呜地哭了。

对于梅朵来说，虽然次仁不错，可是欧珠也是不错的啊。虽然欧珠不喜欢干活，可是那些活既然她和孩子能做，又要欧珠做什么呢。他有孩子，有家，可是这一切都要改变了。欧珠，这个该死的奇怪的欧珠，他说他去远方。远方，这个词儿在梅朵的生命里可是全新的，她从来不知道什么叫远方，她只是觉得每一天欧珠从外面回来的时候，房子里就变亮了。

晚上，吉次和尼次都回来了。

欧珠对他们说："你们正在长大，快要长大了。有糌粑吃，有酥油茶喝，有牛和羊放就不用发愁。你们在阳光里，在风里都是可以长大的，长大了以后你们就会有你们的生活。阿爸就要去远方了，因为我的心在远方。我走了以后你们要听阿妈的话，好好生活……我会记着你们的，不管我走得再远，我都会记着你们，爱着你们。家里有十二只羊，你们全留下；家里有七头牦牛，头顶特别圆的郭日，像黑蛋蛋的那日，头顶上有着长长的毛的那森，肚子特别大的括抵，还有那两头叫大嘎嘎和小嘎嘎的牦牛，都留给你们。那头年纪最大的，头顶上开着一朵白莲花的玛琼，它是一块大酥油，我要带着它去远方，因为去远方的路上也是需要吃东西的，它会给我背着帐篷和糌粑……"

孩子们低头不说话，梅朵也说不出什么来。

欧珠的世界已经展开，他理会不了那么多了。

有一种爱有时是虚的，欧珠并不能太过自作多情地把梦与现实恰当地联系在一起，那样过下去，梅朵和孩子们也不理解他生命里的那种模糊而博大的爱。

晚上，雪落下来，世界静悄悄的。

第二天一大早，欧珠起床把帐篷和糌粑装到玛琼的身上，告别了梅朵和孩子，离开了县城。他走出县城的时候，回头看了看，发现生活过的地方变成了一幅画，被轻轻地卷起来，装到心里去了。

许多年以后，欧珠生活过的地方也会变成他的远方，不过，欧珠觉着自己不该再想那么多。

接下来欧珠要走路，他的手里仍然握着那块有重量的石头，可是他觉着自己已经开始在飞了。

天　空

很久以前因为想要去的地方太多，以至于左脚向东，右脚向西，无法走动，格列只能在原地徘徊。

格列看到寺庙红墙根下的几个男人，觉得他们在那里晒太阳，就像每个人的身体里都有一个神一样，那样安闲自在，于是也成了墙根底下的一个。

在那些有闲的时间里，那几个墙根下的男人基本上没有什么活动，他们彼此间也很少有什么话要说。若说人人都有一个内心，他们内心里更多的话，一定是说给他们自己的眼睛所看到的事物了，要么，是说给他们自己感觉到会说话，也会倾听的心了。

在暖洋洋的太阳底下打瞌睡，或者仰观苍天，心随浮云飘游的日子里，在那几个男人中间，格列尤其喜欢欧珠。

欧珠看着高个子的格列，心里也很喜欢。

格列是一个人见人爱的人。他的手脚细长，眼睛细长，笑的时候露出一口洁白的牙，没有意识到笑的时候，他的脸上也会浮现出孩子一般的笑意。他身穿深蓝色长袍，长长的头发披散在肩膀上，使爱幻想，而且又容易产生错觉的欧珠认为，格列是把圣湖里的水，以及天空的蓝穿在身上了。

有一天，手中握着一块石头的欧珠，对正在望天的格列说："你看到经过我们这的人就想着那个人走过的路，这样他走过的路就会成为你走过的路了；你要是听到别人的谈论，你就把那些话语记在心里，那些人见过什么人，经历过什么样的事，他们见过的人就等于是你见过，他们发生的事就等于发生在你身上了。我看着你的时候，虽然你穿着一身蓝衣裳，可我觉得你的身子里头有天上的白云在飘动。"

格列不是个画家，不过，因为他看的人和风景多了，又想象了太多他从未看到过的风景，便觉得那无限的风景都在蓝色如洗的天空里。

他想要画一幅画，画下自己想象的天空。

在格列的感觉中，那些形形色色的树，每一棵都有着深浅不同的颜色，每一棵都集合了很多事物的色彩。有时候他把树想象成人，想象成牛和羊，虽然树并不是人和牛羊，但是他会相信自己的心中所想。

寺庙对面是民居，那些白色的房子，在格列长久的注视下有了成千上万种色彩，而墙上的花纹也被他看成了天空中的云朵；房屋门窗上绘出的画，以及或蓝或红或绿的色块，很像房顶上五色的经幡。

格列觉得风吹动经幡的时候，所有的色彩都是会念经、会说话的，因此他的心会听见很多美妙的声音。

他心中收集的各种色彩都是有生命，都是会流动的。

那远处的棕色大山，虽然被格列盯着看了很久，却是他用心化不开的颜色。

这困扰着格列。

那重重大山使他夜不能寐，因此只好从屋子里走来，去仰观天象，借助于夜晚墨汁一般的蓝色，以及凌凌的星光来照见他心中的色彩。

那亮晶晶的星星，在他长久的注视下仿佛都随着夜色流过来，凉浸浸地存在他那色彩翻腾，却又无比静谧的心里。

格列觉得远处的山，以及天上的星星都融化在他的身体里了，以至于当他睡着的时候，他在梦中梦见自己看到过的所有的物体，都在他的骨头上刻下了它们的形状，这使他感到心里堵塞得厉害。

格列的妻子桑娜是个漂亮而多情的女人。

她非常能干活，家里外头的活几乎都被她一个人干了。她觉得自己的男人格列不应该像那些没有用的男人，也不应该因为他长得好看而不干活。她一直想让格列有点儿事做，只要他愿意，想做什么她都支持。

后来桑娜听说格列有画画的想法，于是她想到那位和自己睡过的老画匠。

老画匠曾经为很多人家画过洁白的云彩和花鸟虫鱼，他尤其擅长画云，因为画得太像了，人们都觉得真实的云彩都不够真实了。

老画匠虽然一生没有结过婚，可是从来不缺少女人；虽然他连家也没有，可是从来不缺少睡觉的地方。

女人们都爱他，愿意用自己滚烫的身子给他绘画的灵感。

女人的男人们也不会为老画匠和自己的女人睡过感到恼怒，男人们在心里把老画匠当成了一朵云彩。

凡是跟老画匠睡过的女人，她们的男人都觉着自己的女人更懂风情了。

桑娜把老画匠请到家里，以自己年轻饱满的身子，和那甜似蜂蜜的笑容与话语，请求老画匠收下格列做个徒弟。

老画匠感到自己老了，也正想找个代替他的人，于是他在格列的家里住了下来。

一日三餐都由桑娜来伺候。若不是考虑格列也在家里，无比崇拜老画匠的桑娜甚至愿意让老画匠抱在怀里。如果老画匠用那绘出生动白云的手抚摸她的身体，搂着她睡觉，会使她觉得自己就像一片洁白的云，就会使她认为自己的天空无比蓝。

老画匠让桑娜和格列从拉萨，从盛产各种颜料的地方买来一罐罐颜料。那些昂贵的颜料使桑娜陆续卖掉了自家的牛和羊。等到家里连青稞和奶油都吃不上的时候，格列基本上学会了绘画。

在调和颜料方面，格列完全胜过了老画匠。

老画匠把自己掌握的所有的绘画技巧都教给了格列，而画技却是需要格列慢慢去提高，去领悟。

不久，老画匠在和桑娜云雨一番后知趣地死去了。

格列和桑娜请人为老画匠举行了葬礼。那天喇嘛吹响法号，煨起桑烟的时候，从四面八方聚集来的鹰鹫把那个设在半山腰的天葬台都落满了。

每一只鹰鹫的翅膀上都沾着白云的流汁，每一只鹰鹫的眼睛里都深藏着蓝天的色彩，每一只鹰鹫的心中都有一个天堂。老画匠被那些有灵的鹰鹫带进了天堂。人们都说，老画匠打坐在他画过的白云中，使所有真实的云彩感到妒忌且无地自容。

虽然学会了绘画，格列仍然无法画出他心中想要的画。

他想画下一面像镜子一样的天空，那幅理想的画，可以使所有的人觉得自己就在那天空的蔚蓝和云彩的洁白中，即使没有实实在在的生活也会感到幸福无比。

为此格列调动了他所有的对色彩的理解和想象，运用了各种他已掌握的调色的方法和绘画的技巧，结果他仍然画不出来。

根据他的梦境，后来他跑到玛旁雍错和拉昂错这两个湖边去了。

　　他日夜观察水中的天空，以及自己的影子，仿佛若有所得，可他无法把握自己心中所见的一切，依然画不出来。

　　老画匠活着的时候曾经对格列说过，画一片可以照见所有人的天空，这个想法正是多年前他的想法，但是他也只能把云彩画得比云彩更像云彩，却无法把想象中的整个天空画出来。

　　在拥着不同的女人睡觉的时候，他不知不觉地忘记了自己曾经的梦想，以至于当他感到女人身体的温存和美丽时，感到自己的欲望被敞开然后又关闭时，他忍不住流下眼泪，但他不知自己为什么而流。

　　是格列对绘画的梦想唤起了他的梦想，然而他已经老了，不可能再有更多的时间和精力去完成他的梦想了。

　　县城和附近村庄里的人都以很优厚的条件来请格列为他们画画，因为考虑到妻子桑娜和自己吃饭的问题，格列只好答应下来。

　　人们很快发现，格列的画比老画家画的还要好，因为他画的花鸟虫鱼，比真的还真。

　　这一点即使老画匠也不曾做到，老画匠只能把云彩画得比云彩还真实。

　　那些多情的女人请求格列住在自己的家中，即使格列不愿意和她们睡觉，她们也愿意看着他，因为他成了梦想的象征。

　　即使格列不愿意动笔去画她们想要的画，她们也对他百般宠爱，悉心照顾，这就像一个懂得艺术的天才到了热爱艺术的人们中间，天才就成了宠儿。

　　格列成了人们心中的老画匠，也成了桑娜心中的老画匠，但格列就是格列。他比老画匠更优秀，更年轻。

　　桑娜觉得，她抱着格列睡觉的夜晚，就像抱着一团洁白的云彩，就像抱着最真实的自己的梦想在睡，因此心里别提有多美。

　　由于格列想着自己心中的画，对于那些多情的女人也不加垂顾，这也使桑娜感到自己对英俊男人们的多情应该收敛起来。

格列经常梦到与绘画有关的事，因此半夜起床沉思或作画的时候，桑娜也觉得格列正在完成一个她的梦，因此对格列从来没有过什么抱怨。

有一天，格列推掉了所有请他作画的邀请，又走到那些在墙根底下晒太阳的人们中间。

此时，所有的人都知道了现在的格列已经是著名的画师，不再是以前的格列了。

因为格列重返墙根，墙根底下来了更多晒太阳的人。

那些天真而好奇的人怀着试探而崇拜的心情，攀到松树上，柳树上，折下树枝，送给格列，请他在落满尘埃的地面上画画儿。

因为在那样休闲的情况下，格列也不方便拒绝，以免破坏了别人的兴致。

人们让格列画牛，画马。

虽然那些画过一段时间就被风吹来的沙土掩盖住了，但在那些有闲的人的传言中，不，以至于到后来，就连那些散布传言的人自己都相信了自己的话——格列画什么像什么，画什么立马就变成真的了。

很多人在这人世间混了那么久，觉得自己越来越虚伪。因此在看见自己内心的时刻，例如在某个心意沉沉的黎明，他们会觉得无比沉重。有这样一个人请格列画他的心。

格列照着他说的画了。

从此那个虚伪的人变得无比真诚和坦荡，虽然遭受到很多虚伪小人的非难与打击，但他找到了早已丢失的自己。因此，他也得到了自己想要的一切东西。

有一个青年人暗恋一个高贵优雅的漂亮女人，却因为他自己地位低微，一文不名而深感烦闷和绝望。

他对格列形容了所爱女人的长相，请格列画了那个女人的画像。

格列为他画出来了，不久奇迹出现了，那个女人愿意和他结婚了。

虽然很多人会深切地感受到梦想和现实之间有一道永远也迈不过去的坎儿，但是在格列这儿，所有的梦想都不再是梦想，所有的梦想都有机会变成现实。

欧珠也想请格列画一幅画，他想请格列画一画他心中的远方。

这一下难住了格列。

远方怎么画呢？

这好像比格列自己一直想要画出的天空更加困难。

手里一直摸着一块石头的欧珠把石头一次次抛在空中，等待着格列动手去画。

格列看着那块飞腾在空中的石头突然说：“我明白了，你的远方在你的心里，而你的心在不确定的地方，因此你只能离开这儿去寻找，才有可能找见你的远方。”

欧珠说：“是吗？可我清楚我的心就在我的身体里，我的身体就在现在这个地方，这儿也可以是我的远方啊。”

格列转身望着那面红色的寺墙，望着墙边几乎已被人折光了枝条的松树，又望着那寺墙对面带色彩的窗子，和有着洁白花纹的墙壁，最后把目光投射到天空中。

四周很安静，有不少人等待着格列画出欧珠心中的远方。

后来格列说：“远方，这是一幅我画不出来的画！”

众人都笑了，他们发现，格列也有做不到的事情，这使他们感到很开心。

过了一个季节，在一个下雪的日子里，欧珠告别了自己的妻子和孩子，带着一头顶上有一朵莲花的牦牛走了。

新生活

人们再也没有见他回到墙根下。

欧珠走后不久，格列去攀登了冈仁布钦这座高大的雪山，他从冈仁布钦上下来，又登上了纳木那尼这座同样很高大的雪山。

格列在雪山上仰望深不可测的蓝天，觉得天空很近，又很遥远。

他又低头俯视像一面神奇的镜子一样的玛旁雍错，以及同样像一面神奇的镜子一样的拉昂错。两个圣湖，被站在雪山之上的格列看在眼里，收藏在心中。

格列看到了湖中洁白的云彩和那天空中无限深远的蓝，却感到人间没有色彩可以用来呈现他所看到的风景。

格列感到绝望，情不自禁地伸手去触摸身边的流云。云好像顺着他的手指尖流了下来。

从山上走下来时，格列觉得自己只不过是天地之间一块好吃的鲜奶酪。

从此格列周游四方，没有再回家。

那些晒太阳的男人们，在墙根下依然在晒着太阳，依然在传说着神奇的格列。

那几个在墙根下的男人本都有各自的家，家里的人也都做着各自要做的事情，似乎他们都是被养着的男人，根本不需要干活一样。

那条有寺庙的街路再隔两条街就是县城的商业街，那里有很多商店和饭馆，格列的家就在那条街道的对面。

桑娜等不来格列，只好暂时一个人过着生活。

每当想念格列的时候她便看天，那蓝蓝的天上飘浮着朵朵洁白的云彩，而她觉得每一片云都是格列变成的。

风　景

在冈仁布钦的南面，有一条路通过罗布所在的那个线条明媚的白色村庄。

路可以去一切地方。

路边有一条清水河，河里有无鳞鱼和光滑的鹅卵石。河水不深，路不平的地方，手扶拖拉机与汽车更喜欢从河里开过去。

风一样的汽车与突突叫的手扶拖拉机从多吉的店门前过，也从罗布的面前过，扬起灰尘，让人感觉村庄里的时光格外多。

罗布在自己慢腾腾的时光里转眼三十多岁了，他是个单身汉，不过他的心却还是少年的心，正在抽芽长绿叶。

喜欢慢吞吞走路的罗布，到了一定的年龄却没有那个年龄段的心，这在别人的眼里便是有点傻。

有人说，一个人来到世界上就像开天辟地一样神奇，产妇心里有内容才可以让自己的孩子活成一个正常人，罗布有些傻是因为他的阿妈生他的时候没念经。

所有的说法都是用来影响人的心灵的。罗布的阿妈生了罗布以后倒是天天念经的，也没见罗布变聪明。

寺里的喇嘛说，一个人傻一点是神安排的，如果让一个想象力丰富内心又纯洁的人来看罗布和他的驴，驴也可以被看成是神派来陪伴罗布的呢。相信时光与命运会孕育奇迹，特别的存在会透过平常的生活盛开在别处。

罗布的身上有淡淡的青稞酒与糌粑的香味儿，当然也有一种无法言说的心灵与风景的融合所形成的味道，平常的人闻不到，与罗布朝夕相处的毛驴闻到了，于是它们把长长的脸凑到罗布圆圆的脸上。

罗布经过小卖店，驴亲他的时候被店主多吉看到了。

多吉说："罗布啊，我看到你的驴和你亲嘴啦，你买一块红糖买买它的心啊，说不定到了晚上它就变成女人了。"

罗布笑一笑说："这个事你说得很奇怪，我得考虑一下再决定。"

罗布说完话便和毛驴一起走过多吉的小卖店，在一片空地上停下来。

从外部的自然风景对人若有若无的影响，到人内心的风景与外部的风景的交流，一个人与天地浑然一体的存在携着种种生命的元素跃进生活，又回到属于生活与自己的另一片天地，中间有很多内容闪闪发光却不为人知。

罗布在一片空地上停下来，时光也在那片空地上凝聚，期待着什么。

罗布在那片空地上等活，本来他可以在家里等，但是他的阿妈让他把毛驴赶出来。

他的阿妈对他说："有人看到了毛驴才会想起来用它，你把毛驴圈在家里，那些想用毛驴的人可不一定会想到我们家的毛驴啊。"

看着阿妈满脸的皱纹，罗布很听话地把毛驴从家里带出来，在有太阳照射万物的街面上闲着。

闲着的时光里罗布可能也没有什么想法，没有什么想法多么好。可是罗布不可能总是这样没想法，因为周围的世界在影响他。

罗布有六头驴，加上他心里的拉姆一共有七头。

拉姆在一年前来到了多吉家，成了多吉的妻子。

四十出头的拉姆胸和脸庞都成熟了，心却还像个小姑娘似的多情。

拉姆的嗓子好，喜欢唱歌，尤其见了男人，她就变成了一条波浪滚滚的河。

知情的人说，拉姆从长大的那一天起就离开了自己的家乡，四处游走，嫁了好几个男人。

一年前罗布倚着墙根吸鼻烟，他从鼻烟壶里弹出些烟末儿，捂在鼻子上一吸，睁开眼的时候看到了在窗口给花儿浇水的拉姆。

拉姆常常跑到窗口前，她爱唱歌也爱花儿，她是一个多好的女人啊。

后来有几次拉姆给罗布招手，这个因为多情而迷失的女人可不管楼下面就是守在店里的多吉。罗布看到多吉，只好装作没看到拉姆。

不过，拉姆在罗布的心里渐渐地变成了他的驴。

这个变化很奇怪，不过，对于罗布来说，这是正常的。

罗布的心里有拉姆，他赶着驴去别处，看到了女人就会想到在他的生命中变成毛驴的拉姆，想到拉姆正跟着自己慢吞吞地走路，他的心情既美妙又平静。

拉姆是一只会唱歌的驴，但是拉姆是多吉的老婆。

如果多吉在下面的店里听到头顶上传来了歌声，他就会跑到街上来看着拉姆，像个哲学家一样说："我听说女人的歌声太漂亮的话，是会被男人的心惦记的，我觉得你应该回到房子里面去喝酥油茶。"

多吉一次次对拉姆那样说，可是每一次都不见效。

曾经用花言巧语骗了拉姆的心的多吉，在与拉姆过日子的时候肚子里的词语变得贫乏了。相对多吉来说，神奇的拉姆的语言是丰富多彩的。

拉姆说："我是唱给前边的高山听的，高山听到我的歌啊，长得更高了；我是唱给天上的鸟儿听的，鸟儿听到我的歌啊，飞得更远了；我是唱给男人听的，死多吉，难道你不是长着耳朵的男人吗？"

听到拉姆说出这样的话，多吉觉得自己再也找不到更好的语言来回答，想到拉姆也许又会跟另一个男人跑掉，又不能逼一个男人的强，他只好又回到店里去。

多吉去县城进货的时候店就由拉姆守。

拉姆守店的时候，村子里的或路过的不少男人愿意过来跟拉姆说话。

有拉姆看上眼的男人，她很快就会忘记多吉是她要守的男人了。

女人都说拉姆是狐狸精，妖女，可是罗布也喜欢拉姆这个妖女一般的狐狸精。

自从第一次见拉姆，天和地让罗布的生命发生了变化。有些变化细微却神奇。罗布也跟别的男人学到了心思，他趁多吉不在的时候装作买东西，去跟拉姆说话。

罗布把自己的驴拴在胡杨柳上，看看四周的空气，像个小动物一样走进店里去。

罗布对拉姆说："有人说你是狐狸精，可是我在高高的山上见到过狐狸的，你一点都不像……"

罗布笑着，以为自己的话说得有意思。

拉姆眼光闪亮，有着多情的水波在荡漾，她开心地说："是吗？罗布，我的乖孩子，我不像狐狸那么我像什么呢？"

罗布想了想说："你的眼睛像毛驴，你的声音也像毛驴，这是多么奇怪啊，你浇花的时候，我觉得你是在浇我心里的花，我看到水的时候觉得我们村子里流过的河水都是你。"

拉姆哈哈大笑，笑得肚子都需要用手捂住。

笑完了，拉姆说："你的心里有花儿吗？你是在赞美我吗？罗布，你阿妈的宝贝，我眼里的美男子，我可是第一次听到有男人这样赞美我。"

罗布被拉姆突然发出的响亮的笑声吓住了，他回头看了看没有人进来，然后用手捏了捏鼻子说："次仁和普琼说我是傻罗布，他们叫我驴，这是多么奇怪啊，可是我觉得这个称呼很不错——只有毛驴理解我，我想你也是理解我的吧，所以我觉得你像毛驴，只有毛驴才能理解毛驴啊……拉姆，我想来一瓶啤酒！"

拉姆给罗布拿了一瓶啤酒。

罗布用牙齿咬开瓶盖，当着拉姆的面喝了半瓶子。

拉姆看着喝酒的罗布自己却像醉了似的说："男人啊只不过是女人的一棵树，女人啊只不过是男人的一朵花，多吉可能晚上才回来，你要是跟我去上楼，我就再白送你一瓶啤酒喝……只有你才有这样的好运气，谁让你是心里有风景的罗布呢！"

在空地里守着毛驴的时候罗布看到过不少像树一样的男人跟着拉姆上楼去。

他听像树的次仁说："拉姆是个妙女人，在床上的时候唱得比大雁更动听。"

他听像树的普琼说："拉姆是个骚娘们，身子软得像哈达。"

罗布自己也听自己对自己说："拉姆像头亲亲的驴，啊，像毛驴的拉姆多么好！"

罗布想到瘦长的次仁和宽大的普琼，想到他们与拉姆在一起，正在抽芽变绿的心一收，脸不由得红了。

罗布说："我很小的时候就听我的阿妈说，别人白给的东西不能要，我看我还是应该给你钱才对，我身上有钱啊。"

罗布又要了一瓶啤酒，当着拉姆的面喝光了。

他的心有点儿醉了，他说："拉姆啊，很奇怪啊，我觉得你就像我的亲阿佳。"

拉姆看着变得有点儿奇怪的罗布说："是吗？别人都说你的脑子就像不会开花的草，我看你的心里有莲花，你阿妈转经的时候也许会看到莲花了，要是我没猜错的话，会飞的莲花就是你的心，它在绿绿的草地上，在清清的河面上飞啊飞……我是多么想唱啊，罗布！"

> 拉姆多么好，见了男人就想唱歌
> 拉姆多么好，见了男人变成了河
> 拉姆多么好，她是男人心里的水
> 拉姆多么好，她让男人变成了树

正在拉姆唱的时候，生意人次仁从县城里来到了罗布所在的那个村。

次仁是个花心的男人，他也是拉姆的树。

罗布准备走出去，次仁却叫住了罗布，他说："罗布，我有青稞和砖茶需要送到草原上，草原上的羊剪了毛需要运到城里去，明天你就跟着我走吧。"

罗布答应了次仁，闷闷不乐地走到自己的驴群里。

他拍拍其中的一头说："明天，次仁说让我们去草原。"

说完话，罗布回头的时候看到店门关上了。

罗布的心里更乱了。

"拉姆啊，你就要给次仁唱歌了，这是多么奇怪啊，这可有点儿伤着了我的心啊。"说着，罗布又拍了拍毛驴说，"拉姆，拉姆……我的驴啊！"

第二天，次仁让罗布在每头驴的身上装了两个大大的包，太阳出来的时候他们出发了。

经过多吉的小店时，罗布抬头看了看窗子，他没有看到拉姆在窗口，心里的失落就像风吹柳。

出了村子，次仁让罗布把毛驴赶快一点。

走了一阵子路，在山路拐弯处的一片树林里，拉姆穿着新新的氆氇从树林中走了出来。

拉姆要跟着次仁去另一个地方过日子了，那个地方是哪里？达娃心里没有谱，拉姆的心里也没有谱。不过，和自己的情人在一起快活，哪儿不可以当家呢！

拉姆与次仁见了面，抱在一起亲了嘴，嬉笑着的拉姆从达娃的怀里脱开身，回头对罗布奇怪地笑了笑，那笑似乎是在问，她这样做有什么不对吗？

罗布逃开拉姆的眼睛与笑脸去看自己的毛驴，然后又用眼睛去看风景。

搓板路曲曲弯弯，路下边的河水汩汩流淌。

山很高大，天很蓝，蓝蓝的天空白云飘……

阿妈，阿妈，昨天晚上罗布看到在家里转着经轮的阿妈，她的心念着六字真言，生命里的莲花层层开放，就像罗布在天空中看到的白云。

后来阿妈突然说："罗布啊，我想到拉萨去一趟，到大昭寺门前磕等身的长头，我一直想祈求有灵的神照顾你，给你一个姑娘当妻子……"

罗布说："阿妈啊，可是你现在走不动路了啊，等我回来让毛驴驮你去吧。"

阿妈闭上眼说："我的心早就到了那儿了啊，那儿的青石板被人的身子磨得光光的，青石头被人的手和膝盖磨出了沟槽……"

罗布走路去过拉萨，往返也不过十来天的时间。阿妈多次说要去拉萨，可是罗布和他的毛驴一直没能把阿妈带到拉萨去。

罗布听人说起过拉萨，说拉萨可是一个大城市，光一个布达拉宫就有上千的房间，别说人，就是村子里的牛羊和石头都住进去，也住不满呢。

一个地方和另一个地方的风景不一样，今天和明天的风景又不一样，心里有事儿的罗布，他的心在一路上的风景里渐渐敞开。那些风景里的精灵是路上的石头，路边的树，河里的水，水中的鱼，远处的山，山上的雪，山下的草地，草地上的牛和羊……

他回头看看拉姆和次仁，又抬头看了正在向西边落下的太阳，突然心里一阵焦闷。

罗布蹲在地上不走了，他的毛驴也不走了。次仁和拉姆走上来。

"罗布，怎么不走了？"拉姆蹲下身子说，"天黑之前我们要是走不到城里，只好睡在外边了！"

"我的心让我停下来，我的毛驴也不愿意走了……我感觉我们的路错了，次仁可是没有说要带着你去草原驮羊毛的啊！"

"拉姆在家里闷得慌，想要出去散散心。"次仁眨着小眼睛说，"现在我们不去草原驮羊毛了，我们直接通过草原去县城。"

"停下来让我想一想吧，我的心里被石头塞住了。"罗布从身上摸出鼻烟壶说，"真的很奇怪啊，我觉得心里的风景不流动了，好像有什么事情要发生。"

次仁看了一眼拉姆，拉姆用眼睛看着远处。

走在罗布后面的次仁跟拉姆商量怎么处置罗布的事。

次仁觉得，如果罗布回到村子里，多吉找不见拉姆就会知道拉姆是跟他走了。要是有一种办法让罗布再也回不到那个村子就好了。

对付傻罗布，石头和刀子是一种办法，可是那样的话他和拉姆的心就得变成石头和刀子。拉姆的心不许达娃这样做。

后来拉姆说："我们到了山南就让罗布回家，然后我们搭车去拉萨，即使罗布会告诉多吉，多吉也不知道我们走到哪里去啊。"

贪心的次仁说："罗布的六头毛驴如果属于咱们，是可以换许多钱的啊！"

拉姆听了次仁的话心里不高兴，她说："罗布的心里还有一头毛驴呢，那头毛驴就是我，难道你也想把我换成钱吗？"

次仁听拉姆这样说，奇怪地笑了笑，不说什么了。

生命里有河的拉姆把目光从远处落到罗布身上，又落到次仁身上。

拉姆生命里的水流得太快了，便用心调节得慢下来。想到不确定的未来，慢下来的水又快起来，波浪起伏的水在生命里泛滥，让她的眼睛里有了泪水。

拉姆从远处的风景里获得启发，她想，心里有水也有花的罗布多么好啊，可我为什么却跟了次仁，这个心里有毒，嘴巴上却抹着蜜的次仁，我跟着他又能过什么样的日子啊……

拉姆把自己生命里的男人一个一个想了一遍，最后模糊又清楚地感到罗布应该成为自己的男人。罗布和拉姆都是心里有水也有花的人啊。

次仁的一张脸，笑容是装出来的，他的话虚虚假假，他的心早就变成不通气的石头心了。不过那样的心太硬了就骗不了女人。

次仁让自己的心变成软软的心对拉姆说："拉姆，好日子就在眼前了，可是你的眼里却有了泪水，要是风吹的，我就用手给你擦一擦。要是因为别的事，我想，我会听你的。"

拉姆笑了笑说："是啊，是风吹的，我看是山上的石头太寂寞，让山里起了风……"

"罗布啊，去对你的毛驴说，我们走路吧。"次仁对罗布说。

罗布吸了几鼻子烟，心安稳了一些，他看看漂亮的拉姆，觉得拉姆还是他心里的驴。啊，多情的拉姆啊，穿着漂亮氆氇的拉姆，你是一头美丽的驴。

眼里只有拉姆的罗布觉得既然是拉姆想要去散心，跟着次仁也没有什么不可以。他从地上站起身来，走到脖子挂着铃铛的驴身边，用手拍拍它的脖子说："走吧，走吧，我们和拉姆一起去散心！"

有路的风景不如没有路的风景美，罗布奇怪的心让他放弃走大路，走到了没有路的地方。

以前罗布去县城的时候曾经走过没有路的路，那儿是个大草原，是条捷径。

在那高高的山间的草原上，那儿是另一片天地。

在那里，六月里的天空也落雪，雪山上融化的水浅浅地流过短短的、不枯不绿的草，流动得缓和而透明。

野兔子隐藏在大的石头后面，听到动静跑出来也不怕人，就好像那儿从来没有人来过，来上几个便成了兔子的风景。

罗布和他的毛驴与次仁和拉姆走进草原的时候，天已经傍黑了。

次仁望着一眼看不到头的草地，抬头看了看阴云密布的天空说："刚才太阳还很亮，走进这片地方太阳怎么就没有了？太阳没有了，天也变了，真是奇怪啊！"

"在没有月亮和星星的夜里，草地上流动的水也失去了光，"罗布说，"要是走进沼泽地，我想我们的天空再也不会亮起来了。"

"该怎么办呢？"拉姆焦急地说，"刚才我还想唱歌呢，现在我心里所有的声音都被这个鬼地方给吸走了，这儿真静呢，一丝风的声音也听不见。"

又走了一段时间，罗布停下来说："找一个地方住下来吧，看，天上开始落雪了。"

前面看不到路了，次仁和拉姆只好同意。

毛驴身上的东西被卸下来，帐篷在一片干爽的地上支起来了。六头驴子拴在帐篷的四个角，三个人钻进帐篷里。

次仁与拉姆睡在一起，罗布单独睡在一边。

安静的帐篷里只有喘息的声音，倾耳去听外面，雪下得更紧了。

过了一会儿，罗布说："我可怜的驴啊，你们受苦了，我也该给你们准备一个帐篷才对啊。"

罗布走到帐篷外面去，他看不太清楚他的驴，外面灰黑一片。

"趴下来吧，伙计们，虽然天上落着雪，可是地面是热和的。"罗布用手摸着驴的脑袋说，"天亮了雪也就停了，我们走出草原就可以看到美丽的县城。"

有一头驴叫了一声，帐篷里的次仁吓了一跳，以为自己的心事被发现了。

等罗布走进帐篷的时候，次仁说："外面很黑吗？"

"是啊，虽然雪是白的，可是雪落到草里就不见白了，外面很黑呀！"

"早点睡吧，"次仁说，"走了一天的路了。"

罗布躺下来，心里想着的是自己的驴，他想自己心里的那一头，那一头驴是拉姆。拉姆，拉姆躺在次仁的身边啊……

后来生命里的风景一齐压过来，让罗布的眼皮变得沉重起来，他睡着了。

拉姆的心感觉有什么事情要发生，驴的叫声一直萦绕在她的心里。

下半夜次仁用手动了动拉姆，拉姆的心像是被一双手握紧了，不过她没有动。

次仁以为拉姆也睡着了，他从自己的腰间摸出弯刀。刀子出鞘时发出轻轻的哗啦声，拉姆听到那声音，心都快跳出来了。

在次仁摸罗布脖子的位置时，拉姆在他的身后拉了他一下。

次仁吓了一跳，刀子抹在罗布的脸上。

罗布醒了。

次仁准备再用刀去割罗布的脖子时，拉姆死死地抱住了他。

那时候拉姆觉得自己的心都跳出来了，她说："罗布，罗布，快跑啊！"

黑暗中的叫声惊动了罗布的六头驴，它们从地上跃起来，带倒了帐篷。

次仁从帐篷里爬出来时，看到黑暗中的毛驴扬着脖子叫，心里慌乱成一团。

拉姆和罗布从帐篷里爬出来时，听见次仁的呼救声，原来慌乱中他陷进了沼泽中。

天亮了以后，乌云散去了。

地上有一层薄薄的雪。阳光射到草原上，十分美丽。

罗布和拉姆眯着眼睛看了看太阳，瞬间觉得从来就没有次仁那个人，而过去就像一场梦一样。

旺　堆

县城比内地很小的一个镇子似乎还要小些，大体是安静的白色，被周边稀疏的绿树围着。南边有个屠宰场，长着弯角，身强力健的牦牛被人用绳子勒住了嘴巴，不能够呼吸，眼珠子凸出来，在它再也没力气挣扎的时候，刀子从它的耳后穿进去。

空气中弥漫着青草色的血腥味。

旺堆经常从远处跑过来看牦牛被杀死的过程。他不言不语地看。

年轻的尼玛认识旺堆，两个人并不怎么说话，但是尼玛从心里有些喜欢旺堆。

尼玛从旺堆长方形的脸上看到他正盯着自己手里的刀尖上的牛。虽然并不知道他心里在想什么，可是会对他笑笑，轻轻叫一声他的名字，就仿佛心不发出声就不愉快似的。

旺堆是英俊的，他的个子高高的，身体宽大结实，但是他不像男人，他在与人对视的时候会低下头，像个害羞的姑娘。

尼玛叫一声"旺堆"，旺堆发现尼玛叫他，笑一笑，然后抬头看看天，看别处，瞬间就逃了许多地方似的，像是在掩饰着什么。

在那些认识旺堆的人眼里，旺堆是一个简单的人。

在欧珠还没有去远方的时候，他曾经说过："从旺堆的眼睛里可以看出，他的身体里流的是清水。"

旺堆不爱说话，似乎唯一的爱好便是看着别人忙碌。

看完一只完整的牦牛被剥皮肢解，黄昏到了，他通过两边是树的石头路回到自己的住处。虽然死去的牦牛和旺堆并无关系，但是牦牛却被他收藏在心中了。

旺堆的心里收藏着许多死去的牦牛，一只收藏进去，另一只在心里就远了一些，虽然远了一些，只要他愿意让它们走近它们便走近。

也许那些死去的牦牛的灵魂都是属于旺堆的。

是从高山上流下来的水给了旺堆特别的心。从山上引下水来，让水不要流到不该流的地方，这是管水的旺堆的责任。

旺堆是被村子里的人派出来管水的人。旺堆的阿爸和阿妈早就死去了，他一个人生活，在村子里的家破落得不成样子，最重要的是他种不好地，也没有办法管好羊群。派他到离村庄有些远的地方管水，没有人比他更合适了。

旺堆在山坡下的两间用石头垒成的房子里生活。

房子早就有了，墙面抹着白色的泥料。

旺堆看着墙的时候觉得墙太白了，太白了容易照见一些神秘的事物——他潜在的心理渴望一点生活气味，这样也许可以调和他水雾弥漫的心。

他从外面拾来牛粪，捣碎了拌上短麦秸秆，用手做成饼子贴在了墙上。几十片牛粪饼让墙更美气。向阳的山坡上也贴着许多牛粪饼，独立生活的旺堆需要那些牛粪饼烧火做饭。

旺堆的房子离树林很近，鸟儿飞来落在旺堆的房顶上、树上，唱歌飞跃。旺堆常常躺在树底下望着鸟儿出神，出神的时候，任凭可能是来自于太阳和高山的风卷着一些草屑和灰尘飘过他的身体。那样的时候，生命里流水的形状与声音，即使在旺堆看不见也听不见的地方，也会流进他的心里，发出汩汩的声音。

他会莫名地想念那些他管着的水，那些清清的水，流走了，都流到哪里去了呢？

旺堆守着的那片天地，除了村庄和县城，还有田野和草场，田野和草场被看起来有些远的山抱在怀里，是会成长的图画。

在冬天，会有远方飞来的大雁与野鸭，那些有灵性的鸟儿用翅膀划开过许多地方的空气，捕获了天空的秘密，鸣叫的声音浑厚又透明。

每年冬天落雪的时候，旺堆似乎都能从那些从远方来的鸟儿身上获得信息，让他觉得这个世界上一切都是浑然一体的。

一切都是有灵性的，心要捕捉到需要深想，旺堆的生命正在悄悄开放。

在旺堆二十八岁的那个春天，在西藏有许多个叫强巴的人中，有其中一个见到正躺在山坡上晒太阳的旺堆。

"旺堆，我来了，你不觉得所有的山都离你更近了一些吗？因为我的到来，你的生活就要发生改变了……你去上山吧，把水晶石找到了，女人也就离你不远了。"

"我觉得时间静止了，山却在成长。"旺堆轻轻地说，"水晶石和女人和我有什么关系吗？"

"我听说心里简单的人，眼光也简单，这样的眼光会让你发现大的水晶石……你从山上采来水晶石可以卖给我，有了钱你就可以娶女人了。"

"女人，它们是大雁吧！"旺堆认真地望了望天说，"有谁愿意和我在一起守着水过日子呢？蓝蓝的天空也只不过有几朵白云飘，我又为什么要想那么多呢？我是守着水的旺堆啊！"

"要是你能变成白云啊，我什么都不用说了……听我的话，把你躺着的时间用到别处去，你就会有新发现！"

旺堆生命中那些死去后却仍然在虚无中鲜活的牦牛，常常进入他的梦境。

他梦到那些牦牛从雪山上走来，从草地里走来，聚集在他的面前，用眼睛和弯弯的角对着他，让他的心收紧了，以为是无意中发现了神秘事物的秘密要面临惩罚。

梦中他的眼睛望着别处，又盯向地面，地面上是被太阳晒得光滑的石头，那种在梦中的光滑温度让旺堆想要说话。旺堆几乎要哭了，他在梦里说："我说不清楚你们为什么要来找我啊，我不能给你们路，你们从哪里来，就回到哪里去吧！你们看，太阳正亮，太阳正亮……"

牦牛们在旺堆的梦里并不说话。

过了很久，那在梦中的一切似乎就像是心灵与时空、生命与万物的对峙。旺堆期待着那些牦牛消失，因为他心盛不了太多事物。后来没有办法，他想到了自己管的水。

那水从山上流下来，流向梦中的牦牛群。

旺堆说："喝吧，这是属于你们的水，喝下它们就去吃草。"

那些牦牛低头喝水，然后离去，旺堆的梦也就醒了。

因为梦，生活也要发生改变。

因为那些梦并不是凭空而来，醒来的时候旺堆期待着自己的生命和生活发生改变。虽然他仍然在自己的生活中，可是强巴来了，让他去找水晶石，而且，水晶石与女人还有关系。

女人，女人……旺堆的心流出一股甜味的清水。

旺堆上山找水晶石的时候，山脚下草地上有许多野草花开了。

走过芳草地的时候，因为有了具体的目标，旺堆的脑袋里本来没有什么想法，可是那些有灵气的花与草让旺堆有一些想法了。

他弯腰摘了一朵兰花，放在鼻子上闻了闻。

"花……"嘴里轻轻说出这个词，旺堆的心里便有了一朵花。尽管他抬头看山时，山还是棕色的，还是那样高。

一朵花敞开了生命，一股同时也吹着天空和白云的风，吹进了旺堆的心里，让他心情喜悦地想到了格桑。

不久前，旺堆在河边遇到放羊的格桑，当时格桑正蹲在地上撒尿。

格桑个头不高，扎着粗粗的辫子，大眼睛黑白分明地亮着，黑色的脸膛上有两片酡红，记录着太阳与高原的风景。

会唱歌的格桑，嗓子像清亮的河水。旺堆以前是听过她的歌的，那时候他觉得格桑就像一朵花儿。

如今他手捏鲜花的时候想到格桑，他觉得自己的心动了。

哦，一朵鲜花在地上撒尿。旺堆的心活泛起来，生命里有了那句话，却没有说出来。

在天高地广的高原上，格桑看到旺堆，站起身来笑着说："水里的石头是湿的，地上的石头是干的，所以啊，我要这些地上的石头也变成湿的。"

哦，格桑多么好，她竟然说出这样调皮的话。

旺堆笑了，他走过去，好像是有意看了看那片被格桑尿湿的地，然后说："我看到了……地湿了，地上的石头也湿了。"

"你的心会不会也湿了呢？"格桑咯咯地笑着，用带风情的眼盯着旺堆。

旺堆逃开了格桑的目光，去河边洗脸，也许是水给他带来了想法，激活了他简单的心，于是他说："你看，我也湿了。"

旺堆的话让格桑笑弯了腰，看她笑过了，旺堆觉着自己也该走了。

　　本来旺堆只是想要用河水洗洗脸，并没有想到要碰上格桑啊。不过格桑蹲在地上撒尿的形象却存在他的心里了。

　　旺堆转身走掉的时候，身后的格桑叫他："旺堆……"

　　旺堆并没有回头。

　　格桑在叫他，可是，他一回头，那声音就消失了啊。

　　也许旺堆真的是不开窍的旺堆，也许爱需要一个人的世界发生改变才能正式开始。

　　强巴来了，给他指了一条路。

　　寻找水晶石的旺堆，站在山上的旺堆想起格桑，他看着一重接一重的山和望不尽的蓝天，觉得自己的确是需要一个女人了，这样的渴望一直潜藏在他的生命中。

　　在旺堆简单的心里，在他生命里的风景，不管是梦还是现实，都取代不了一个女人。格桑，格桑，撒尿的格桑啊，你就像会落雨的云天啊……

　　旺堆把找来的水晶石送到强巴手里，强巴的眼睛在放光。

　　他说："在我想到钞票的时候，我跳开众人的影子想到了你。我想啊，旺堆一定会找到更好的水晶石，在所有寻找水晶石的人当中，你找到的水晶石是最好的也是最大的。你发现了水晶石，我发现了发现水晶石的人……旺堆，告诉我你是怎么发现这么大的水晶石的呢？"

　　"我在石头里闻到了花的香味，那是水晶的香味；我在心里想到了格桑，我觉得水晶石的心也想她，我们想到一起去了，就找到了。"

　　强巴看着认真的旺堆，不由得呵呵大笑起来："旺堆啊，格桑可是和尼玛订了婚的啊，不过，你要是找到更好的水晶石，格桑也许会变成你的格桑呢。"

　　"格桑如果不能变成我的格桑的话，我想我可能再也发现不了水晶石了。"

"为了你能找到更大的水晶石，我愿意美丽的格桑变成你的格桑。去吧旺堆，去对格桑说，要是她的心里也有你，那个姑娘啊我看与你是配的。"

旺堆找到放羊的格桑说："一个用刀的男人，我觉得应该找石头结婚；尼玛虽然看上去也不错，可是，格桑啊，我在寻找水晶的时候想着你，你就是花儿……"

格桑笑了，她说："是吗？我以为你的心里没有我呢……可是我的阿妈说，一个用刀子的男人，家里人是不会缺少肉吃的。"

"尼玛杀死的牛都盛在我的心里呢，我用我管的水洗净了牛身上流出来的血……有时候我想啊，这个世界应该像水里的石头那样光滑才理想。我们为什么要吃肉呢？我从来就不想吃肉的啊！"

"哦……虽然我不喜欢尼玛身上的腥气味，可是我的阿妈她喜欢，我是阿妈的女儿啊！"

旺堆抬头看天，然后又看着格桑，他说："假如你尿湿的石头不会干的话，我想你阿妈的主意也就有可能不会变了，可是我想那天湿了的石头现在已经干了吧！这个世界上，如果人的心需要改变的话，有什么不可以改变的吗？"

"我是喜欢你的眼睛的，旺堆，你的眼睛里有清水，我想我是一只需要清水的羊，可是那天我怎么没有发现清水里有我的影子呢？"

"那天湿掉的石头只是一般的石头吧，我发现水晶的时候透过水晶才看到了你。"

旺堆有意地去找格桑说过几次话，后来格桑把羊赶到旺堆的住处了。

格桑说："旺堆啊，你一个人住在这片山坡下的树林里，可是连院子也没有，如果我的羊跑了怎么办？"

"以前我没有想到女人是需要一个院子的，我想要是你肯嫁给我，山上的石头都会跑过来变成院墙。"

"你不怕尼玛的刀吗？在外人的眼里，你可不是他的对手啊！"

"我心里的水是刀子扎不透的……格桑啊，只要你愿意，你要什么我都会给你弄来的，强巴说水晶石可以变成许多东西。"

"是吗，旺堆，我阿妈说，我们女人是靠耳朵活着的，以前我听人说你是不爱说话的石头，要是我嫁给你，你会永远像今天这样给我说话吗？"

"就是我不说，我心里的那些水也会通过我的眼睛说话吧，你的耳朵听不到，难道心眼也看不到吗？"

"要是我的阿妈不同意，尼玛他也不同意，我们该怎么办？"

"旺堆同意了，格桑同意了，别人不同意也是没有关系的，难道不是这样吗？"

两人接吻——鸟儿的唱声有了变化，格桑走了以后，旺堆发现了这一点。

把山上的石头滚下来，一块接一块，然后旺堆把石头搬到家里来，垒成院墙。

院墙有半人高，找来木头，然后用铁丝做成门，门关上，格桑的羊走进去就不会跑丢了。

旺堆和格桑在房子里。

尼玛发现的时候，身上没有带刀子，他用石头打破了旺堆的头。

旺堆的血流出来，他用手捂着流血的头说："要是我的血像河里的水，流得多一点也没有关系。"

"要是你的身体里流的是水，你就不会和我的女人在一起了。"

　　"难道我有什么办法吗？我的心里开了花，格桑就是最美的一朵啊！"

　　尼玛抽出烟来点着说："旺堆，不要以为杀牛的人心里就没有别的东西了，这一段时间没有看到你，我是想你才来找你的……"

　　格桑抱着旺堆对尼玛说："旺堆的头破了，你该走了……你走啊！"

　　尼玛吐了一口烟，沉思了一会儿，站起身来说："旺堆是简单的，我也有一个简单的想法，以后我会实现的。"

　　冬天快来的时候，大雁与黄鸭飞来了。

　　这个时候的格桑变成了大肚子。

　　旺堆与格桑结婚了，旺堆想去看看那些从远方飞来的鸟儿。等他回来的时候，格桑哭了，身上的衣服被撕破了。

　　尼玛来过了，他和另一个女人订了婚，可是他还记着自己的想法，心里想的还是旺堆与格桑。他并不想怎么样，可是他想要弄出一点事情来心里才舒服。

　　那些被他杀死的牦牛皮毛和骨肉让尼玛有了这样糊涂的想法吗？

　　尼玛想得到格桑，他得到了格桑。

　　他对格桑说："为什么不能这样呢？虽然你怀上了他的孩子，可是我告诉你格桑，我这样做就是想让你觉得你肚子里的孩子是我和旺堆一起让你怀上的。"

　　旺堆手拿治水的铁锹去找尼玛。

　　旺堆的铁锹砍在了尼玛的胳膊上。

　　尼玛脱掉衣服对旺堆说："看，血流出来了。"

　　旺堆说："我很久没有梦到那些被你杀死的牦牛了，我的心里早就敞开了一个洞，所有的牦牛都从那个洞里走出去了，因为我有了院子和女人。"

旺堆要走，尼玛拉住了他，他拿出酒来，两个男人坐下来喝酒。

"旺堆……"

"说吧！"

"你看着我杀牛的时候，我觉得就像自己看着自己。你有了格桑就不看我杀牛了，我发现自己也丢了。我想啊，我的灵魂也被你带走了吧，可是我知道，我活着，现在，我想让你叫我一声'朋友'。"

旺堆那天晚上叫了，回去的路上还有一丝后悔，他想到格桑，觉得自己不该跟尼玛在一起喝酒，更不该叫他"朋友"。

可是他没有想到，第二天尼玛用杀牛的刀杀死了自己。

旺堆听到这个消息的时候远远听到大雁与黄鸭的叫声，浑厚又透明，在那声音里，雪山和草地上的牦牛正在低头吃草。

目光转向县城的方向，那小县城在雪中像面镜子，仿佛照见了照样安静的一切。

朋　友

1

我的朋友俊生，有一年时间在家里写长篇。他想成为中国的塞林格，虽说那时他还没有真正写过一篇小说。卖掉了在报社工作时买来的一辆二手普桑，有了将近两万块钱，那些钱成为他居家写作的资本。他以为两万块钱足够用上一年，而一年中他就可以完成杰作。如果书出了，最低估计首印十万册，也将近有十五万的稿费。稿费还算不了什么，那时候他就出名了。出了名了书就更好出了，出版社会争着要他的稿子，不想写都不成。那时他三个月写一部长篇，一年就可以写四部。不过写三部就行了，留下三个月时间好好玩。

写作时俊生总想着出版后名利双收后的日子，因此在那一年中他不仅花掉卖车的钱，另外还向人借了两万。他需要一份工作维持生活，便在一家杂志社做了编辑，成了我的同事。我也喜欢写作，我们还有一些共同的话题。中午的时候，两个人经常一起去单位附近的小饭馆吃饭。我们吃的是那种六块钱一碗的油泼面。

吃面的时候，颜俊生便忍不住发牢骚："这是人吃的东西吗？

等我的书出版了，我不会让你再在这样肮脏的地方，吃这种没有营养的面了。"

"好啊，我等着你发财！"

"一年花了四万块，天天在家里，我是怎么花的啊？你一年加上稿费都赚不了四万吧？"

"是啊，咱们一个月才一千多，就是加上稿费，每个月顶多也不过两千来块。"

"工资太少了，一千多块换成美元，也不过是人家外国人一顿饭钱。我在报社工作的时候一个月多少？你猜。整整是你现在工资的十倍，想不到吧？你不相信？当然，并不是每个月都有一万二。不过有时候谈个软广告下来，有可能拿到两万、三万。你可能会问我为什么来你们这儿，实话告诉你，我想换个工作。作家不是要体验生活吗，老在报社干没意思！我想为我下部书积累素材。下部书我会把你写进去，就写我们在一起吃面。到时候用你真名你不介意吧？"

"不介意！"我老老实实地说。

吃过饭，在回单位的路上俊生点燃支烟接着说："知道我买的床有多少钱吗？七千多，是红木的，有收藏价值，等再过几十年说不定就值几万。光一个床垫就有四千多，睡在上面你就知道什么叫舒服。你要是睡在上面，肯定舒服得不想去上班。买张好床意味着什么呢，意味着你带回家的女孩都是上档次的，不上档次的你带到那张床前就会觉得她不配和你做爱。你有过几个女人了？"

"还没有过。"

俊生哧的一声笑了："不是吧，你还写作，干脆去卖红薯吧！不是我说你，你这人太老实了，女人不喜欢太老实的男人。你应该了解一些世界上著名的作家吧，他们哪一个没有过七八个情人？我简直无法想象，一个作家离了女人还会有什么可以写的。我没有看过你写的东西，不用看就知道没有什么意思。"

"交女朋友是需要花钱的……"

俊生斜着眼看着我说："给女人花钱，你有没有搞错？我就从来没有给女人花过钱，都是她们给我花，再不就是AA制。不是我吹，你看我这长相就应该相信我……你知道裴勇俊吧，韩国明星，大腕，人家拍一个广告就几千万。全世界的女人都把他当成自己的情人，有人说我和他长得很像。给女人花钱，你是不是太小瞧我了？"

"你和别的女人鬼混，你女朋友知道了怎么办？"

"有女人的男人都会面临这样的问题，我在这方面可以说是个专家。你读过书吗？你读过的书难道没有教你怎么样泡女人？写《洛丽塔》的那个作家叫什么来着？哦，对，纳博科夫，他小说中的中年男人汉伯特和一个才十二岁的女孩发生了关系。还有《北回归线》的作者亨利·米勒，他写的这部书中国的作家是写不出来的。中国只有一部书是值得一看的，就是兰陵笑笑生写的《金瓶梅》。这些作家如果自己没有经历，怎么可能写成世界名著？我实话告诉你，肉体越堕落、越腐烂，越是可以滋养灵魂，你需要那种坠落的感觉才有可能写出世界名著。你没有看过我的长篇，你看了之后就会对我有信心了，你就知道怎么泡女人了。实话告诉你，这部书不会比任何一本世界名著差。在我的这部书中，我和五十多个女人发生过关系。出版社的编辑一个个都是猪，现在还根本认识不到我这部书的价值，等这部书火了，让他们后悔得吐血。阿来你知道吗，《尘埃落定》，据说被退过十多次稿，谁能想到这部书会获茅盾文学奖呢？"

我是那种不太爱说话的人，听着俊生的高论，我默然无语。

回到单位，俊生不想午休，又拉我到楼道里说话。他从口袋里掏出烟，知道我抽烟，也不说给我一支，自顾把烟拿在手中把玩说："在大街上看到那些漂亮的女人，你也会动心的吧！实话告诉你，这是人内心真实的感觉。你喜欢，你为什么不能追求？你现在都快三十岁了，还没有和女人发生过关系，怎么说你呢，你简直不配做我的朋友。"

俊生说话很有意思，因为他说话的时候态度是认真恳切的。他不喜欢别人跟他争论，因为他永远会觉得自己有道理。在编辑部十多个人当中，也只有我是最佳听众。

"我的女朋友当然不希望我与别的女人发生关系，但是我不能因为她希望我怎么样，我就该怎么样。男人嘛，所有的男人对女人都有一种占有欲。换一种说法，也可以说是一种付出，一种牺牲精神。城市里那么多孤独的女孩，我们不去满足她们，谁去啊？尤其是像我这样长得这么帅的，更不能浪费资源。写作是一件辛苦的事，也是伟大的事情，尤其是我们干作家这一行的人，也可以说是为了全人类而写作。我们身边更应该有不同的女人。你应该相信，上帝都会支持我的观点。"

俊生把烟点燃，我的烟抽完了，也想要抽一根，便跟他要。

俊生有点心疼地说："好猫牌的，二十块钱一盒，一根就是一块钱。"

"你现在又没钱，还抽那么好的烟？"

"你看我这气质，这长相，能像你一样抽两块钱一包的烟吗？我档次下不来，不过，以前一天抽两包，现在两天抽一包，也算是节约了吧。"

我点燃烟，不相信地说："会有那么多女人上你的当吗？"

"上当？上谁的当？你别把女人想得太好了，她们的心里想的和男人想的差不多。说白了，在这个年代，爱情是骗人的东西。但你要想得到女人，还必须得打着爱情的旗帜，因为女人都很傻，人们相信那一套。事实上在我的词典里对于女人永远是两个大字：占有。"

俊生的手指攥在一起，在空气中用力握了一下继续说："占有是相互的，在我占有她们的时候，她们也占有了我。换句话，占有就是爱情的另一种版本。总之，你以后跟我聊天会长知识的，你的思想会发生根本性的变化。你还抽我的烟，也好意思！快三十岁的男人了，一个女人没有过，你现在就配抽两块钱一包的烟！你别笑，你别以为我在开玩笑？实话告诉你，你以后得虚心向我学习！"

2

那时，我们在西安。

我和俊生不过当了三个月的同事，因为他的心思不在工作上，也编不上稿子，老板把他给开除了。他没有工作，也没有收入，那段时间他又和自己的女朋友分手了，吃饭都成了问题，他便向我借钱。

"前几天我去夜总会了。长得漂亮的女人，都在夜总会。有钱的男人，也都在夜总会。那些有钱的男人，还有长得漂亮的女人个个都是艺术家，他们会玩，会享受，他们的生活比我们更艺术，更高级。钱是好东西，有钱的男人可以让女人围着团团转，有钱可以让一切变得更艺术，比艺术还艺术。在这个世界上什么最重要？钱。不要以为我是向你借钱，我向你借钱是给你面子，一般人我还不开这个口。你借给我的这点钱算什么呢？等我有钱了加倍还给你。告诉你一个好消息，现在我的书快签合同了，用不了多久就可以拿到稿件。"

"你去夜总会干什么了？"

"体验生活啊。那儿有漂亮的女人，也有长得好看的男人。实话说，尽管我有可能会是未来的世界级文学大师，但是我现在想找个有钱的女人，这样我就可以让我过一种优越的写作生活。不过结果很让人失望。想知道为什么吗？中国有钱的女人不像国外女人，她们不懂文学，你给她们谈文学等于是对牛弹琴。你不要以为给富婆当情人这很丢人，这有什么呢？这也是一种体验，一种经历，对将来的写作是有帮助的。如果有这样的机会，你会不要？"

"我不要，也不可能有这样的机会。"

"傻了吧你，连这点牺牲精神都没有，我敢肯定你这辈子都写不出什么好作品。嗳，说实在的，生活在中国的确是让人失望的，因为中国的女人比较现实，不懂得浪漫，不知道情人是个什么概念。她们尤其不懂得如何欣赏文学艺术，说白了，因为她们没有什么文化，又特别虚伪。不像欧洲一些国家的女人，从小就弹钢琴，喜欢绘画，阅读大量的世界名著，活得特别真实。因为种种原因，她们也许会嫁给巨商富贾，不过她们热爱艺术，愿意为艺术献身，随时有可能和艺术家私奔。她们会以资助艺术青年的创作为荣幸。如果我生活在法国，或者美国，现在根本就不用我操心生活的问题。"

"下一步，打算怎么办？"

"我认识了一位混社会的人，那人身上文了九条龙，放高利贷的，杀过人。以前我们关系很好，但是我不想跟这样的人多打交道。我欠了他的钱，当初只向他借了七千，才一年时间现在就三万了，利滚利，这个钱没法还。我想换个城市。"

"去哪里呢？"

"上海比较好，号称东方巴黎。不过北京是政治文化的中心，我想还是去北京比较好，在北京如果成名了，等于是在全国成名了。一个月工资才千把块钱，你说西安有什么发展？我真后悔在这里浪费了这么多年。我劝你跟我去北京吧，我在网上看了，北京一家报社正在招记者，一个月有七八千块钱。你不适合当记者，可以随便找一家杂志社都可以当编辑。北京有多少文学刊物啊，在那儿当了编辑，以后发小说也容易，离出名也不远了。"

3

我也早就想要去北京发展发展，经俊生一鼓动，也就决定去北京了。

我和俊生一起来到北京，两个人租住在定福庄的一间民房里。房子不足十平方米，放两张单人床，显得满满当当的。颜俊生那时运气不错，很快就在报社上班了。我找工作费了一些周折，不过半个月后还是有了工作。

来北京没过多久俊生就谈上了女朋友，他带女朋友来住处时，就打发我去网吧。后来我借钱给他租了房子。

帮他搬家的那天，俊生在他的小房子里说："你看，这是人住的地房吗，简直是狗窝！我从来没有住过这么差劲的房子，这还是在首都北京，外国人都想不到北京还会有这样的房子出租。"

俊生在报社的工作还不错，据他说底薪、稿费加红包，每个月能拿七千多块。然而第一个月他发了工资，说请我吃饭，在小饭馆只要了两个菜。一个是酸辣土豆丝，一个是蒜蓉油麦菜。俊生口口声声说自己要减肥，因为他的女朋友给他介绍了一份兼职。

俊生眉飞色舞地说："知道什么叫走秀吗？"

"不知道！不过，你减肥不应该也让我也减吧！"

"你想减也减不下来啊，你看你瘦成什么样子了，我看到你就觉得可怜。不过，两个人吃两个菜，也不算少吧？我最近天天喝美容水，没有吃饭，也不想吃饭，这两盘菜都让你吃还不行吗？我们报社一个月五百块钱的饭卡，羡慕吧？但是，我们吃不完也不给退钱，猪也吃不了那么多钱啊。一开始的时候我想着不吃白不吃——我们的鸡腿是随便吃，还有鲫鱼汤也随便喝。我一次吃六只鸡腿，喝两碗鲫鱼汤，米饭都不用吃了。不到十天体重就增加了十斤。你没看到我又胖吗？"

"胖点好，我想胖都胖不起来。"

"当然，女人都喜欢胖点的男人。不过，前两天我采访一个著名的导演，实话对你说，一点没有夸张，他当时还以为见到了裴勇俊。他说我怎么干起记者来了，完全可以去当演员。他正好准备拍个片子，有一个角色可以考虑我来演，但是我太胖了，如果能十天内减掉二十斤的话就可以了。当明星多好啊，美女环绕，众星捧月，那些追星族为了得到你的一个签名可以为你逃学、卖身，甚至为你去砍人。北京的机会就是多啊，我认识的那个女孩哪天有空了我带你见见，很漂亮的，个子也很高，那身材像李纹似的。她介绍我去走秀，我敢肯定你不知道什么叫走秀。像你这样除了工作就整天闷在家里写作的人是没有什么见识，也不会写出好作品的。我劝你现在不要写小说了，在这个年代写作是没有前途的。不过我是不会放弃写作，等我老了的时候我再写。"

"什么叫走秀呢？"我不耐烦俊生否定写作的意义，便问。

"走秀就是做模特，知道了吧！你看人家胡兵，现在出名了吧！不过我的主要兴趣是当演员，走秀也就是挣点小钱。走一回秀人家给二百，虽然不是很多，但是最主要的是这也是一种展示自己的机会。一个演员在没有成名的时候是不在乎做这些事情的。再说了，看走秀的人当中有许多是有钱的女人，她们中间只要有一位看上我，说不定会给我出个几百万让我弄个影视公司。那时我自己可以写剧本，写了剧本我就自己拍，演员我来选，想上镜的先得和我上床。冯小刚、王家卫、张艺谋他们这些导演算什么？我要是当了导演，不知有多少漂亮女孩愿意投怀送抱，到那时候，你李银江也不愁找不着女人了，只要你说你是颜俊生的朋友……"

我忍不住打断俊生的话说："不管怎么样你今天说了要请客，我想吃肉，你不给个带肉的菜，我以后就不认你这个朋友了！"

俊生看着我开心地笑了，他说："看你说的，真有意思，你是不是一辈子没有吃过肉啊？"

我觉得俊生太自私了，便站起身来准备走人。

"我给你要个肉菜还不行吗？给你开个玩笑你当真了。"俊生拉住我，然后给服务员招手，问我："要什么菜？尽管说，今天我要大出血！你别客气，来个水煮鱼怎么样？不过我现在提到鱼就反胃口，在报社里喝鱼汤喝多了。要不来个小鸡炖蘑菇？我是不会吃的，你一个人吃得了那么多吗？"

我看着俊生喜笑颜开的样子，又觉得没有必要和他生气，于是便坐下来，想了一下对服务员说："要么，随便来个回锅肉吧……"

吃过饭，俊生跟我回到我的住处，他说："我以前没有对你说过。我家里是开厂子的，我大哥是厂长，有三部车。要说多有钱也谈不上，不过少说也有上千万的资产。不过我不能伸手向我家里要。你不知道有钱人的家庭和你们没钱的家庭是不一样的，有钱的人家只有勾心斗角，没有亲情可言。我已经三年没有回家了。三年前我从西安回家过年，给我哥打电话让他开车来接我，结果我在车站等了整整四个钟头，直到天黑了我自己才打了个车回家。"

"是不是你哥有事耽误了？"

"我哥怕我争家产，处处防着我。因为那厂子是他和我爸爸一起创办的，后来我爸生病不能干了，他当了厂长。来北京的时候我妈给我打电话，她说我哥和我嫂子在我爸爸面前说我的坏话。我这才明白我每次给家里打电话，我爸为什么总是骂我……我们家里的事我给你说你也不明白，总而言之，只有我的妈现在才是我唯一想念的人。其实这几年我活得一直很沉重，我想干出一番成绩来回家，我不想被他们耻笑……"

"想干事情，不应该那么花心的吧！"

"我为什么要找那么多女人？这是因为我想从女人那里得到感情，就是得不到感情，我还可以得到欢乐。我算是看透了，男人和女人，一切都是虚情假意。你不得不承认有时候一个人堕落是非常痛快，非常真实的。我想通过我的行为来向全世界的人展示我的灵魂，我究竟是怎么样的肮脏。我要向所有的女人展示我的灵魂，让她们记住我。你不要以为我自以为是，事实上我最看不起的是我自己。当然，话又说回来了，也没有什么人能让我瞧得起！"

4

俊生和报社里的女同事打情骂俏，引起娱乐新闻部主任的不满，找理由把他给开了。

俊生说："我们主任四十多岁了还单身，他以为所有的女孩子都应该是处女，都是给他留的。这不是变态吗？不过我也做得太过分了。我不知道那个女的是他情人。不过她对我有好感，我没有办法，你说对吧？北京美女真是太多了，每一次走到西单，走到王府井，你在商场或者在地铁里随时都可以看到让你心动的女孩。我很想走过去拍拍她们的肩膀，对她说，美女，跟我走吧。但这样行不通。现实太无奈了，那些女孩总是与你擦肩而过，想一想都会心碎。你可以想象她们最终会落到哪些人手里……"

"你这样想是不是很可笑？"我说，"这世界上又不只是你一个男人。"

俊生叹了一口气说："当然可笑，有什么不是可笑的？所谓的社会文明和道德是人类的枷锁，让人在谨小慎微中循规蹈矩地活

着，想一想，那样活着有什么意思呢？我不让自己在所谓的文明和
道德的枷锁中苟且偷生，那是因为我知道人生短暂。"

"你当演员的事怎么样了？"

俊生默默抽了会儿烟说："没戏了，那个导演不过是想让我
帮他宣传一下，其实他根本没有在拍戏。人活着真没意思，你有才
华，到处都有小人排挤你。你越是不顺，事事不顺。人生在世不得
意，明朝散发弄扁舟……"

"你的那个女朋友呢？"

"不联系了，联系她干吗？虽然她是在读的研究生，可说起
话来天真得很，和我没法进行深入的交流。我是不能没有精神生活
的，精神生活最重要的方面，就是找一个能听懂你说话的人。"

有一天俊生给我打电话，说是想借我的房子用一用。他认识
了一个女孩，不想把她带到自己的出租房里。理由是他的房子床太
小，而且特别乱。我不同意。

俊生又说："女孩还有一个女朋友，是幼儿园的老师，那我把
她搞定，让她帮你介绍一下。那个女的我见过，个子高高的，喜欢
文学，非常漂亮，是北京人。你不就是想要找个有文化，能够理解
和支持你写作的女孩吗？就这样说定了啊，一会儿我就和她过去，
你晚上就在我那儿凑合一夜。"

俊生带着那女孩来了，我不再好说什么。那个女孩看上去十分
单纯，第一次见她，她还给我鞠了躬，说了声"您好"。

我和俊生换了钥匙，没有多说便走了。

第二天我回去后女孩子已经走了。

俊生见到我很兴奋，他说："真想不到，她还是个处女！"

"不要伤害人家，如果可以，就好好地和人家相处吧！"

"我是想要和她好好地处，但是她太小了。我问她有多大，
她说自己二十岁，我看她也不过刚满十八岁。我说我不喜欢年龄小

的女孩，她又说自己二十四岁了。你也看到了，她看上去就像个中学生，怎么可能有二十四岁了？太单纯了，她的身体真白，我脱了衣服觉着自己真他妈丑陋。不过这个世界就是这样子的，撑死胆大的，饿死胆小的。你不用这样看着我，我知道你心里不满。女孩变成女人，总是得需要一个男人出现吧，即使我不出现，还会有别的男人。说真心话，我希望你早点结束这种清教徒一样的生活，立马开始恋爱。"

"你一开始就不打算和人家相处下去，怕人家找到你，你就来我这儿。如果女孩找到我这儿，我怎么说？你也太不像话了吧！"

"不是我不想和她好，我不喜欢太单纯的女孩，因为我跟她谈尼采、叔本华，她一点都不懂。她说话的时候也和给小朋友说话一个样，特别受不了。"

女孩打俊生的手机，颜俊生总是不接，后来干脆关机。

终于在星期六的下午，女孩找到我的门上，她的怀里还抱着一只线团一样的小猫。见到我，她羞怯地给我鞠了一躬说："您好，我请问一下，您知道颜俊生去哪儿了吗？"

我一时不知说什么好。

她又说："对不起，您见到他，请您把这只猫送给他好吗？"

我接过猫，女孩又给我鞠了一躬，走了。

到了晚上，俊生才开机看到我的短信。

见了我的面，俊生说："她过来了？我说她天真，你终于见识了吧。是不是她又给你鞠了个躬，对你说'您好'了？我对她说过我从来就不喜欢动物，她偏偏说动物最能培养人的爱心。你说我现在连工作都没有，自己的生活都没有保障，怎么会有心思养猫？"

5

俊生已经欠了我三千多块钱了，他没有钱还，也不出去工作。他希望自己能成为演员，因此每天都去北京电影学院碰运气。不久他带回来了个表演系的女孩。那女孩染着棕色的头发，大眼睛，薄嘴唇，见了我大大方方地伸出手说："大作家，你好！"

俊生向那个女孩介绍我说："我对你说过，著名小说家、剧作家李银江，未来的诺贝尔奖获得者，嗳……那个剧本写得怎么样了？我看下个月就可以拍了吧？"俊生一边说话一边朝我挤眼，我这才明白他叫我和他一起演戏。我不愿意骗人，却也不好当场揭穿他，只好哼哼哈哈。

俊生向女孩吹我说："他特别有才华，有才华的人一般不太善于说话。你别看他现在这么有名气，但是现在还是单身。不是没有女孩喜欢他，是他眼光太高了。也不是我吹他，他将来肯定是一个世界级的文学大师，一般的女孩哪儿配他啊！小江，你看你们同学中哪个最优秀，最漂亮，你给他介绍一下。我这个朋友特别有钱的，现在住在这样的地方实话说是为了体验生活。作为一个艺术家，住在别墅里无法体会到下层人的生存状态，无法写出真正有力量、有影响力的作品……你说对吧？"

小江不住地点头，我也只好谦虚地微微点头或摇头以示回应。我想要他们早点离开，颜俊生却给我使眼色，不想让我多待。在我还在犹豫的时候颜俊生说："你不是说你还有事儿吗，你去吧，我和小江谈一下剧本。"

小江站起身来送我，毕恭毕敬的，还真把我当成了文学大师一般。没有办法，我只好离开了自己的房子。

等俊生打电话让我回来时，叫小江的女孩已经走了。

我一进屋，俊生说："我们什么都没有发生，告诉你你也不相信。我们抱了一会儿，那个时候我不知是良心发现还是怎么着，我觉着我活得特别悲哀。我不能再这样下去，因为我的本质上不是一个骗子。我是一个有志气、有想法，而且完全可以成就一番伟业的男人。我应该拥有我对她说的一切，可是我没有。我感到自己很卑鄙，很无耻，活得特别无聊。我不知当时我怎么就说了那些假话。不过，当我第一眼看到她的时候我很清楚，如果我不说假话，她绝对不会对我动心。也许我是喜欢上她了吧，我就骗了她。我说我家里特别有钱，我现在正准备拍一部反映北漂族的电影，剧本都定下来了，我们为了体验生活，放弃了别墅，就住在贫民窟里。她也是实在想演个角色，又见我不像个骗人的，就相信了我。如果你不认识我，你看我的形象会像是个骗子吗？"

"不大像。"

"悲哀！我沦落到这个地步了。嗳，说真的，我好像是真的爱上了她。爱这玩意儿，我以前不相信，现在感觉到了。爱情让人产生美好的感情，让作家产生伟大的作品。我现在天天在反思自己，我不知道下一步该怎么办。对她说真话我们肯定会拜拜，继续骗她纸里也包不住火。你说我现在该怎么办？我觉着自己现在是在犯罪，没有救了。你不知道，尤其是这几天，在吃方便面喝白开水的时候我特别想自杀。刀子都买好了，下不了手。"

俊生说着眼泪落下来了，我还真没有见他流过眼泪。

我这人一向心软，见他那样，便从口袋里掏出二百块钱来说："这两百块你先拿着用，找份工作吧，不能再这样下去了。"

俊生抹去眼角的泪水，接过钱说："我没有看错人，你是我遇到的最好的朋友，别的我不多说了，从今以后你将会看到一个崭新的俊生。"

6

找工作不顺利，俊生又想要写作。他想要修改自己的长篇，然而他电脑也没有，改不成。给他的两百块钱很快就用完了，他没有别的朋友可以借，又来找我。

俊生说："'老人七十仍沽酒，千壶百瓮花门口。道旁榆荚巧似钱，摘来沽酒君肯否？'这首诗不错，虽然卖酒的老人不会犯傻给岑参一杯酒吃，但是我想他写出这样的诗还是会像喝了酒一样高兴。你请我去喝酒吧，我特别想喝点儿酒。"

看着俊生失意的样子，也为了那首我同样喜欢的诗，我请俊生喝了酒。他醉了，我不放心他一个人回去，又扶着他去他的出租房。

俊生的房子里只有一张床，一张桌子。床上有一条破破烂烂的被子，褥子是一件半旧的风衣。桌子上乱七八糟，桌子一边是他的行李包。行李包上插着一把半尺长的刀子。

俊生说："看，刀，我真他妈想去抢劫。实话对你说，今天我在银行看了半天，我看到有一个女的取了不少钱。我跟上去了，跟了很远，没下手。知道为什么没下手吗？"

"为什么？"

"因为那女的长得好看，我想我怎么能忍心去抢这样一个长得那么好看的女人呢？实话告诉你，我现在心里有很多东西，我想要写作。真的，我现在写肯定会成功。你的电脑能不能借给我用一个月，就一个月！"

"就算我借给你电脑，你不出去工作还是会坐吃山空，书不是那么容易出版的。我的收入不高，没法再借钱给你了！"

"我要挣钱就挣大钱。我的家庭和你的家庭不一样，一个月两千块，我就是挣到了又有什么意思？我仍然没法回家，仍然没有面子！实话告诉你，今天我妈给我打了十多个电话了，我没有接。"

"为什么？你怎么不向家里人说明你现在的情况呢？"

"我手机上只有两毛钱了，接了说不了几句话就会断线。"

"用我的手机，你给家里打个电话吧，省得他们担心你。"

俊生犹豫了一会儿，用我的手机打通了电话。

俊生拿手机的手有点颤抖，眼圈有点儿红，他用力咳了一声说："是妈吗？我的手机听筒坏了，下午刚买了个新的手机。我现在挺好的，书快出版了，你放心……"

俊生挂了电话，我发呆，他发愣。

过了一会儿，颜俊生说："你能不能帮我个忙？"

"帮什么忙？"

俊生从行李箱上拔出那把刀子说："我自己动不了手，你帮我把我给杀了吧，我给你写个证明，证明你无罪！"

我从俊生的手里拿过刀子。犹豫了一下，从口袋里掏出钱包，拿出了五百块钱说："最后的五百块钱了，给你，拿着吧。"

俊生不接。

我说："这个月你再不去工作，这五百块花光了之后，你去偷去抢，是死是活，爱怎么样怎么样，你也再不要来找我了。"

拿着那把刀，我离开了俊生的房间。

游 戏

　　我以老乡和朋友的名誉请商丽吃饭、喝咖啡，后来又带她去看电影，去海边。我送她礼物，几万块的手表，说是做活动时商家的赠品，我留着没用，不如做个顺水人情。几万块的包包，说并不值几个钱，如果她喜欢，以后我写诗请她帮我提意见，就当是指导费了。在她的带动下，我也开始阅读诗歌，想要写一写。她知道我已婚，在了解到我送她的手表和包包价值不菲后，要还给我。她还说不要再联系她了，我的富有使她感到处于被动地位。我说，我们相处非常愉快，她能抽出时间陪我，出于感谢也应该收下我的礼物。我说得正儿八经，口气不容拒绝，她只好默然接受。我的眼神是纯净的，心里是美好的，或许身体里也在散发出一种爱的气息，她能够感受到那些。分别时她是忧郁的，微笑的脸上有了伤感。她对我说，再见吧，霍先生，我的朋友。她伸出手，意思是想握手正式告别。我握着她的手，不想松开。她说，再见吧。说完，她抽出手，转身走了。

　　我不甘心就那样放弃。回到家里，看着妻子余佳斜靠在沙发上看电视。我们的女儿已经在另一个房间里睡了。我在想，如果她离开我，会不会也有重新生活的可能？我决心和她谈一谈。我坐在了她的对面说，我们聊一聊吧。余佳是个模特，站起来比我都高。她起身把电视的声音调低，重新坐下来看着我说，聊什么？我说，你有没有想过和我离婚？她说，没有啊，怎么这么问起来了？我说，你仔细想一想有没有？余佳肯定地说，没有。接着又一笑，问，怎么了，你是不是外面有相好的了，想换老婆？我想了想笑着说，没有，不过我想要有了。余佳又笑着说，好啊，既然你想了，我还能阻止你？我说，你还爱我吗？余佳说，有什么爱不爱的，都这么多年了，你爱我吗？我想了想说，我是爱你的，不过不想爱了，那种爱平淡得让我难过。我想去谈场恋爱，有个新的开始。余佳望着我，可能一时不知道说些什么。我说，我们离婚吧。

那天晚上，我刻意睡在另一个房间。余佳后来穿着睡衣过来，坐在床边问我，老公，你说实话，是不是外面有人了？我说，没有，真的没有。余佳说，你真的想去爱上谁，让自己再年轻一回？我点点头。余佳说，我和姐妹探讨过这个问题了。我问，你们得出什么结论了吗？余佳说，爱是会让人变得年轻，变得有激情，男人和女人结婚久了都会有那样的渴望。我说，要不我们把婚离了，试一试，都给对方一个机会？余佳从床的一头走到我身边，躺下说，是真的吗？我说，真的，我想请你给我一个机会，帮我实现这个想法。余佳开始抚摸我、吻我。那个晚上，我们彼此都有了很久不曾有过的激情和爱。似乎我们都自由了，在和一个新鲜的异性在一起。

我和余佳的关系更像是知根知底的朋友，以前有什么事儿也都是商量着来的，一般一个人有什么想法，另一个人也会同意。离婚这件事也一样。离婚也挺简单，一个人十套房子，四个商铺。车子一人一辆。我从股市中退出五百万给她，留了一千七百万。我从别墅中搬出去，别墅大约值一千五百多万。孩子由余佳带。我们约定，她若有了男朋友，孩子就由我来带。我们并没有想象中应有的难过，仿佛那是一场游戏，我们的关系也并没有真正终结。

我给商丽打了电话，约她见面。她说不想再见我了，因为她准备结婚了。我说，还是见一下吧，哪怕见最后一次。我们又见面了。她有着忧郁得让我心碎的脸色，淡淡地微笑着，一双大眼睛望着我，似乎能望到我心里去。在咖啡馆的包间坐下来，点了咖啡，我却又想喝点酒，就又点了酒。一时并不知道该怎么说，我只是举杯和她碰了一下。两杯酒下去后我说，我离婚了。商丽吃了一惊说，怎么，你离婚了？我又举杯，一饮而尽，看着她的眼睛，忍不住说，我爱上了你。商丽低下头，不敢面对我的目光。我说，从第一眼见到你，就爱上了。沉默，商丽低着头。我说，告诉我，你对我有感觉吗？商丽微微抬起头说，我和他已经在一起五年了，该有一个结果了，不是吗？我说，他爱你吗？商丽想了想，点点头。我又倒了一杯酒，独自喝了。

我心里难过，有点不知所措。我是认真的，恰恰因为认真，不想强求什么。商丽是不怎么能喝酒，几杯酒下去，脸红得厉害。商丽说，我对你也有那种爱的感觉，可我们不是一个阶层，我也不想高攀，那会让我不自在。你看整个城市全都是楼，新的旧的，正在建的，不知有多少房子，也不知那些房子都是属于谁。当然，有一些房子是属于你，像你这样有钱人的。有时我会想，得嫁个有房子的男人吧？问题是我遇到了一个普通的人，几年了，我们的收入加在一起也买不起一套房子。不过我也想了，还是在出租房里，像大多数人那样去生活比较自在。一个人有一个人的生活，请你以后别想着我了，外面有大把比我漂亮，比我有才华，梦想着嫁给你这种男人的女孩。你甚至没有必要离婚，一样可以享受她们的青春和爱情，甚至让她们为你生儿育女。我喝了杯酒说，你说得对，可我真的爱上了你。你真的了解爱是什么吗？为了爱，我可以失去所有的财产。商丽笑了，她说，只能是"甚至"罢了，在这个物质世界里，你怎么可能放弃获得的财产？我说，我是说真的，我把我的房子、车子、股票全部给你男朋友，如果他答应放弃你，我真的可以把我的财产给他。商丽不相信。我说，不信就试一试。

第二天晚上，商丽和她的男朋友黄松下班后一起来见我。我们在咖啡店里坐下来。黄松中等个头，头发盖住了前额，长脸，大眼睛，双眼皮，脸有些忧郁。黄松那时听过商丽的介绍，也想看看我究竟是何方神圣，竟然提出那样让人感到不可思议的条件。他有点揣着、装着、冷着脸看我，眼睛里对我充满了蔑视，大有一副话不投机就会挥拳相向的架势。我对他笑了一下，倒酒，然后举杯说，幸会，我们聚在一起是个缘分。接下来，我说的每句话都是真的。黄松没有举杯，我先把酒干了。商丽喝了一小口。我说，黄先生，这并不是开玩笑，我真的是这么想的，我爱上了商丽。我名下有十套房子，按现在价值大约值三千万，我还有四个商铺，大约值两千万，股票上还有一千七百多万，再加上我的车，一百万，共计六千八百万，如果你愿意这些都将归你。黄松冷笑了一声说，你究竟是什么意思？我说，你爱商丽吗？黄松说，我爱不爱她关你屁事？我说，我爱她，你答应也好，不答应也好，我都不会放弃。你可以换一个结婚的对象，有了那些钱，你又长得那么帅，相信会有很多女孩子来追你。你认真想一想，不动心吗？黄松笑了，说，我他妈的确动心，但我要那些钱做什么？那并不是我的，自己赚的钱那才叫钱。我看你人长得还人模狗样，怎么就想到这个点子？他说着站起身来，对商丽说，我们走。商丽说，你先坐下，听我说。黄松坐下来。商丽说，黄松，的确，我们相爱过，不过我的想法现在变了，我不想嫁给你了。黄松看着商丽，一时不知说什么。商丽说，我喜欢霍先生，他为我离了婚，也愿意为我放弃所有财产，我想嫁给他。我没想到商丽会那么说，心里挺高兴的。黄松看着商丽，眼睛里似乎在喷着火，他说，你他妈在另一个男人面前竟然对我这么说话，这是你的真心话吗？你存心地气我是不是？商丽说，是真心话，你如果同意，你可以得到霍先生的所有财产，如果你不同意，我也不会再和你继续下去了。我给黄松倒了酒，举起杯敬他，看着他的反应。我的心里跳得厉害，期待着他答应，又怕他答应。如果他答应了，我得如约把财产给他，那我将变得一无所有。如果他不答应，我有可能会失去商丽。黄松没有喝酒，望着商丽说，你是希望我答应呢，还是不希望？商丽想了想说，这是一场游戏，我们三个人参与其中，每个人都有选择，每个人都不必征求别人的看法。黄松火了，他说，是谁他妈硬把我拉进这个游戏当中？凭什么呢？要玩你们玩去，老子不陪了。黄松把酒杯摔到地上，离开了。我望着商丽，商丽看了我一眼，要起身去追，我把她拉住了。我说，给他一段考虑的时间，也给你一段考虑的时间，我等答案。商丽说，你难道真的可以为了我把所有财产都给别人？我难道真的那么有价值？我说，可以，你和爱情无价。商丽笑了一下说，你把所有财产给了别人，等于你又一无所有，你以为我还会跟着你？我说，我希望你能。商丽喝了一口酒说，我是该结婚了，并不是想要结婚了。和任何一个人结婚，建立家庭都是人生的悖论。我们正聊着呢，黄松给商丽打来电话，让她回家。商丽看了我一眼，我想了想说，你先回去吧。

　　我没想到商丽回到家被黄松打了。

　　商丽摔门离开，黄松没有去追，想起来去追时，商丽已经不见踪影。

　　商丽大学毕业后来到深圳，在物欲横流的都市里生活了八年。她和黄松相识相恋，也有了六年时间。两个人都在公司里上班，收入不高不低，将就生活没有问题，若说要买房子车子，过上理想的生活比较困难。八年来房价一直在升，原来的每平方米六七千块，后来涨到每平方米三四万块。他们的收入的增长，远远比不上楼价的增长，比不上物价的上涨。她同来深圳的同学，有家庭条件好的，几年前就首付了房子，几千块一平方米，后来房价翻了四五倍，把房子卖出去，一百平方米的房子可以净赚两百万。两百万相当于她不吃不喝工作上二十年。与黄松相处的那些年，如果他有房子，说不定他们早就结婚了。有一套房子，起码是两个人幸福生活的保障。黄松家在小镇，家庭条件不好，每年还需要向家里打钱，想想这些现实，商丽理解，可会有莫名的怨愤。另一方面她爱诗歌，有着对自由和爱情，对激情和变化的渴望，虽说与黄松感情还过得去，可两个人相互束缚，有感情却谈不上是爱情了，更别说激情。我的出现使她有了变化的可能。她想变，可也怕变化。在她看来，有钱人并不见得那么可靠。黄松那一耳光，把商丽打到我的身边。在我的住处，我们喝酒，喝了很多。酒精使人变得更加真实，更加赤裸。商丽哭着、笑着、说着、唱着，似乎完全放下了平时必须装着的自我，敞开了。黄松一次次给商丽打电话，不接。黄松又一条条给她发短信，也不回。黄松在短信中给商丽道歉，求她回来，问她在什么地方，想见到她当面给她道歉。一直不见接电话，不见回复，夜又深了，他又威胁她，说她如果和我在一起，他会杀了我们。杀了我们，他也不想活了。最后一条短信，他说要自杀了。我怕真会出事，就让商丽给他回短信。商丽已经喝多了，回不了短信。我就代她回复了一条，我对他说，放手吧，给别人自由，给自己自由。黄松又回复短信说，只要你想好了，我会放手。你在什么地方，我担心你。我又回复说，不用担心，早点休息，明天见面再说。那天晚上，我抱着商丽睡，什么也没有发生。我不想在她不清醒时和她在一起。不管怎么说，我还算得上是个正人君子。

　　第二天十点多钟，商丽醒了，查看手机，知道我代她回复了短信，就说，他有抑郁症，有时他一个人会偷偷地哭。我说，为什么呢？商丽说，不一定有理由。我不说话，商丽不想回去，想起黄松的那一耳光，有些伤心，同时又感到他在爱着自己，也有些难过。我说，一个人活在这个世上总要有取舍，该放下的就放下。商丽看着我的眼睛问我，你真的就那么爱我吗？我点点头说，是的。商丽说，你爱我，为什么不吻我？我说，昨天晚上，我吻过了。商丽吃惊地看着我说，吻我什么地方？我说，头发，还有手。商丽说，我们什么都没有发生？我笑了笑说，没有。商丽说，我让你吻我。我问，为什么？她说，我想知道你是不是真的爱我，我想知道我会不会真的爱上你。我说，还是换个时间吧！商丽问，为什么？我就是要你现在吻我。我看着她那张忧郁的脸，红红的唇，怎么说呢，是想吻她了，早就想吻她了。她既然下了命令，我得有所行动。我拥抱了她，小小的单薄的身体在我怀里，我抱了很久，渐渐感到彼此的体温在上升，然后我低下头开始吻她。怎么说呢，那是真正的吻。像是有温和的火焰相互吞吐，像是并不强烈的光芒相互照射，像是我们身体里所有的香与甜彼此交换着味道，所有的光与影相互交错。美妙，从来没有体验过那么美妙的吻。商丽也一样，她清楚了，我们是真正相爱的，彼此离不开对方。

黄松的事情需要解决，我开车带着商丽去了，在他们租住的楼下等着。商丽见到了黄松，她决定要与他分手。商丽收拾东西，主要是一些衣物和书。黄松站在她的旁边，向她道歉，请求她原谅。商丽停下来对他说，我想过了，我们并没有那么相爱，分手吧，以后各走各的路。我决定要和你分手了。黄松说，昨天晚上我想了，你说得对，我们早就并不那么相爱了，我同意你的说法。你们不是说要做游戏吗？现在我想通了，你让他把财产交给我吧，我可以无耻一点，接受他的赠予。商丽说，游戏结束了，因为你那一个耳光，游戏结束了。黄松说，你给我他的电话，我来跟他谈。商

丽说，你没有资格，我有理由也有权力不再爱你，和你分手。黄松
说，你必须把他的手机号给我，因为你当初把我带去见他，他开出
了条件。商丽想了想说，你难道真的想让我看不起你吗？黄松说，
你看得起看不起还重要吗？商丽说，好，我把他的手机号给你，你
爱怎么样怎么样。

　　黄松打了我的手机，说可以放弃商丽，要求我兑现承诺。我
说，现在条件变了，我只会考虑给你一套房子，你打了她。黄松大
声说，你信不信我他妈的会把你们弄死？我说，你最好考虑清楚再
说话，不然那一套房子也没有了。如果是当面，我们两个人可能会
打起来，可是在电话里，黄松有火也只能压着。他缓和了口气说，
一半，至少你把你的一半财产给我，不然我真的要给你好瞧，是你
抢走了我的女朋友，你必须付出代价。我说，你如果真的爱她，将
来也可以把她从我身边抢走。如果她真的爱你，她也会考虑跟你
走。如果你还想要得到一套房子，什么话都不要再说了，我的话说
到这儿，不会再更改，你想着办。黄松说，我想好了，一半财产是
我的底线，不然我宁可什么都不要，即便是我和她分手，我绝不会
让她和你在一起。我说，我给你十分钟时间考虑，你如果还没有想
通的话，你就按你的想法去办，我绝不拦着。说完，我挂了电话。
黄松生气把手机摔到地上，然后看着商丽。商丽那时已经收拾好了
行李。黄松说，他是个没有信用的男人，你跟着他会有你后悔的那
一天。商丽说，那是我的事。黄松说，我不会让你们在一起的，不
信就走着瞧。商丽说，那是你的事，你爱怎么样怎么样。黄松说，
你信不信我会把他给弄死？商丽说，你就那么没脑子吗？你离了我
就活不成了吗？黄松的手在空中挥了一下说，问题是你们他妈的给
我开出了条件，让我走进你们的圈套。商丽说，是，问题是你愿意
钻进来，你他妈还打了我。黄松苦笑了一声说，我他妈愿意钻进
来，你们凭什么给我出这道题？是，我是打了你，你不下贱我能打

你吗？你他妈就是个贱货，是你逼老子动手的。商丽不说话。黄松捡回地上的手机说，你去对他说，至少分给我他一半的财产，否则鱼死网破。商丽说，我什么都不会说。黄松的情绪和想法变化很快，后来彻底败下阵来，他像是想通了似的，坐在沙发上说，你滚吧，滚，就他妈当我们从来没有认识过。商丽提着包就要下楼。黄松像是表演一般在说，商丽，我昏了头，我向你道歉。你走吧，我祝你幸福。接着，黄松呜呜地哭了。商丽停下了脚步，放下行李，走过去拍了拍他的肩膀说，以后照顾好自己吧，我走了，以后把我忘记也好，记得也好，我们都不要在意了。我有我的路，你也得继续走你的路。我知道你人并不坏，请你珍重。商丽提着包下楼，对我说，他什么都不要了。我挺好奇他的转变。商丽说，他本来就不坏，是我们太坏了，给他出了题目，让他去选择。我想了想说，还是给他一套房子吧，毕竟是我从他身边把你抢来了。商丽说，随你，不过我并没有答应和你结婚。我说，我知道。商丽说，你何必一定要多事儿呢？我说，我觉得对他有愧疚。商丽又说，随你。

　　第二天，我还是把黄松约了出来，要送给他一套房子。他一脸淡漠的表情，不想要。我说了理由，诚心诚意地说对不起他，一定要让他接受。我希望他以后找女孩结婚，不必再为房子的事儿发愁。黄松看着我说，我不能接受你的房子，为什么要接受？我不好意思地笑着说，你追求商丽时一定请她吃过饭，给她买过东西，就当成是你为我投资了。我的房子是很多年前买的，当时也没那么贵，那也是我投资的东西，就当我替你投资了。话说出去，就觉得自己说错了。果然，黄松冷笑了一声说，我当初为她付出是心甘情愿的，你他妈凭什么说我替你投资？我说，对不起，我说错了。不过，你在电话里为什么又要分我一半的财产呢？黄松不耐烦地说，我他妈昏了头，不行吗？我想离开了，便说，如果你愿意接受的话，你真的可以得到一套房子，你不想要吗？黄松一下站起来说，你他妈烦不烦啊，为什么要拿那些物质引诱我？我说，请坐下来，我给你道歉，对不起，请坐下来。黄松仍然站着，抬头看了一眼天花板，像是变了个主意，带着笑意说，如果你愿意，你就照当初的说法，把所有财产给我，我倒是很想看看你们一无所有，将来还会不会还他妈的相爱。我问，真的？黄松说，是真的。我想了想，又有点不高兴地说，可以，让商丽再打回你一耳光，你觉得怎么样？黄松坐了下来，笑着说，可以啊，你他妈的也可以打我一耳光，人都他妈的变得无耻了，有什么不可以的？我看着他的眼睛说，我给你，你会好意思接受吗？黄松也看着我的眼睛说，你他妈真无耻，老子我还没有无耻到那个地步，你滚吧，滚，不要让我再看见你。问题是，我是个有钱人，有身份的人，怎么能那样就离开呢？不过，我真后悔自己没有那样离开。有钱可以使人无形中变得盲目，甚至愚蠢，我正是那样。我是想走了，可不能那么就走，我从身上拿出一张卡，那是我为商丽同意和我在一起准备的，我决定先把那张卡给黄松，那些钱可以让他买上一套房子了。我说，这里面有三百万，你拿去吧。黄松看了一眼卡，没说话。我说，密码是商丽的生日。黄松苦笑了一声说，看来你是有诚意，早准备好了，我却之不恭啊，好，老子接受了。

　　我和商丽同居了，第一次行鱼水之欢，那种有爱的感觉真是妙不可言。两颗心，借助于彼此的肉身得到了升华。问题是黄松收下了我的钱，辞职了，七十万首付了一套二手房的首期，买了一些家具，之后又用五十万买了一辆车，而且每一次花钱都要向商丽汇报。商丽并不想听他的汇报。黄松对她说，霍先生人好，大方，硬是要给我钱，我不接受，他就没完没了。我当时就想了，行啊，这不义之财是因为你才得到的，所以我每花一分都得告诉你。你爱听也好，不爱听也好，我都得给你说一说。做人要知恩图报，要饮水思源啊。你不想听，我告诉你，人在这个世界上哪儿都能按着自己的意志活着呢？商丽就接受了，他买房子、买家具、买车，起初听着没什么，可后来他用那些钱乱找女人，每一次给人家多少钱，就连如何在一起鬼混的也如实汇报。商丽受不了，善意地劝过他了，也求过他，希望他不要自甘堕落。得知他变成那种样子，我心里也不太好受。我给商丽出主意，想着办法劝慰他，希望他变得正常一些。我甚至再次约他见面，给他道过歉，可没用。再见面时，黄松几乎变了一个人，他理了光头，人变瘦了，眼神空洞，带着嘲弄一切，不屑于一切的神情。我是个好人，自认为不坏，这是真的，当时我真的挺想拥抱他，给予他一些我的力量，想获得他的谅解，但是我不能那样去做。他的眼神拉开了与我的距离，我们无法成为朋友。商丽也与他单独见过面，聊过，回来跟我说起过他。商丽说，他变得完全让她感到陌生了，他已经不再是过去那个他了。商丽为他担心，对他又无能为力。

一年半之后。大约是在半年前的一个晚上吧，黄松最后一次给商丽发了条短信说，他要死了，没有力量再活下去了，也不想再活了。他祝福我们。商丽收到短信后立马打他的电话，他关机了。我和商丽赶到他的住处，门锁着。商丽的心里七上八下，预感到可能真的出事了。找工具撬开了门，我们看到黄松，他躺在浴盆里，血与水混合在一起，猩红刺目。我的心一下子沉了下去，难过得皱起了眉头。商丽身子一软晕倒了，醒来后脸色铁青，像块冰。黄松是切腕自杀。我叫来了警察，通知了黄松的家人。黄松六十多岁的，头发白了一半的瘦削的父亲，和他肥胖的脸上有了许多皱纹的母亲来了。他们并不太清楚儿子死之前究竟发生了什么事，只知道商丽曾经是儿子的女朋友，两个人分手了。儿子给他们说交了新的女朋友。黄松自杀之前，把车卖掉了，把余下的钱打给了他们，大约还余下了五十多万。房子还有贷款，会被银行收回去。火化后，黄松的父母抱着骨灰盒坐火车离开了深圳。不久，商丽也离开了我，不辞而别。我现在也不知道她在什么地方。黄松为什么要自暴自弃，自甘堕落？商丽既然和我真心相爱为什么又要不辞而别，难道我错了吗？我的前妻那时已经交了一个男朋友，一个二十出头的小伙子，人很善良，很懂礼貌，也挺喜欢我的女儿。余佳说我，你呀，放着好日子不过，非要去寻找什么爱情，这怪谁呢？我说，这不是也成全了你吗，你现在不是过得挺好的吗？她说，收收心，踏实找个女人结婚吧。我不想再找别的女人了，我盼着商丽能回来。

送　花

　　我的一位朋友，名字就不说了，他大小还是位名人。有一次在一起喝茶，他给我讲了十年前的他。那时他二十六七岁，还没有过一场真正的恋爱。漂亮的女子是诱惑，会使他联想到爱情，产生欲望。他为此感到美好，也为此感到郁忧。有时他会在下班后步行十多公里路，走回住处，为的是能在路上看到那些漂亮优雅的女人。空洞而又充满爱欲的内心，需要陌生的女子来丰富和美好。他写诗，职业是杂志的美术编辑。工资不高，租住的是地下室。地下室在多雨季节里阴暗潮湿，女人仿佛是他的阳光。在无窗的地下室里他幻想与有过一面之缘的女子，一举一动，一言一行，并为陌生的她们写下一行行真诚优美的诗句。那时他常有莫名微笑，对想象中的女子笑。有时也会嘲笑自己，一个他嘲笑另一个他。通常他放松四肢躺在床上，呈个"大"字。他望着天花板上昏黄的电灯，灯干巴巴地亮着，就那么亮着，没有生气，单调乏味。那就是他的青春时光吗？他感到烦闷，为此要走出去。尽管可能是晚上十二点了，他还是要走出去。去看天上的星，夜色中的风景。

夜晚的天地间有着感受中的沉静，尽管是在繁华喧嚣的北京，即便是深夜，仔细倾听，仍会有各种声响。他呼吸夜色，迈动着猫一样轻巧的步履，希望能遇到和他一样孤寂的女子。遇到了，他也不会上前搭话，只任凭她从身边走过。对方走过，他会有莫名的后悔。他想，如果有勇气搭讪又会怎样呢？他觉得不需要说话，任何话语都会破坏想象、感觉，使他从想象的世界浮出水面，呈现给现实。他觉得夜晚中的女人像鱼在深沉的大海里悠游。他也是一尾鱼，游过女人，那种淡淡的、隐隐的、痛苦的感觉挺美。他有过凝望，对一位美丽的女士。她也望向他。彼此的眼神交流约有两秒，两秒已是有些过分漫长。在夜里，他们那样彼此望见，并有停顿，意味着什么呢？是否意味着彼此渴望爱的心灵在夜色弥漫中如花朵在开放？情感丰富的心，有着来自世俗人间的理性，人都会克制着自己的七情六欲。他需要一个思路来明确方向，解决生命里真实的鲜明爱欲。

朋友给我讲述过去时脸上的神色是迷人的。下午，在一个安静的房间里，我们喝着茶。他说，那时写诗需要获得语言，那种从他内心里涌现流淌的语言。那时他需要画插图，需要灵动的线条和带有纯粹情感的色彩。不管写诗还是作画，他都需要融入自我美好的感触。远远感受着世界上美好的事物，那本身就是一种美好。那时并没有遇到一个可以走近他，走进他生命的女子。似乎，那时他既渴望，也刻意回避。女人是带刺的玫瑰，他还没有准备好，没有勇气去采摘。那时他羞怯、腼腆，心里盛着太多来自对女人的想象，对爱情的憧憬。他感到自己值得很多美好的女子爱，也可以爱上任何美好的女子。不过爱任何女子对于他来说是困难的，那意味着从道德上要放弃与更多女子之间的可能性，放弃对女人的想象。他是博爱的，在自我中如同坐拥天下的帝王。他为不知名的陌生女人写过许多诗，也画过想象中的女人，诗与画从生命里诞生，他是美的创造者，是情爱的抒发者。有时自美得会唱起来，唱上几句京剧。他喜欢京剧。周末时偷偷跟在公园里唱的人学的。他留着长发，发是卷的，黑黑的发笼着白净的脸。他喜欢看镜子，有时还会对自己笑，露出白白的牙。他抽烟，那时牙齿还没有烟渍。身体里的力量有时会使他张开手臂，轮着、振动着，感觉要飞起来。那时的他可笑又美好。

一个人，呆在空气并不流通的地下，想着外部世界的美好，有时无法控制杂乱的想法，感觉到欲望，逼迫着让他退到了悬崖。已经有许多年了，他带着一种羞耻感，解决生理的困扰。自然，要想着那些陌生得不知名字的女人。他为不能去找一个具体的女子交往，与之在一起而难过。每隔一段时间他便被涨潮一般的情欲折磨着，后来终于有一天晚上，他决定要与女人体验欢爱的游戏了。他感到孤独像虫子一样爬进了心里，寂寞像雾一样在血液中弥漫升腾。他渴望有位女人出现，陪伴他，和他在一起。

深夜一点钟走出去，他裹紧大衣，用手竖起衣领，在大街上打车，鼓起勇气问出租车师傅什么地方有可以带回家的女人。像一个孩子梦游一样，他来到了一片沼泽地带。那些涂脂抹粉、鬼魅妖艳的女人等着他挑选。他选中了一位，和她一起喝酒唱歌，然后问她可不可以跟他走。多年以后，他仍然记得那位小姐叫红，虽然那未必是她的真名。红第一次敲开了他作为男子的欲望，用温软的身体接纳了他，使他由想象堕入现实。他回到地下室，感觉做了一场梦。说不上好与坏，心里还是感谢她。那或许叫堕落，人不是要适当的堕落一些吗？那时，他已经从文学作品中了解了男人女人，并不认为男女之事就是丑陋可耻。不过，他还是感到有些遗憾，因为他破坏了自我纯粹的感觉。

那是他始料不及的，他早就想过与一个女子在一起，却没想到会与一个陌生的，没有感情的女子在一起。他渴望爱情，当时又觉得所有的爱情都带着一种欺骗色彩。他不再纯粹，也无法把心安放在另一个女人心里。他敏感地想到这些，感到自己将会在情欲中迷失。回想那天晚上的经过，把红与以前在街上看到过的那些陌生女子联系在一起，他确信对女人有着强烈鲜明的欲望，甚至与爱情无关。他需要爱情，可幻想中的爱情并不存在于俗世人群，一旦介入现实，他将不再完美。

抽着烟，想了许多。后来摸起了画笔，凭着对红的印象，画出了她的模样。那是一个有风情的风尘女子，她仍然是美的，或许在她的世界里，也是有着真情善意和美好。他说服不了自己，只能再次去找红。那时，他并不再想要和红在一起，只是想和她喝点酒聊天，确定那一晚并不是梦。他还为她写了一首诗，想念给她听，看她有什么反应。他见到了红，点了酒，坐下来，看着她的眼睛，微笑着说，我给你写了一首诗。他在尝试把想象与现实连接起来，最好是能打通其中的通道，使心灵获得安慰。他把诗从风衣口袋里掏出来，展开。红只瞄了一眼，就眯着眼睛，笑着说，哟，真没想到，你还是位大诗人啊。我怕有不认识的字，你给我念念吧！他微笑着，念了。看得出，红对诗一点不感兴趣。他从红呼出的口气，她的眼神中，感到她在反感他那么高雅。在诗句中，他把她无形中拔高了，那让她不自在。红希望遇到那些可以游戏人生，不必装着庄重的男人。对于那些男人，她虚情假意，笑闹自如，应付起来比较轻车熟路。面对他那样羞涩腼腆，不懂风情，像诗一样难懂的男人，她反倒有点儿难为情。

他是敏感的人，知道那样面对红可笑，因此就变化了。他变成一位喜欢拈花惹草的公子哥。他试着进入角色，在演戏。他给红唱，拿腔捏调，眉飞色舞地唱。红看着他，把他当成了神经病。为了他口袋的钱，红与他眉来眼去，任由他语言花哨，行为不轨。他喝了一口酒，要口对口让她喝。红拒绝了，端起桌上的酒杯，一口喝下去，叫了一声，哥。他要求她用戏腔，唱出那个字。红笑着，也半生不熟地唱了。他挑着眉梢，开心地笑了。那时已经微醉，他从口中吐出言语，带着戏词味道，又带着诗句的情感色彩。他是在表演给想象中的所有陌生女人看，是在说唱给想象中所有的女人听。

他用手指触摸着红的眉毛、嘴唇、下巴。红后来感到再和他那样玩下去没有意思，就暗示可以做那件事了。他并不是太想要。红后来失去了耐心，很是粗鲁地问他，你他妈的到底干不干？她的意思是，他和她调情，半个晚上了，她再也不想跟他假下去了。要做就做，不做也该拉倒了。他被她弄得挺失望，一口喝光了杯中的酒，唱道，我，我，我该打道回府。结了账，红送他出门，转身告别时，她小声骂了一句。他听见了。她骂他，神经。走出门时，迎面吹来一股冷风，那时是初冬，他有些清醒，抬头望望天，突然有想流泪的感觉。他并没有改变什么，或者根本就没有认真想要改变什么。他没有找到爱的感觉，只不过是恣意地演了一回戏。

单位在三十七层，是那栋楼最高一层。以前多次想走到楼顶，却被一把锁挡住了。他经常在那把锁下抽烟，坐在水泥台阶上，感受孤独。他眯着眼睛看着从口中吐出的烟雾，想要打开一个思路。想了许多事情，头脑中闪现出许多画面。他沉默，周围的空气对抗着沉默。他抽动鼻子，想要闻到空气的味道。他想，如果真闻出空气的味道，应该有什么味道呢？城市里的空气，许多人呼吸的空气，应该有着不为人知的神秘味道。能用语言说出来吗？能用笔画出来吗？他想到了死亡，死亡在感觉中是扭曲的。他看到过在车祸中死去的人，感觉那人的灵魂逃走了，逃离了肉体，场面凄惨得使人惊魂失魄。当他感觉到一个人的身体失去灵魂时，心被血液封住了，血中有着悲痛与恐惧。怕会因此而窒息，他很快逃离现场，庆幸活着，灵魂与肉体同在。他想过死，感到绝望和虚无时，不愿深想。他不会自杀，虽然有时孤寂得要哭泣，对自己感到失望，只是暂时，挺过去就好了。

如果不能去死，活着总得寻找点意义。工作还算是有意义，看看大街上的漂亮女人也有意义，甚至在地下室幻想也有意义。他觉着该对自己好些，与过去不断告别。现在与过去告别，一秒与另一秒告别。他想到作为男人应该张扬一点，活泛一点，应该向不同类型的男人学习他们的活法。敞开自己，敞开一切，为什么不去与女孩谈情说爱呢？是的，该朝着爱情的方向迈开步伐了。他把烟在地面上碾灭，然后站起身来，下楼，走进办公室。

办公室里，他是一个沉默的人，给人的感觉是不容易交流。虽然他微笑着看人，给人一种如沐春风的感觉，可也会给人一种高不可攀、神秘莫测的感觉。对他产生那种感觉的人，多半都是现实主义者，都有点儿无法原谅他的那种不融入俗世的孤傲。他说话的声音不大，有点儿像女孩，别人不会感觉到他盛气凌人。他不喜欢表现，为人随和，不争不抢，愿意和任何人和平共处。除了头发长一点，他穿着得体的服装，并非像他的内心一样显得遗世独立。只要愿意多说点话，他感到，任何一位同事都会愿意与他成为朋友。他想，存在可以改变。

回到办公室，他想要多说点话。他第一次夸奖了女同事芳芳的发型，虽然她的发型已新过一个周了。芳芳很吃惊地看了他一眼。他微笑着，又扭头说另一位同事的耳环有意思，尽管他并不太喜欢男人戴耳环。对方也吃惊地看了他一眼。他微笑着，尽量让笑有点儿世俗味道，以便人乐于接受。他坐到办公桌前，感到笑得有点儿夸张，显得想要与每个人倾心交谈，也要投身生活的样子。要想让别人适应他的改变，需要过程。接下来几天，他保持了那天的做派。果然，芳芳，以及办公室里别的同事，有点吃惊于他的变化了。有人开玩笑问他，是不是中了五百万的彩票。

　　生活就像是在演戏。最初他觉着有点儿累，可后来认为自己是成功的。他不再像以前那样孤独，觉着要想不孤独是有办法的。这世上有许多刻意为之的事情，时间一久，也就变得自然而然了。心中有了想约芳芳的想法，那种想法在他的心里埋藏了有一个多月。在那一个多月里，他继续了改变后的存在，越来越如鱼得水。在那一个多月里，他不再像以前那样孤寂难耐。他在下班后仍然走路，看街上的美女时，却在不断地与芳芳作对比。后来他意识到，那些女子已经或将会各有绿叶衬红花，不免叹息，不免在无形中强调了与芳芳约会的想法。

　　一个周末，下班后他给芳芳打了手机，芳芳如约而至。他在肯德基为芳芳点了套餐，两个人边吃边聊。他没有恋爱的感觉。芳芳每天都见到，两个人共事都快三年了。他强调需要恋爱时，把她拉过来，恋爱关系并不会因一顿饭确立起来。芳芳谈笑自如，经验丰富。据他所知，芳芳经常与男子约会，但还算是一个好女孩。芳芳有过一个男朋友，分手了，分手后虽然见过若干相亲对象，可没有一个称心如意。他笑着，看芳芳吃鸡块，觉着她吃相可爱。芳芳说，你看我干吗？吃啊！他也拿起鸡块啃，突然想起来什么似的说，不要以为请你吃肯德基，就是在打你的主意啊！芳芳笑了，说，你打我主意也得经过我同意啊！他觉着芳芳是一个开朗的女孩，她的笑脸在独自面对他时，让他心动。他想，也许与芳芳真会有爱情呢！

　　那天他与芳芳聊到了晚上，彼此敞开了部分内心。他给芳芳的感觉是，他是一个不容易看穿的男人，她当时也无聊，有兴趣看下去。当他从拉手到亲吻，到让芳芳去他的地下室，想要与她发生关系，试一试有没有爱时，他感到一开始与芳芳交往动机就不那么纯粹。那使他难过。无形中，他了解到芳芳曾与别的男子在一起后，也进一步强调了与她欢爱的想法。他想，这有什么呢？男欢女爱，每一天都在上演这样的戏。芳芳完全呈现给他后，他觉着芳芳更加亲近，更加真切了。虽然与芳芳有了爱的感觉，但是芳芳并不代表他心中所有的漂亮女人。她也不可能给他，他所幻想的那些纯粹的美好。与红相比，他与芳芳在一起甚至不能随心所欲。他是在利用社会生活层面里的，正儿八经的自己与她交往，并没有完全把自己呈现给她。他想，芳芳，她只能是她，他也只能是有局限的他。

与芳芳是有爱的，他们同居了近一年。在他要离开时，芳芳哭了。以前那样一个笑嘻嘻的女孩，竟然被他弄哭了，为什么？他对她说了真话，他说了与红的故事，说了生命中的真实想法和感受。与芳芳一起去逛街时，他的眼睛老盯着别的女子看。在与芳芳在一起时，他渐渐不再掩饰自己。当他发现爱情与他幻想的一切相比显得单调时，他变得郁闷不乐。他对芳芳说，我爱你，真的爱你，我不知道怎么爱你才好。我把对所有美好女人的爱，都加在你身上，可是这并不是我想要的。他是真诚说出了自己，芳芳却觉着他陌生了。在共同生活的时间里，芳芳曾闻到过陌生的味道，感受过陌生的色彩，她并不能真正理解他的生命中那些特别的色彩与味道，也找不到一条可以使彼此保持关系的通道。

芳芳哭过许多次，爱笑的女孩，也喜欢哭。芳芳真爱上了他。他在爱着芳芳时，倾心付出，让她感动。他用特别的语言，用特别的自己，像一首诗，一幅画吸引了芳芳。芳芳看他就像看云，有时远，有时近，那种感觉特别奇妙。人活着不是需要点奇妙感觉吗？有一次芳芳说，你这样的人，只适合做情人。他觉着芳芳说得很对，他与芳芳之间的关系，类同于情人的关系。他们在充满诱惑的城市中，只适合互为情人。可芳芳是个需要爱的女孩，要他专心爱，对爱的要求很简单，但他不能够给。他想给，也给了她许多，也许在相对短的时间里给了她太多，所以在感到快要被爱迷失时，他准备放弃了。他不愿意委屈自己，说要安静一些时间。他需要孤

116

独。在一起时，他没有了诗情和画意，怕生命中的创造力会因那种单调得没有想象力的爱变得枯萎。两个人的爱情，需要共同面对琐碎生活，而他不是一个生活化的人。爱情需要人变得成熟稳重，而他不愿意过早成熟。爱情需要有点儿包容和耐心，他不愿意再为爱付出时间与精力。事实上，那时他在渴望一个不确定的女人出现。

终于，他又一个人了。上网聊天，寻找陌生女子，与她们在一起。每一次与陌生人在一起，他都感到是在品尝死亡的味道。那些女子给了他新鲜感觉，他强调了那种感觉，同时越来越觉着不配享有爱情。他感谢芳芳给了他爱情，也感谢所有女子给了他爱与美的感觉，尽管那种感觉，并不是他真正想要，或许正是他不得不要的。生命需要一些阴暗潮湿的感受，需要一点发霉的陈旧味道，那会让他更加清楚看到自己的真实。与芳芳分手以后，他心里有一种隐隐的痛感，似乎那种爱像鸟一样，飞走了。巨大的空虚，每一秒都漫长。他在网吧里钓鱼一样，钓到女子，然后带到地下室，让对方看他的诗、画。对方被他的才情迷惑，尽管并不一定能理解他的诗与画。对方也被他英俊的外表，以及他天生的忧郁气质所吸引，与他交流着思想感情，像一阵风，刮过后就消失了。从不同的女子的身上，他闻到了不同的味道，捕捉到不同的色彩。他觉着每个女子的身体里，都有着不同的内容。贪婪地解读、收集着，他需要那些带着堕落意味的营养。他的心在飞升，越飞越高，渴望有人狠狠拉一把，可是没有。每一个女子，都会让他远离自己。

与芳芳分手后，他换了工作。时常感到无聊。除了爱还有什么有意义呢？他想，放纵只不过是为了更加空虚。他找芳芳，想确定一下是否还爱她。在心里，他还是爱着芳芳的。带着别的女子身体的色与味，带着对所有漂亮女子的幻想，带着他对昔日爱情的回味，去找芳芳。心，破碎空洞。从地下室走向地面，他感受夜色，不知不觉，走到芳芳的住处。深夜一点多钟，他敲响了芳芳的门。芳芳怕影响邻居休息，给他开了门。他走进去，带着夜的沉静，望着芳芳。那一刻，他像无辜的孩童。不说话，他希望芳芳能理解他的到来。事实上，凭什么让芳芳理解呢？芳芳脸色难看，语调冷淡，他感受到了爱与不爱之间的现实，不确定芳芳为什么那样对他。点燃一支烟，深深地吸了一口。他说，每一个与我发生关系的人，都让我印证你与我的爱相对恒久，这样，我在心底更加在意你。芳芳用手指着门愤怒地说，你滚，滚，我再也不想看到你！他坐在对面的沙发上，没有动。用手按了按空气，他似乎想要让芳芳的情绪平静下来。他是认真的，有点儿失望芳芳会有那样的不恰当言语。芳芳见他不动，走到他的面前，用手拉住他，想把他从沙发上拉起来，从她的门里推出去。他说，请不要这样，好像我是一个十恶不赦的坏蛋。芳芳说，你以为你是个什么东西？你给我滚，我再也不想见到你。他说，你还爱我吗？芳芳说，你再不走我就报警了。他说，报吧！

没有想到，芳芳真的会报警，警察还真是来了。他本来可以请求芳芳原谅，不必被带走。芳芳当时也后悔了，并不想要警察把他带走，可是他却气愤得像是蒙受了冤情似的，压抑着吵闹。结果，他真就被带走了。被关的那几天里，他一直在想一个问题。他想，芳芳也许真不爱他了，这是为什么呢？从派出所走出来，阳光很亮，他抬头眯着眼看时，有点儿怀疑再去找芳芳说说清楚的想法有无必要。不过，他还是打通了芳芳的电话。他说，我出来了，现在没有工作了。我们应该好好谈一谈。我的心是那么固执，我告诉自己，不要再给你打电话，可是不能。你出来一下好吗？

芳芳不想见他，可还是见了。他感到丝丝陌生的气息，从芳芳的眼睛里流露出来，感觉芳芳的脸是那样的真实具体，并不是他的想象。他开始怀疑曾与芳芳相亲相爱过。他抽烟，沉默了半晌。芳芳说，对不起，我没有想到是这样，这几天我想过了，我不该报警，没想到他们真会把你带走，我只是想要吓一吓你。不过，你以后不要再联系我了好吗？他幽幽地说，我的确犯了错误，伤害了你。我同意，不再联系你。芳芳说，我们不是一路人。我并不认为你坏，你心善良，对人真诚，但我们不再合适。他说，对不起，一开始我就了解，我却还是爱上了你。现在，我只希望你能把我当成朋友。希望你将来能过着正常幸福的生活。我知道这话虚，可我心里真这么希望。我想让心里好过一些。芳芳说，谢谢你这么说，我劝你一句，不要听凭感觉，人是有理性的，不要把自己搞得狼狈不堪。你以为别人不理解你，其实我能的，只是我们的生活态度不一样。他笑了一下说，好了，总是要告别的，我们正式告别吧。我希望能拥抱一下。芳芳让他拥抱了一下，然后两个人，走向两个方向。

总体来说，那次见面谈话，十分得体，他也取得了谅解，心里舒畅了许多。他是想获得芳芳，以及所有人的理解，仿佛有了外界的理解，他才能得到自己的宽恕。在被关的那几天，他似乎变得成熟了，冷静了。芳芳也一样。他们好说好散，是个挺不错的结果。心中的爱在飞翔，渴望有枝可栖。他感到生命中的七情六欲永远鲜活，使他要不断地获得和放下，使他要不断去尝试和总结。他把爱，全部自己，赋予美好，甚至并不美好的人，渴望世界能变得更加明朗，人与人之间，更加真诚美善。问题是，他是人，一个复杂的，不可能纯粹如物的人。

走向街头，再次看到大街上走过的漂亮女子时，他仍然忍不住跟踪她们。他为此而叹息，感到自己是没有出息，无聊透顶，无药可救的人。他有些恨，对自己，对整个人类。不过他在路过花店时突发奇想，掏钱买了一大抱花儿。有玫瑰，有水仙，有郁金香。抱着，他低下头去看那些花儿，红的，白的，黄的，散发着淡淡的香味，美得像心情。他要把那些花，一枝枝送给路上的女人。他觉着，那样便可把充满纠结和矛盾的自己送出去，得到那些陌生女人的理解和宽容。他走上天桥，倚着桥栏，远远看到漂亮的女人过来。他准备好花，对方走近，就微笑着把花儿送上去。他不需要言语，只是把花送到别人手中。得到花的女人有些惊诧，遂后微笑着对他说，谢谢，谢谢。有的还想要与他说上几句，问为什么要送花给她。他摇摇头，微笑着，装哑巴。

我的这位朋友仍然在写诗，在画画。我们因诗歌认识。他将近四十岁了，是做鲜花生意的，在北京，在上海，在广州，在深圳这些大城市，都开有鲜花店。挺有钱的，也有不少漂亮的女孩喜欢他，可他并没打算和任何一个女子结婚。每年情人节那天，他会戴上一个可爱的面具，怀抱着鲜花，走到大街上，送给路过他的陌生女人。

我问他，为什么要那样做呢？

他说，在这个世界上，并不是所有的行为都需要理由，不是吗？

闪 烁

　　有段时间，我想教会一些人写诗。那段时间，我自己也不知道究竟为何执着于这样一个想法。我碌碌无为地生活了将近四十年，虽说也在写诗，可严格来说连诗人都称不上——诗歌圈子里的诗人没有谁把我称为诗人。在许多个孤单的夜晚，我无数次回顾自己的过去，经过那许多次回顾之后，我对自己的过去几乎失去了记忆——这仿佛是因为我更愿意自己是所有人的过去。到后来，我在夜晚失眠时感到自己不过是静静地度过一些时间，连想一些事情都觉得没有意义了。当然，夜晚像一位老朋友，她的从远处持续奔来的虚无形象在我的心里形成一种特别的话语，让我感受到存在的必要性。尽管我没有开口说话，可我感受到自己内在的话语在与那茫茫的夜晚交谈。

　　总归有一些人在远处闪闪发光，我缺少发现的眼睛或者发现的角度——或许有一天我会发现有许多人都在闪闪发光，如若那一天真的到来，我感到自己将会成为一个真正幸福的人。现在，我无法向我的读者介绍自己，因为在我看来，过去的自己几乎全是虚假的，甚至是不存在的——这种感觉让我感到纯粹，让我感到自己在众人之中选择沉默的生活方式是正确的。我们总是无法真正逃避现实的生活。

我生活在这个有着将近两千万人口的城市中，像是个流浪汉？或者我是一个有工作有家庭的人，这都不再重要。重要的是已经很久不对人说话了，我总是把自己关在家里。面对我们的这个时代，我们又能说出什么？

在某个星辰闪烁的夜晚，我望着天空中滚动的白云，终于想着要离开自己的居所了。我要去寻找一个对于我来说全然陌生的人，我要试着教那个人认识诗歌。这莫名其妙的想法让我平静的内心起了波澜——我感到自己就像一个小小的奇迹，像一颗星辰偏离了轨道。

我走了出去，带着不切实际的想法走在现实的大街上。那时整个城市依然灯火明亮——我要去认识这个城市中的某个人。因为是在较为繁华的地带，虽说是在深夜，大街上仍然有不少人在走动。

那一次我遇到了一位女孩，她好像是某个饭店的服务员，当然，或许是某个商场的售货员——她下班后通过大街，要走回自己租来的房子。

"你好，我迷路了……"我在路灯下面带微笑地对她说。我感到自己并没有骗她。

她望着我，想尽快走开，但又感到我说的是真的。

"这儿是什么地方？"我继续问。为了表明自己的身份，我又说，"我是一位诗人！"

但是，我很快发现自己并不真诚，于是干脆直说："你是要回家吗，我陪你走一段路吧，我有些话想对你说——其实我也不知道要说什么——你不要担心我是坏人。"

小薇绕开我，继续向前走，我跟着她，走在她的左侧。

　　"你叫什么名字？"

　　"……"

　　"你知道吗——我忘记了自己是谁，我说的是真的。也许我们是在梦中相见了，而我们在梦游。"

　　"……"

　　"对陌生人说话总是尴尬的，但人与人要想认识，总得去说——看得出你刚下班，也许你正在回家——你看，我像坏人吗？我只是想对一个人说说话而已，恰好我碰上了你。"

　　"……"

　　"你读过诗歌吗？你很漂亮——而且你见到我这样一个陌生人也不太紧张——这样吧，我不必了解你的生活，你姓什么叫什么，我就叫你小薇——我突然就想到一个名字，送给你——因为遇到我，我感到你此时正在闪闪发光，你和我一起发光——你看你笑了，也许你不理解我这么说是为了什么，其实我也不了解——这个世界上的每个人，我们都不了解，我们也不太了解自己，就像我们不太了解这个夜晚。"

　　"……"

　　"我这么想，我们并不是第一次见面，或许我与我的朋友们在某个地方吃饭，而你是那个餐厅的服务员。在吃饭的时候，我与我的朋友们谈论着一些谈过之后可能就会忘记的话题，我们一杯一杯地喝酒。当然，我也在留意你。因为你的脸上总是挂着一抹带着乡村气息的微笑，你的嘴角微微上翘，望着我，望着我们每个人。你给我们倒酒，上茶，然后安静地站在我的一旁。在吃饭吃到一半的时候，我对你说，我教你写诗怎么样？你只是笑着，低了低头，不说话——就像现在一样。你旁边的一位服务员说，你们都是诗人吧？我点点头，又对你们说，其实写诗很简单，你们每天都会接触一些客人，每天都有不一样的心情，你们肯定有话想说，想说什么就像记日记一样记下来，慢慢的，分成行，删一些字，就是诗了。你们听着，下次你们谁写，写一首，不管好坏，我给你们一百块钱——我给你们免费培训，不出半个月，我就能让你们写诗。将来我也许会开一家饭店，嗯，就叫诗人饭店，店里所有的服务员，都是诗人，所有的厨师，也是诗人，来饭店吃饭的人，只要能写一首诗，不论好坏，可以打五折……"

"……"

"后来我现场为你们做了一首诗：

今天来了几位客人/他们全是诗人/我还是头一次看到诗人/有个诗人说要教我们写诗/免费培训 只需半个月/我们全都可以成为诗人……

他和朋友谈论着诗歌/说要开一家与诗有关的饭店/服务员全都是女诗人/酒店里的墙壁上贴诗/有服务员写得好多发奖金/客人写得好打个七折/酒店里还要摆一排书架/上面摆放诗人们的诗集……

"你们听到我现场作的诗，感觉我挺好玩的——临走的时候我给你要手机号码，但是我们从来没有联系——今天我又在路上遇到了你，哈哈……"

"……"

"你会觉得我不正常吗？你就当我给你讲故事吧——其实也可以这样，我有了你的手机号码，我开始给你发短信。我对你说，其实，你可以把自己每天最想说的一句话，编成短信，发给我，这句话，就是诗。于是你在晚上下班之后，给我发短信——你会给我发什么短信呢？"

"嗯……我想我可能没有什么心情和兴趣给你发短信！"

124

"你没有话要对别人说吗？"

"我又不认识你。"

"我是说，假如我们认识……"

"嗯……假如你是我的朋友，我是说假如……不，我想我还是不会给你发短信，因为我一回到家就想睡觉——我们每天早上七点上班，晚上十二点半下班，每一天都累得不想要说什么话了。"

"我们可以成为朋友吗？"

"……"

"我真的可以教你写诗……你以前看过诗吗？"

"没有……"

"上学的时候语文课本有诗歌的啊——白日依山尽，黄河入海流，欲穷千里目，更上一层楼……"

"嗯……"

"你有没有过失眠？有一段相当长的时间，我是在失眠中度过，后来我感到自己忘记了自己的过去，尽管过去仍然存在于我的生命中，只要认真去想一想，还是能够想得起来——我不愿意去想，所以我就承认自己忘记了过去——我面对自己，感到自己是全新的；我面对这个城市，感觉这是一个全新的城市——现在我面对你，我的一个既陌生又熟悉的女孩，你也是全新的。我们可以试着这样来认识自己。我们甚至也可以重新来认识我们正在走的这条大街——我们走在这条大街上，这是一条现实的大街，在白天，有形形色色的人和车在这条大街上通过，大街的两旁有超市，有银行，有商店，有邮局，有饭店——但是在今天晚上，这条大街变成了一条诗人街。这条街全世界目前只有一条，这条街是很奇怪的，因为走在这条街上的人，全都成了诗人，至少会喜欢诗歌。有些人一开始可能并不是诗人，就像你们现在也不是诗人，但是后来他们都变成了诗人。有些人根本不了解诗歌，可是后来也喜欢上了诗歌。

这条街是世界上无数条街道中的一条，这条街道通向世界各地。我们可以想象一下，到了后来，世界上每个城市都有了一条诗人街。尽管有的诗人街有可能只是一条很不起眼的街道，生活在那里的人过着并不富裕的生活。可有的街道也有可能像北京的王府井大街，巴黎的香榭丽舍大街，美国纽约的华尔街那样繁华热闹。诗人街甚至有一天也将会像圣地耶路撒冷那样，成为人们朝圣的地方。人们从世界各地来到最初的诗人街，手里捧着诗集，背上背着的也是诗集，人人都会念诵经文一样念诵着世界上最优秀的诗人的诗，也念诵着他们自己创作的诗。因为诗歌我们变得特别真实，变得有爱，变得包容，好像每个人都理解了所有人的行为，每个人都以爱的方式去生活。人们都相信灵魂的存在，人人都在用诗歌一样的语言来传诵着自己和别人。人人都有了一种奉献精神，他们觉得自己有义务使自己和他人生活得更好，不要受疾病与贫苦的侵袭，也不必在生活的现实中苦苦挣扎。那时，诗人街不仅仅存在于现实之中，还存在于人们的心中。那时每个人的心中都有一条属于他们自己的诗人街，在那条街上生活着一些他熟悉的亲人、同事和朋友，也生活着一些必然在将来要熟悉的陌生人。甚至那些人对于他永远陌生，然而他在自己的心底，也有了他们的影子，并把祝福通过诗歌来奉献给他们。"

"……"

"当然，现在这个世界上还没有这样一条诗人街，不过，诗人街会诞生的，就在今晚，在现在，因为诗人街已经在我的内心里形成了。是你给了我灵感，你叫小薇，我认识了你——小薇，你也成了我内心的这条诗人街的一位诗人。你所在的饭店，是诗人街里的饭店，虽然事实上我们所在的这条街还没有正式被命名为诗人街。虽然你现在还不是真正意义上的诗人——这不仅仅是因为你还没有写过诗，而是在你的心中还没有意识到什么叫诗。诗是我们的灵魂之声，是我们的生命的语言，是我们与世界万物对话的一种方式，是我们在生活中的感受，是我们真实的自己。诗人街的存在，可以使人们重新认识自己，通过诗歌，以及与诗歌相关的一切内容与形式，与传统的我们的生活方式展开对话的地方，是我们反省与忏悔的地方。在这条街上，没有丑陋的男人与女人，只有美好的男人与女人。在这条街上，人们所有的行为都是诗意的行为，人们说出的话甚至就是诗句。在这条街上，人们对幸福有了新的认识，而他们幸福的眼神与言语会告诉更多的人，我们所有人，应该有一个共同的信仰，那就是诗歌。"

"……"

我和小薇说着话，来到了这个城市中许多个城中村的一个，这个村子的每栋楼，有七八层那么高。村子周围，有一些烧烤摊还没有打烊。

"我们吃点东西吧——如果你不饿的话，就陪着我吃一点，我说了那么多话，有点儿饿了。"

小薇点了点头。

"你真的叫小薇吗？"

"在你这儿，就叫小薇吧。"她笑了笑。

"我这样说你会不会感到奇怪——我想对你说的是，我现在看着你，有点儿想哭。我不知道自己为什么会是这样，感到自己在这个城市中孤零零的——你应该没有男朋友吧，你才来这个城市不久？"

"……"

"我今天晚上把自己想说的话，那些在我的生命里莫名其妙的话想说就说出来——你说我们在这个世界上，有什么是真的？"

她扭着脖子，像是看了看我，又像是看了看我背后的巷子，想了想说："我想，自己的爹和娘，还有兄弟姐妹是真的！"

127

　　她真是一个朴实的孩子——我想，她是生活在现实中的人，像许多普普通通的女孩子一样，但是，她也是可以特别的。

　　"因为我，你有可能就是一个特别的人——你看这夜晚多么神奇，我们可以从多种角度去想，去感受这个夜晚——我遇到了你，和你走在一起，又一起坐下来吃烧烤，我对你说着莫名其妙的话。你觉得我这个人有点奇怪，有点神经质，可是我是真实的。我会越来越真实——假如没有我的出现，你会像从前的夜晚那样，下班后一个人走向家里——你是租来的房子吧，你可能有个要好的姐妹，但是后来她交了男朋友，就不和你一起住了——也许你交过一个男朋友，但是后来他到别的工业区去上班了……我们不要这些假设，你就是你，我就是我，我们坐在一起，坐在这个夜晚的中间。"

　　她笑着——她感觉不到有什么危险。她大约是一个二十出头的姑娘。她很普通，但是或许是因为在夜里，她在闪闪发光，我看到她在闪烁——她眨着眼睛，像是确实不懂得我在说什么，却又装作懂得的样子让我觉得她不想让我认为她不懂得我所说的话。

　　"我可以爱你吗？"我望着她说，我感到自己所说的，并不是假话。

　　"不会吧，大哥！"她吃惊地看着我，就好像她绝没有想到我这个陌生人，这个莫名其妙的人会说出这种话。

　　"我想……我想要爱你，因为夜晚使人孤独——不，因为我想这是诗句，是对白，你可以这么回答我——你说，好啊！也许你心里真的是这么想的，但是你却做出吃惊的样子。你要相信，夜晚可以让我们穿越时空，让我们省略掉一些东西。"

　　"……"

　　"或者，在今晚，我们来假扮情侣吧……我感到我对你的感情是纯粹的，纯洁的，这么说吧，我并不想侵犯你，在现实中的你，你的一切。我只是想表达我对你的感受，我是真实的，我不想逃

128

避——尽管你不一定能理解，但是我仍然要说。我想拉着你的手，并不是以看手相为借口；我想吻一下你的脸颊，并不想趁你不注意的时候；我想抱着你，就像拥抱着我的孤独。我的孤独像所有人都有过的那种孤独，但我的孤独又是属于我的——我一直在做着一个漫长的梦。"

　　至少我看上去是非常自然正常的，因此她并不逃避我。她仍然是单纯的，甚至是无辜的——她像一只小绵羊，她善良的眼神就像诗句，在闪烁。因为她的闪烁我感到某种幸福和充实，我甚至怀有一种淡淡的罪恶感。

　　"爱我吧！"我说，"就在今晚，我们偷偷地相爱，让这个世界上所有的人都不知道我们相爱了。我正是你渴望要爱的那个男人，我将改变你的一生，你的命运。我就像这整个城市——假如你真正喜欢这个城市，而且对这个城市感到有些无奈的话，你总归是要在将来的时光中做出种种选择，你要成长，成为一个女人……最终成为你自己，成为一个诗人，成为一个有着独立思想和情感的，特别的人。因为我你将不再会被这个城市，被所有的人所淹没，失去自我。"

　　"……"

　　"我需要你的爱，尽管你一时还无法理解——喝点酒吧，陪我。"

　　她端起啤酒杯，喝了一小口。

　　她在这个城市中像很多人那样感受到生存与发展的压力——她讲述了自己的情况，自己的家乡，工作，在城市中生活的艰辛——本来她也是可以上大学的，可她只读到初中家里就不再供她读书了；本来她也是可以有一个富裕的家庭，有健康的父母，但她家里很穷，而且父母都有病；每个月只有一千二百块的收入，她节衣缩食，每个月给家里寄上六百块。她喜欢听歌，喜欢哼唱——几杯酒后，她唱了起来。在讲到他生病的父母后，她的眼里涌出泪水，她责任感深重，觉得自己应该承受更多。她和许多来城里发展的乡下女孩一样，又与许多生活优越的女孩不一样——她将是被生活所伤害的一群，我爱她。模糊的爱意，仿佛源于远方的放纵与渴求。

我扶她上楼，我的手感受到她温软的肉体，那么朴实的肉体，那带着酸涩味儿的，有着青春与活力，有着生命质感的肉体在闪烁——那简洁的灵魂依附在那样闪烁的肉体之中。我感到夜晚所包含的我们，我在其中的我们正在迷失，这种迷失有种穿透一切又理解了一切的意味。

她住在一间简陋的房子里，一张木制单人床，一张破旧的桌子，一张塑料凳子。

我站在房子的中间，她坐下来，示意我也坐一下。

我在想着自己要不要离开，离开后又该回到何处。我有我的住处，但我又想留下来，我想拥抱着她……她感觉到我是一个不错的人，虽说有点奇怪。我不想做个好人，我不想离开。我感到我和她之间，有一首诗，还没有完成。

我坐在了她的身边，坐到了床上，我用手臂揽着她的肩膀，低下头去，扭着脖子，用嘴唇去亲吻她。我闻到一股颤动的芳香，她稍稍挣扎。我抚摸她的身体，脱掉她的衣服——夜晚被关在外面。

当我们合在一起的时候，她哭了。我的心里开始感到难过。我想我如果不与她在一起，又该怎么样呢？我完全可以离开，但我为什么没能离开呢？没有离开，难道仅仅是因为欲望吗？或者，我真的在爱她？但是，我们的爱又是那样的模糊不清。

后来我对她说："我想拥有你，成为你的部分，也让你成为我的部分。我想教你写诗，我想象我在拥有你的时候可以让你明白什么叫诗；我甚至想和你永远在一起，可是，又觉得你应该经历更多一些的人；我说的不仅仅是性，而是爱，我们应该经历更多，因为我们都在闪烁，需要相互照耀；在现实中，我们的命运并不是那么好，生活得并不是那么昂扬有力。就像面对你，我是矛盾的，我比任何人都矛盾——我想拥有你，又不想伤害你，我不知道这会不会是一种伤害，因为我只想和你相爱一个夜晚。我的心里满是我想象来的痛苦与绝望，而这又会使我感到一种精神上的，感觉中的幸福，你能明白吗？"

她睁着圆圆的眼睛，看着我的脸，像是鼓起勇气才那么望着我。后来她笑了，她笑得有些坚强，甚至有些虚假，但是她的笑很美。我感到她在闪烁，像一首诗在闪烁。我被她的笑打动。那一刻，我感到我们的时空是纯粹的，我们的灵魂在生命的内部像雪花飘向大地，像鸟儿沙沙飞过天空。我想逃避，于是我开始吻她。

其实，她就是许多个女孩的化身，她是她们的一言一行，一举一动，是她们工作与生活的点点滴滴，是她们内心的想法，以及生命中的爱。但是她又只是她，她有自己的现实，在现实中，每个人都有许多无奈，都有许多烦恼。我喜欢她是因为我觉得自己孤独，因为无数个失眠的夜晚，因为说不清的生命中具有的东西，因为我也要闪烁。我感到她像一只小猫咪，有着软软的手，圆圆的眼睛，圆圆的脸，好像还有几根硬硬的胡须。

"你懂吗？"我对她说，"你还像过去一些消失了的人，是一切人的现在，而你又有着你的现实，与我的现实相互交错，让我想和你发生点什么——我们一起来度过时间，度过属于我们的，度过了就再也不可能回来的时间，然后我们继续各自向前，经历我们的人生。我是爱你的，我爱你像爱一切人。"

"谢谢你！"她说，"你会永远孤独，我感觉到这一点，所以会哭。以后，我相信我会在夜里经常想着你，当我想你的时候，我会看天上的星星——天上的星星在闪烁，你们也在闪烁。"

新生活

1

　　李明亮与小青同居了两年，他想去体验一下新生活。

　　小青卫校毕业后在美容院干过几个月，后来李明亮出现了。她工资低，又要在晚上加班，征得李明亮的同意后就辞去了工作，每天在家里伺候李明亮上下班。以前两个人浓情蜜意时小青还天真地说，明亮啊，如果你也不上班，我们就可以时时刻刻在一起了。这当然是说着玩的，李明亮却显出很生气的样子说，你天天呆在家里没有事情做不觉得闷吗？你光靠我一个人挣钱咱们什么时间才有钱买房子结婚？小青在心里支持这种说法，但她却说，我们两个人挣钱就能买房吗？别看你挣那点臭钱，我还看不上呢，如果你要嫌我吃你的花你的，赶明儿我找个有钱的当二奶去！李明亮生气的时候就抽烟，不大的屋子被弄得像是起了火。小青大声说，你想呛死我啊！李明亮不理她，她就抢烟，也要抽。

　　小青在李明亮真生气的时候总是软下来，用点小温柔，让李明亮的气消掉。如果遇到她心情不是太好，服了软李明亮还在拿架子，她就不认了，就要作势来点真的了。她从李明亮的烟盒子里抽出一支烟放在嘴唇上，用明亮的眼睛看着他，比他抽得还凶。这个时候李明亮就更生气了，他说，你给谁看啊？你又不会抽！这个时候小青呛不呛都会咳几声。李明亮就心疼地抢她的烟，说，不要抽了，我不抽了行不行？于是两个人就都不抽了。李明亮说，咱们老这样下去也不是个办法，要是这样过一辈子有什么意思呢？小青抬起头说，有什么意思？是啊，没什么意思！你要是在外面有了相好的就把我抛弃吧！李明亮说，这怎么可能？我们在一起都两年了，怎么能说分就分呢？

李明亮有时搞不明白自己的心思，舍弃了杂七杂八模糊不清的感受，他仔细分析过自己的想法。他对小青的爱不再强烈了，想与小青分开，再找个能带给他激情的女孩。她有自己的工作，不会天天缠着他，最好也能支持他的事业，但是他的事业是什么呢？似乎也不是很明确。他觉着不该在一个女人身上花费太多的时间，消耗太多的精力，这样他就做不成什么事业。仔细一想，这不过是一个逃避的借口——当初追求小青的时候，他每天晚上去接小青下班，每天想着她，为她写情诗怎么不觉着浪费时间呢？开始谈恋爱的时候恨不得天天陪她逛公园和商场怎么不怕浪费时间呢？最初在一起的时候，自己不想去上班怎么不在乎浪费时间呢？他想有更多的体验，想变心，没有什么理由。一切都太平常了，需要一点新鲜和刺激。李明亮想到这一点时有一丝难过。后来他问小青，你说一辈子只爱一个，这是不是很单调啊？你想过爱上别人吗？小青用清亮的眼睛看着他说，你是不是烦我了？你肯定有想法了，你有想法我能感觉得到。李明亮说，你知道外面的诱惑很多，如果你遇到你更心仪的呢？小青果断地说，不可能，我认为真爱只有一次。

李明亮想到了去另一个城市。他觉着距离可以阻断一切，于是留意了一些招聘信息，然后把简历给用人单位寄过去。同时他也在做小青的思想工作，他对小青说，小青啊，我觉着我是爱你的，这种爱是一生一世都不可能忘记的，真的，但是我觉着我更需要事业，没有事业我们就没有将来。你该找一份工作做了，做什么都行，钱多少都无所谓，有了工作你就不莫名其妙的烦恼了。过些时间我会去外地工作，西安这地方都呆这么久了，我感觉没有什么发展，我想出去闯一闯，我知道你会支持我的，是不是？小青"哼"了一声，冷笑着说，我来翻译一下你这些屁话吧，小青，我不仅是爱你的，外面的漂亮女人很多，有很多诱惑，而我又禁不起这些诱惑，真的，真的，我觉着我更需要事业，没有事业我就没有花心的资本！我想你该自立了，做鸡也可以，这样就不用花我的钱了！我觉着我不喜欢你了，在西安我们是分不开的，虽然我想分开，但是不好意思分，我们在一起我就不方便去另寻新欢，我有点忍不住了，也感觉着没意思，我想出去花一花，我知道你会支持我的，是不是？李明亮感到好笑，他觉着小青有点儿言过其实，后来他又觉着自己太过善于伪装，自己把自己都给骗过去了。

北京让李明亮去上班的消息来了。小青说，没商量，如果你要走，咱们就分手！李明亮还是要走的，他认为分手是可以不说的，如果真能分得开的话，他在北京生活一段时间大约就各有各的出路了。如果分不开的话，两个人还会走到一起来。李明亮拎着包走的时候，小青没有去火车站送他，火车开动的那一会儿，李明亮有一种永不会再见到她的感触，眼泪几乎流了下来。

2

李明亮去新单位报了到，下午就要去单位附近找房子。编辑部里的一位老编辑说，你还是在招待所里先住下来吧。北京多大啊，那么多人都需要租房子住，房子不是一天两天能找到的。你也不要在单位附近找，住不起，在三环以内，一室一厅的差不多得2000

块！除非住地下室，但是地下室什么人都有，你休息不好，也不安全，你不会去住地下室吧？李明亮心里想，地下室也没有这么可怕吧！

李明亮穿过一条又一条街，最后在离单位不到一公里的一个干休所的地下室找到了一间不到十平方米的房子。房管是个三十七八岁的妇女，肥胖，银盆大脸，说话声音洪亮。姓任，房客都叫她任大姐。任大姐对人很热情，但是要起价来却一点也不含糊。李明亮在任大姐拉亮灯后仔细看了看房子。房子里是空的，关上灯，大白天也见不着一点光亮。房价800块钱，没有床。任大姐见李明亮有些犹豫，就说，可以给你找一张床！李明亮抽动着鼻子说，少一点儿吧，哪里值呢？你看这么小的房子，黑得伸手不见五指，空气都是死的，有一种发霉的味儿。任大姐说，这是最后一间了，少不了，你要是不住还有别人住呢。你是从外地来的，我告诉你，在北京不比别处，这就够便宜的了，这儿的地理位置多好啊！李明亮想了想说，700块吧，700块我就住！任大姐笑着说，那你就住不成喽，这房子本来有人看好了，你不住不过两天就会有人搬进来。李明亮走出房子对任大姐说，750块吧，行我就住了，你看我也是才来北京，还没领工资呢，就得先交给你！任大姐说，你一个人住？李明亮说，就我一个人。任大姐想了想说，你一个人住就再交20块的卫生费水费吧，770块，我看你是个干正经事儿的人，不然我就不租给你了。

房子租下了，还缺少被褥和一些生活用品。李明亮到市场上买了回来，整理好房间已经是晚上了。累，一个人躺在床上，心里突然空虚得难受。新生活开始了，为什么会觉着空虚呢？他不知道。他想到小青，觉得自己挺不像话，挺对不起她。他想给小青打电话报一下平安，又觉着还是不打为好。刚决定不打，心里又想着还是打一个。

新生活

　　李明亮说，喂，小青，是我。小青说，你给我打电话干吗？你
以后请不要再给我打电话了，咱们以后就当不认识，你要再打我就
换号！李明亮知道她心里有气，但他想，不联系就不联系，有什么
大不了的！刚沉默了一会儿，小青就挂了电话。李明亮想了想，忍
不住又打过去。小青不接，后来接了，两个人说着又哭起来。最后
李明亮对小青说，过段时间你也来北京吧，我们两个一起在北京奋
斗。小青带着哭腔同意了，李明亮又后悔。他还没有尝试新生活，
新鲜的感情呢，小青来北京以后不是又没有机会，不是又像以前那
样过下去了吗？

　　贱！李明亮轻轻在自己的脸上扇了一下。

　　李明亮怕小青真来北京，第二天又给她打了电话。他说自己
刚到北京，还不安稳，希望她迟一点过来。小青问是不是后悔让她
去北京了，要是后悔现在还来得及。李明亮说，你这么说是什么意
思，我闭上眼睛，脑子里全是你的笑脸，你的一举一动，像电影画
面似的。你要是想来，明天就来吧……不过我说真的，我希望你能
过一段时间，等我们都平静一下再决定。小青说，平静？我现在就
很平静，你要的平静是什么，你以为我不知道？你是想清楚了要不
要和我在一起！李明亮觉得小青很了解自己的想法，但是他又觉得
自己的想法蛮真诚的。他想跟着感觉走，而不是活在对小青的责任
和自己可笑的道德感中。

　　李明亮进了聊天室。他需要与网上的陌生人交流一下想法，
潜在的心里也渴望陌生的女人，希望通过陌生女人使自己发生一些
改变。他想知道别的男人是怎么想的，于是变成一个女人的头像，
起了个"北京美女"的网名，一时有许多男人给他打招呼。有一个
"开车找情人"对李明亮说，你在哪里，我去接你！李明亮说，你
有老婆吗？对方说，有啊！李明亮说，你不爱她吗？对方说，爱，
但只爱老婆是不够的！李明亮说，如果你的老婆也找情人呢？对方

136

说，那是她的自由。李明亮说，哦，很抱歉，我是个"同志"。对方没有消息了。李明亮退出聊天室又换了一个男人的头像，起名"只爱陌生人"，然后在许多女人头像中选了几个，发出信息，后来锁定一个叫"BJ女25"的聊。

李明亮说，我很失意，因为我和我的女朋友分手了。对方说，为什么要分开呢？李明亮说，分开的理由太多，其中有一条是因为太爱了，也可以说没有什么理由。对方说，哦，我懂得这种感情，我也有过一个男朋友，也是因为太相爱了吧，后来就分手了。李明亮说，是不是人们的感情需要浅一点、短一点呢？对方说，也许吧！李明亮说，你会考虑一夜情吗？对方说，会，也许会！李明亮说，你相信爱情吗？对方说，相信！李明亮说，怎么看一夜情和爱情的关系？对方说，自由的人不需要考虑那么多关系。李明亮说，如果你很爱一个男人，但你有机会和你喜欢的陌生男人发生一夜情，你所爱的男人不会知道，你会吗？对方说，也许吧！李明亮说，如果有机会，我们见个面好吗？对方说，如果我过去你请我吃饭，如果你来我请你！如果我们彼此没有感觉不能勉强！李明亮说，好，我对北京还不是太熟，请你过来吧！

3

李明亮提出与对方见面时并没有考虑对方的身高与长相，他只是觉着对方有点儿特别，可以见。那是李明亮见的第一个网友。对方从网上来到他面前时，他觉着她太矮、太一般了，甚至有点儿丑，从相貌上根本没办法和清秀可人的小青比。李明亮有些失望。网友叫顺子，是做销售的。有点儿黑，有点儿胖，看上去不像二十五岁，倒像三十五六的样子，牙齿也不整齐，嘴唇涂得鲜红，让李明亮没有一点儿欲望。

　　李明亮请顺子在一家小饭馆吃过饭，两个人一起在街上走。顺子试探说，我是不是让你失望了啊？李明亮笑着说，哪里啊，你长得还可以啦，很有味道。顺子说，你能带我去你住的地方看看吗？李明亮不太想带她到自己住处，于是说，我住在地下室，很乱的，不好意思让你去。顺子说，没事啊，我很想去看看，行吗？李明亮不太好再拒绝，他知道他们晚上也许要发生点儿事，但是他想，如果她不主动，他是不会主动的。事实上还是李明亮主动了。

　　李明亮和顺子来到地下室，进了房子，他立马觉得有个女人愿意走进那样的地方也算是给足了他面子了。李明亮笑着对顺子说，你看，这就是我住的地方，脏、乱、差！顺子好像并不介意，她说，挺好的呀，我可以坐吗？李明亮说，你别客气，你看，我这儿连把椅子也没有！顺子坐下来，李明亮站了一会儿，也坐在了床上。他平时总是躺在床上的，两个人并坐着，他觉着说话不方便，于是站起来说，我给你倒点水吧！顺子说，不用了，谢谢你！李明亮还是倒了水给顺子，一时找不到话说，就那样坐着。

　　后来李明亮说，我躺着你不介意吧。顺子突然就笑了，说，可以啊，我也想躺着，躺着舒服。李明亮躺在床上，顺子也躺在床上。李明亮觉得自己如果不把她抱着似乎就有点儿做作了，但是他还是忍着。顺子说，你怎么那么老实啊！李明亮笑了，反问，我老实吗？顺子点点头说，是啊，我会看手相呢，我给你看看手相吧！李明亮把手伸过去，顺子托着他的手看。李明亮感觉到顺子的手与小青的手一样软，一样有温度。顺子低头看他的手时，李明亮望着她的头发，闻到一股清爽的洗发水味儿，心里产生了一种想亲近的念头。顺子说，看你的爱情线，说明你是个花心的男人！李明亮笑着说，刚才你还说我老实！顺子说，老实人也花心啊，花心不是错。李明亮受到了鼓励，他说，你说我该怎么花呢？顺子也笑着轻声轻语地说，这就看你了！李明亮感到自己在挣扎了，他无法控制自己，却又不愿意自己主动，他说，你觉着你自己花吗？顺子又把机会留给李明亮，她说，你看呢？李明亮忍不住伸手把顺子搂在怀里。李明亮吻了吻顺子的额头，然后把嘴唇压在了她有温度的红唇上。

李明亮走出去买避孕套的时候，手机响了。小青打来的，接通电话的时候她不说话，好像在听李明亮那里的动静。李明亮有些紧张，他说，你在哪里？小青说，你该不是和别人在一起吧？李明亮说，怎么可能啊，我才来北京几天？小青说，我打你的手机老是打不通，我都拨了一百次了，我觉得有问题，因为我的心里有感觉，你老实说我是不会生气的，你说你是不是在和别的女人在一起？李明亮说，我在地下室手机信号不好，有时候在门口才能接得通。你别胡思乱想好不好？我是爱你的，真的，除了你我谁都不爱。小青说，有一份工作让我做了，你说我是在西安工作还是去北京找你？李明亮想了想说，你看着办，怎么都行！小青说，我让你说！李明亮违心地说，那你来北京吧！小青说，听你的口气不太乐意，那好，我不去了！李明亮说，你来吧，我很想你，真的！小青又哭了，她哭着说，我也很想你，你老是惹我哭，我的眼睛都快成金鱼眼了。我爱你，我不许你找别的女人，我要你只爱我，你要给我保证，你要说你只爱我！李明亮手里拿着避孕套站在地下室门口说，我保证，我只爱你一个！

回到地下室的时候，李明亮看着顺子，觉得自己像是在梦中。他坐在床沿上抽烟。顺子问，怎么了？李明亮递给顺子一根说，陪我抽烟吧！顺子接过烟抽着。地下室不通风，顺子咳个不停。李明亮突然说，我们一定要做吗？如果可以不做的话，我觉得也许会更好。顺子笑了，说，你放心，我不会缠着你的，我也有我爱的人。李明亮说，刚才我女朋友打电话了。顺子说，如果你不想那就算了！李明亮想了想，觉得还是不应该让别人扫兴，便开始脱衣服……

第二天，顺子要走的时候李明亮说，其实，我们都是需要感情的人。顺子说，你还会给我打电话吗？李明亮想了想说，不知道！

4

李明亮上班时仍然去聊天室，虽然顺子并不是他喜欢的女人，但毕竟给了他经历。李明亮觉得自己需要经历，顺子的出现让他清楚，漂亮的女人一般不会与网友见面，因为漂亮是资本，有资本的女人身边不缺少追求者，她们多少会有点架子。但那些女人也会有寂寞空虚的时候，也会有隐蔽的心思。当李明亮和一位叫安佳的网友聊得深入的时候，他意识到自己在网上变成了另外一个人，一个他不熟悉的自己。

从聊天的感觉中，李明亮感觉到安佳是漂亮的，特别的，于是他软磨硬泡，又不显得太冒昧地要求见面。见面的想法有心存不甘的意思，因为顺子的出现破坏了他对陌生女人的渴望，让他多少有一点儿失望，他想找回对陌生女人的想象与感觉！

李明亮和安佳见面时是一个星期六的下午，他是在一辆乳白色的奔驰上看到安佳的。他给安佳联系的时候，有一段时间，安佳是在车里一边跟他说话，一边在车内望着他，直到他走近了才落下车窗让他上车。李明亮坐在车上，自尊心有点儿受伤，他没有想到安佳那么好看，而且还开着名车。最初李明亮不知说什么才好，而安佳也在试探他，故意不说话。似乎沉默是一种力量，谁先说谁就败下阵来。最终还是李明亮说话了，他说，真没想到，你那么漂亮，不，漂亮都不能用在你身上，你应该是美，美人！安佳不露声色地说，是吗！李明亮点着头说，是的，你很美，我怎么感觉你像个演员？安佳的语气一沉说，我对你说过了，我是做进出口贸易的！

140

　　李明亮第一次觉得一个美且有钱的女人对于他来说是有杀伤力的。后来安佳播放音乐，两个人都有了不说话的理由。又过了一会儿，安佳把车开出了停车场。李明亮没有问她去哪里，她也没有说。后来车在一个宾馆的地下车库停下来，然后两个人乘电梯上楼。在电梯里的时候，安佳对李明亮笑笑，笑得李明亮心里一颤。

　　安佳开好了房，李明亮跟着她走进房间时心里一阵窃喜。他想，安佳是一个寂寞的美人，她需要男人，需要他。李明亮设想自己也是个有钱人，有车，穿着体面的衣服，那样他也许可以追求她，或者像她那样优雅脱俗，有气质有品位的美女。但他觉得自己现在还没有资格，也不敢。也许是那样的想法让他多少有了些不安。安佳一指沙发说，坐吧！李明亮坐了下来，装作不卑不亢的样子，看着安佳。安佳在李明亮的对面坐下来，仍然是不想说话的样子。有一段时间，他们好像是约好了要较量一下彼此的心力似的。安佳望着李明亮，李明亮也鼓起勇气看她，但是不到两秒钟他就把头低了下来，他觉得自己在安佳面前，就是个上不了台面的穷小子。

　　安佳笑了，她跷着二郎腿，从小包里拿出一包烟来夹在手中，侧对着李明亮，用一只眼在看他，姿势优雅。李明亮也想抽烟，他摸了摸自己口袋里四块钱一包的烟，没好意思掏出来。他想着要不要给安佳去点个火，因为安佳一直夹着烟，似乎在等着他来点。李明亮最终没有走过去，安佳好像有一点不满意，却包容地笑了一下，最终自己点了烟。想到李明亮或许也抽烟，又问，你也来一支？李明亮点点头，安佳丢给他一支，问，你是个搞文化的人？李明亮点燃烟，抽了一口说，是啊！安佳开玩笑地说，说说看，你们是怎么搞法？李明亮有点尴尬地笑了笑，一时不知如何回答。安佳吐了个烟圈，对李明亮说，你和网上的你一点都不像！李明亮问，怎么不一样了？安佳说，在网上你幽默风趣像个花花公子，现在你沉默寡言像个正人君子。不过，你长相还算可以！李明亮笑了笑，说，谢谢，我不知该说什么好了。安佳说，不妨直接点儿，我们只需要对方的身体，过后谁也不认识谁，你没意见吧？李明亮有些不满意自己处在被动的位置，看着她想说点什么，最终却点了点头。安佳笑笑，说，你去冲个澡吧！她说得很明显了，但李明亮却坐着没有动，他不知道自己为什么没有动。李明亮又摸出自己的烟，也不担心烟差暴露自己的品位了，点燃了烟，默默地抽着，似乎觉得直接上床不太应该，想要与她多些交流。安佳又说，去啊！李明亮觉得自己像是被推到战场上，不前进就会被枪毙，只好站起身去洗手间。

　　李明亮裹着浴巾走出来，安佳看了他一眼，扭着曲线玲珑的身子从他面前闪过。李明亮听着哗哗的水声，那水声在他的心里变成了一种争吵。他想到小青，竟然有点想要溜走的感觉，但那种感觉刚产生就被否定了。不能走，那样显得太没风度了。李明亮从沙发上站起身来，在房间里来回溜达。安佳裹着浴巾走出来时，李明亮看了她一眼。安佳的身子很白，很光滑，白净光滑得让他想到爱情，使他产生一种想抱她的渴望。李明亮有点儿反对将要发生的事，却又无法自控。与其说是反对，不如说渴望。安佳上床后李明亮没有主动发起进攻，他想把机会留给对方——既然开宾馆的钱是她出的，既然她让自己产生了对爱情或者对美的欲望。安佳望着李明亮，带着一种即将捕获猎物的笑意。李明亮有点害羞，像个小姑娘似的不敢看她。李明亮觉得自己没有准备好与她在一起，他觉得她应该是一个好女人，她的欲望敞开，让她像花儿一样含苞待放，他喜欢她，甚至爱她，但他们的关系却超越了爱，使他们在彼此消耗过后重新变成陌生人，这有点儿让他无法接受。后来安佳用手握住了李明亮的手，又把手移到他的身体上。她的指甲很长，她用手心和手指在李明亮的身上滑动着，希望能够唤起他动物一样的欲望，撕她，咬她！她感到自己的血液已经燃烧起来了，需要烧得更旺，更猛，然后熄灭，平静下来，再次投入到物欲横流的都市生活去。

李明亮的身体在安佳的操纵下慢慢有了变化，正准备行动，安佳说，等一等。她示意李明亮去洗手间拿避孕套，但正在这时她的手机响了。她迟疑了一下，没有去接。手机仍然响着，李明亮有点扫兴，说，接吧！安佳去接手机，电话是一个男人打来的，安佳像换了一个人似的跟那个男人说话，那个男人或许是她的老公或者是情人。安佳故意在电话里和男人调情，似乎只有那样才能使男人相信她现在不是在准备和另一个男人在一起，而是在忙别的事情。通话大约有十分钟的时间，挂了电话。李明亮望着安佳，手里还拿着避孕套。安佳的身体很美，欲望在看不见的地方。李明亮望着她的身体，有一种强暴她的冲动。他被自己的想法弄得有点儿想要哭了。当安佳要给李明亮戴套时，李明亮扯开了她的手，一下把她压在身子底下，然后强行要进去。安佳挣扎着，长长的指甲划破了他的皮肤。李明亮感到自己应该像个真正的男人那样，去征服一个女人。结果，安佳用膝盖实实在在地顶了他一下，他捂着自己的下身，蜷缩在床上，痛苦地呻吟着。

李明亮觉得自己如果有钱，他完全可以找一个像安佳那样的尤物，让她好好爱自己，而不是一次性地想吃掉他，再也不联系。小青，虽然小青也算是漂亮的，但是她归根到底是个没有什么文化的女人，她不是凤凰，只不过是个小麻雀，而这样的女人在城市里到处都是。想法只是想法，李明亮还是李明亮。他有点儿后悔自己太自我了，那个时候，他强调了自己，强调了爱情，强调了野性，似乎那样和她在一起他就可以当她一辈子的爱人似的，他太自以为是了。

李明亮多少有些懊恼地走在大街上的时候，他的下身还在痛。

新生活

他觉得自己就像个流浪的小动物一样可怜又可笑。后来他给小青打了电话，问了问她的近况，试图通过打电话来抹掉自己刚才的荒唐行为。挂了电话，他又回到办公室，进入了聊天室。顺子在线，李明亮又想到顺子的身体，他觉得自己的下身被安佳的膝盖顶痛了，但是欲望还在，需要实现才能安息。于是他又与顺子聊天，想让顺子过来。顺子是北京人，她所在的公司有她的股份，据她自己说，她是有房子的。那个时候的李明亮除了要在顺子的身上实现欲望，还隐约希望借助顺子的力量在北京做成什么事业，他想让自己有钱。

李明亮和顺子在一起，口口声声说爱她，让顺子感到他真是爱上自己了。他们在一起是有激情，是美好的。李明亮觉得如果娶了顺子，他在北京就算是有一个家了，而且他们的孩子出生以后也会是北京户口。李明亮为自己有这样的想法感到恶心，但最终他还是问了顺子，你愿意嫁给我吗？顺子反问说，你真的想娶我？李明亮说，你不想嫁给我？顺子说，我心里有一个人，再说，我也不想结婚，结婚没意思。李明亮说，我们只能做朋友？顺子说，做朋友不好吗？李明亮点点头，觉得现实就是现实，他内心所有冲动和妄想都是可笑的。

顺子离开的时候对李明亮说，其实爱情是不可靠的，因为我们都只是爱着自己的感觉。

李明亮为她说出这样的贴心话拥抱了她一下，然后把她送到外面。

除了小青，李明亮经历了两个女人，虽然只和一个女人发生了关系，但是他觉得爱情已经不再是可靠的。他对自己有了认识，觉得自己就不可靠。当他回到地下室，躺在床上的时候，所想的仍然是安佳的身体。虽然她弄痛了他，但他仍然在想着她的身体。他后悔自己那个时候强调了爱情的存在，他明明知道安佳那样的女人

144

是不会爱上他，而且也未必值得他来爱。自从见到坐在车里的安佳的那一刻起，他的自尊心就受到了一种无形的伤害。他的灵魂就开始变形、出窍。跟着安佳到了宾馆之后，他的真假难辨的害羞与矜持，以及在和安佳做与不做之间的犹豫和徘徊是那样真实，而他反常的举动也是那样真实。尤其是发生了那样的事情之后，他又上网把顺子叫过来，和她做完之后又违心地说想娶她，他觉得自己非常龌龊。但他又清楚，那正是真实的他。

5

小青是爱着李明亮的。两个人通电话时，小青对李明亮说，虽然大街上有许多男人，但没有一个男人是我能爱的，我只爱你，我只爱你李明亮——李明亮，我爱你！小青在电话里大声喊，似乎是要通过电话，把李明亮喊回自己的身边来，让她可以依靠，可以亲吻和拥抱，可以自由地、放肆地爱着。尽管李明亮有些感动，但却不太愿意相信爱了，因为他自己很容易就爱上一个陌生人，爱不同的陌生人，小青也应该是的——不过他还是愿意相信小青比自己简单。李明亮对小青说，你先工作吧，过段时间我去看你。小青说，你为什么不让我去看你？我还没有去过北京呢，我想去北京看看。李明亮想了想说，你来吧，北京欢迎你，我更欢迎你！李明亮有点调侃的意思，他希望小青能够高兴点儿，自己也能够高兴点儿。但是挂了电话之后他又觉得不够真实，他觉得是整个世界与人类让他变得不够真实，无法强大，左不是，右也不是。

小青来了，李明亮去火车站接她。在见到小青的那一刻，基于过去小青带给他的不自由的感觉，虽然他没有拥抱小青的冲动，还是装作激动的样子拥抱了她，以至于抱到小青的那一刻，又觉得自己是真诚的，确实想抱一下她。抱一下小青就好像抱住了自己的另一半，而在北京的他是不完整的。李明亮对小青说，我想你，真是快想死了！小青被李明亮的举动和话语感动得热泪盈眶，她说，我比你更想你，要是再见不到你我都快急死了。李明亮松开小青，为她拎着行李，搭车回地下室。一路上李明亮用眼睛偷偷看着小青，他发现小青也在用眼睛偷偷地看他，四目相对的时候彼此才感到有些陌生感，那种陌生感似乎是基于彼此不见面的时间使他们都产生了一些变化。

在地下室里的时候小青问，你实话对我说这段时间有没有碰别的女人？李明亮坚定地说，没有，绝对没有，我心里想的全是你，我比你还爱你怎么可能碰别的女人呢？小青说，我怎么才能相信呢？有好几次我梦到你和别的女人在一起了。李明亮呵呵地笑了，他说，我还梦到你和别的男人在一起了呢，这是真的还是假的？小青假装生气地说，是真的！李明亮不笑了，他心里"咯唧"痛了一下，脸色也变了。虽然他明明知道小青说的是假话，可他还是在意了，那种在意好像让他看到了以前的小青，也看到了现在的自己，有点儿愿意相信的意味。分开的时间虽然不长，但是李明亮觉得有什么东西变得模糊不清了。小青说，你真的相信了？傻瓜！李明亮生气地说，信了。小青沉着脸说，刚一见面就吵，你真没意思，真话假话都听不出来，我看你是不想让我来，我回去好了。小青走出门去，李明亮没有去拉她。小青走出地下室，李明亮才开始发现自己真的是傻了。他有点儿恨自己，却还是站着不动，就好像要跟谁赌气似的。后来李明亮走出去找小青，小青正蹲在地下室出口哭。小青一直盼着李明亮来找她。李明亮出现了，他蹲下身子来哄她，小青哭着用手捶打着李明亮的肩膀说，狠心，你真狠心！李明亮的眼泪也下来了，他把小青抱在怀里，觉得小青很爱他，自己也一直爱着小青。

李明亮把小青带回地下室，说，我准备借钱做生意。小青说，你准备做什么生意呢？现在每个人都想挣钱，挣钱多不容易啊！李明亮拍了一下小青的肩膀说，现在我还没有想好，不过我想在北京给咱们买套房子。小青的心里一阵激动，觉得李明亮很爱她，于是侧过身来就把李明亮抱住了。在床上的时候李明亮心里觉得有点儿对不住小青，但是那样的感觉一闪就消失了。消停下来时李明亮躺在床上回味着自己的话，他想，自己真是想挣钱为小青买房子吗？如果有了房子，他会真的愿意和小青结婚吗？他觉得自己想的还是安佳，像安佳那样的女人，那样的女人有身份地位，才能满足他对女人的渴望，使他更像个男人。

当小青说自己也要留在北京找个工作陪李明亮的时候，李明亮说，我们都要有点志气，现在我们都是处在温饱线上的那种人，没有什么身份地位。你看大街两边的高楼大厦，一栋接一栋，那么多房子，没有一间是我们的；你再看那些在街上一辆辆开过去的小车，多得数都数不过来，没有一辆是我们的，你难道没有什么想法吗？小青说，我没有，我觉得只要有你就成了。李明亮用恨铁不成钢的语气教训小青说，光是知道爱是不行的，爱情是建立在物质基础上的，不管你要不要，我将来都要给你！我要让你有宽大明亮的房子，有漂亮的小车，穿上华贵的衣服，吃上精美的食物！到时候我有钱了，你要什么我都会满足你！小青听他这么说，激动得把李明亮抱得紧紧的，用她那并不太丰满的胸部挤压着他的胸脯，用她那薄薄的嘴唇吻李明亮，希望他再爱她一次。但是李明亮又说，我们要有志气，要把时间和精力用在别的地方，做爱能做出钱来吗？你别闹了，我想你还是先回西安，好好工作，你在这儿我没法儿把全部心思用到工作上去，明白吗？

小青在北京留了三天，李明亮把她赶走了。赶她的理由冠冕堂皇，让小青觉得李明亮很爱她，爱得深谋远虑。不过小青也觉得李明亮不再是过去的他了，过去的他是个喜欢读书上进，至少看上去是个心境淡泊的男人。但是小青也不觉得他的变化有什么不好，她是想嫁给他的，有很多时候她觉得李明亮是上天派给她的，会和她一生一世地相爱下去。小青在回西安的火车上一直在想着李明亮的话——人人都有权力成为一个成功的人，一个有钱有地位的人，一个过上优越的生活的人，但是现在我们离这样的生活还很远，我们得努力拼搏，不能儿女情长。爱是一辈子的事情，为了我们的爱情更长久，更甜蜜，我们要奋发图强，如果我们现在每天纠缠在一起，结果可能贫贱夫妻百事哀……

小青要去工作了，她要好好去挣钱。只要两个人相爱，分开怕什么呢！小青也反思了一下自己，她觉得以前是自己不工作，有太多的时间缠着李明亮，让他感到累了，所以他才跑到北京去的。她想，既然自己是爱着李明亮的，而且他有了想变成人上人的想法，她应该支持他。

6

李明亮有了挣钱的渴望，但并没有什么门路。他仍然和顺子交往，希望能从她那儿得到挣钱的方法。在后来的交往中他也越来越觉得顺子在见识上、在文化层次上比小青高远。在他们鱼水交欢的时候他甚至觉得顺子也是他真正想娶的女人了。李明亮所谓的想娶一个女人的想法只是一个短暂的念头，他不想真的那么早就被婚姻束缚着手脚，但他又渴望有一个女人真正属于自己。小青是属于他的，但是小青也是可以抛弃的，虽然抛弃的过程会有点痛苦。

李明亮出了很少一部分钱，然后顺子又借给了他五万，让他做成了第一笔生意。那生意是顺子送给他的。顺子把公司的利益送给了他，以此来报答李明亮对她真真假假的情感。那一次李明亮挣了三万块。顺子希望他能搬到地面上来，租个像样的地方，因为她每次来地下室都没法儿洗澡。李明亮没有同意，不是他不想住到地面上来，而是他觉得自己如果把那三万块拿出一部分来，钱就少了。他那么对顺子说的时候，顺子笑了，觉着李明亮也蛮天真可爱的。李明亮说，我准备用这三万块做资本，做点别的。顺子说，这次我帮你是损害了我们公司的利益的，下次我不会再这么做了。李明亮点头称是，他很感谢顺子，请她到较好的馆子里吃了一顿。

　　一个人回到住处的时候，李明亮再次想到安佳。李明亮有她的手机号码，但是他没有再与她联系。当他拿着沉甸甸的三万块钱的时候他幻想自己可以给安佳一万块，用一万块爱她一次，这或许也是值得的——因为正是安佳这个漂亮、有气质的女人给了他赚钱和追求成功的强烈渴望，使他想要成为一个人上人。李明亮清楚自己再也不可能和安佳怎么样了，但是他也知道像安佳那样有气质、有文化的女人在城市里并不鲜见。关键是他要有钱，有足够的钱。那么想的时候，李明亮已经不再把那区区三万块钱看在眼里，他甚至想都没有想把自己挣钱的事告诉小青，与小青分享赚到钱的快乐。

　　李明亮最初每天和小青都通个电话，给她说的话他自己回想起来都会觉得虚假。后来他受不了自己的那种虚假，借口长途话费太高，建议一个周通一次电话。提出这样的要求时他说，我们要存一些钱，每一个白手起家的人在最初的日子都是很节俭的。小青的工资每个月也不过两千块钱，打电话花去两三百块，她自己也觉得承受不了，于是就同意了。但是小青很想李明亮，还是给他打电话。后来李明亮说，记着，我一个周只接你一次电话，再打我就不接了。小青委屈地哭了，李明亮说，你要有点儿志气，就这样说定了啊，你最好是狠狠心一个周都不要给我打电话，不过，你不打我也是会给你打的，因为我也想你，真的，很想你！

　　顺子不愿再帮李明亮了，她觉得自己已经对李明亮很够意思了。李明亮想不到别的挣钱门路，仍然把希望寄托在顺子的身上。

当李明亮再约她出来的时候，顺子借口有事不见他了。他们最后一次见面是在李明亮订的宾馆里，那个宾馆正是当时安佳把他带进去的宾馆，一个晚上竟然要七百块钱。李明亮狠心花那七百块钱是想让顺子再帮他一次。那天晚上，李明亮很投入也很卖力，好像他在顺子身上挥汗如雨的同时也在撒下可以收获金子的种子。冲洗过后，顺子坐在沙发上对李明亮说，我们结束吧，这一段时间我一直在想，我们所有的人都很贱。实话说我在地下室睡的时候心里多少是有点可怜你，现在你有钱了，能和我住进这样的地方了，我们也该结束了。你当过记者，现在又是编辑，是文化人，你应该清楚女人都是有一种母性的，这也是一种爱。其实我们在这个大得让人迷惑的生活场里都不清楚自己是谁了。李明亮看着顺子，瞬间觉得顺子是个挺不错的女人，她有一种知性美。同时他也为自己感到悲哀。顺子说得没有错，他承认自己是迷失了，但是他不准备就此罢手，他觉得即使迷失和混乱这也是人生一种。他们各自说着自己的观点，回到正常的位置，显得传统而高尚。

李明亮说，是谁打破了这一切的界限呢？如果你的男朋友不背叛你，你会在网上寻求这种感情吗？顺子说，是自己不够坚定，不够爱自己！李明亮说，也许，爱自己是没有什么出息的，因为在这个时代谁都无法不受影响，守着自己的理想不被欲望左右。顺子不说话，她感到累。李明亮也不想说话了，他也感到累。后来他们睡了，天亮的时候李明亮的欲望又升腾起来，他望着被子里的顺子，想揭开被子看看她的身体。他知道自己不能太冒昧，虽然彼此熟悉了，但仍然有界限。李明亮说，我想看看你的身体。顺子温柔地笑了一下，没有拒绝。李明亮揭开了她身上的被子，看到了她的身体。第一次那么认真地、有意识地去看。后来李明亮笑了，给她盖上被子。李明亮在那一刻觉得自己像个好奇的男孩，他又钻进被子里，搂住顺子的身子，感受她的温度。他真想让时间停滞，停留在那一刻。

顺子说，你的眼神是美好的，真的，也许我真的爱上你了，但是我们真的要结束了。我们是要美好一点，虽然我们给对方展示的都是彼此感到陌生的一面，但是我感受到你并不是那种只有欲望的男人。李明亮不置可否地吻了一下顺子的脸。顺子没有反应，李明亮也并不是特别想要顺子，但是不知为什么他却想要让自己要她。也许是李明亮想要感受一下他心里模糊而潮湿的爱，为了不确定的一切，想再一次融入顺子的身体里去，在欢乐中彻底忘记存在的种种矛盾。

顺子没有拒绝，但最初也没有响应，似乎她在想什么问题。后来她的眼泪流下来的时候李明亮吃了一惊。顺子很快就用手抹去了眼泪，变得欲望亢奋。那一次也许是他们最完美的一次。闭着眼睛的李明亮仿佛是把顺子当成了安佳，当成了世间一切优雅漂亮的女人，当他睁开眼睛的时候发现顺子正在睁着明亮的双眼看着他。李明亮发现，顺子的那双真切、充满感情的眼睛并没有生对地方，她仍然是丑的，普普通通的，他想，好吧，这是最后一次。

7

李明亮工作之余，在偌大的北京城百无聊赖，又忍不住去聊天室寻求陌生的女人，与不同身份的女人聊天。他年轻的身体，和那颗变幻莫测的、充满欲求的心使他渴望来自女人的美好与爱，能够激发他，满足他，使他活得感觉到人生的意义。

与李明亮见面的第三个网友是位长相还可以的，正在读大三的女生。李明亮看着那个叫王芳的女生想到自己因为经济条件不好和自己因为害羞而缺少爱情滋润的大学时代，有一种想和她恋爱的感觉。王芳二十岁，身子还很单薄，脸上有着一种怯生生的表情让李明亮顿生爱怜。不过，李明亮把王芳带到地下室时，王芳觉得他是一个没有钱的人，根本不像他在网上的名字。李明亮在网上起了一个叫"开奔驰的男人"。

王芳坐在李明亮的床上，只坐了一会儿就站起来说她有事情，想要走了。李明亮说，你是不是嫌我这儿的条件差？王芳说，没有，我真的有事情。李明亮不想让王芳就这样走了，他觉得自己很想和她谈一场恋爱。显然他知道王芳是嫌弃他了，因为他的住处暴露了他的身份。李明亮说，你不是说需要钱吗？王芳说，是的啊，但是……李明亮说，我有钱的，你需要多少？王芳看着李明亮，心里觉得这个男人傻得很可爱，她不相信他有钱，于是说，我母亲生了病，现在住在医院里，如果再交不上医疗费医院就要把我母亲赶出来了。李明亮从床底下拿出了那三万块钱。钱是包在破报纸里的，破开报纸时王芳的眼睛亮了一下。她惊讶地说，呀，那么多钱，是不是真的啊？

李明亮得意地拿出一沓子，在手上敲了敲说，是真的，假不了！王芳从李明亮的手里接过钱，抽出一张，用手捏了捏，又还给了他。李明亮说，你说吧，需要多少钱，你别跟我客气！王芳说，你真的会借钱给我吗？李明亮说，是的啊，是真的，我自从见到你以后就觉得是有缘分的。王芳一下子跪倒在李明亮的面前，她哭着说，李大哥，求求你救救我妈吧，真的，现在她好可怜，好危险——我给你打欠条好吧，这是我的学生证，你看一下，我真的是北大的学生。

李明亮看着王芳眼里的泪水，连忙把她从地上拉起来说，起来，快起来，人不到难处是不会流泪的，也是不会给人下跪的，钱我是会借给你的……王芳起身之后见李明亮话说了一半就不说了，生怕李明亮的主意变了，于是又说，李大哥，我怎么感谢你呢？真的，我真是遇到好人了，我不知道怎么感谢你才好！李明亮大度地说，说什么感谢不感谢呢！救人要紧，你需要多少钱？王芳说，李大哥挣钱也不容易，我真不好意思……李明亮一挥手说，不要叫我李大哥，这样叫显得见外了，以后就叫我的名字吧。王芳说，那怎么好意思呢，我，我真是太感谢了。李明亮看着王芳，那一刻他觉得王芳就像他的亲妹妹，而他的钱是要拿给自己的母亲去看病的。

王芳拿了一万块，好像不好意思一次拿走李明亮所有的钱。第二天王芳就给李明亮打电话，说她想见他。李明亮很高兴，他从王芳无助的眼神中找到了从安佳那儿丢失的自尊心。李明亮想去北大看看，那时候他仍然不太确定王芳就是北大的学生。王芳很快就同意了。他们在北大的门口见面后，王芳带着李明亮在校园里走了一趟。那个时候的李明亮很想拉住王芳的手，没想到王芳亲热地把手放到了他的手里。李明亮甚至看到王芳在挽着他的手时大方地对她的同学点头微笑和问好。李明亮问王芳，把钱打给家里了吗？王芳的脸上立马又露出愁苦的样子，她说，还差一万块钱。李明亮犹豫了一下说，你早说啊，走，我带你去拿。

王芳第二次来到李明亮的房子里时，把自己的吻献给了李明亮。李明亮很激动，他真的有一种恋爱的感觉。那种感觉很美好，美好得让他想要飞翔。王芳也泪流满面的样子，一个劲儿地说李明亮是个好人。李明亮不喜欢王芳说自己是个好人，他说，我喜欢你，真的，很喜欢。王芳说，我也喜欢你，真的。

第三次王芳又来到了李明亮的地下室，她甚至为李明亮买了一件T恤。她又是来借钱的，她说她为妈妈交上了欠医院的钱，但是病还得继续看，再有一万块就差不多了。说完那话之后王芳又说，你会好好爱我吗？你好好挣钱，我毕业以后我们就结婚好不好？李明亮有点不舍得，但想了想还是把剩下的那一万块拿了出来。那个时候他完全忘记了小青的存在，包括安佳和顺子也被他放在了脑后。他的眼里只有王芳，王芳是个年轻漂亮的女生，而且还是北大的学生。北大，那可是个闪闪发光的地方。李明亮觉得王芳虽然遇到了困难，但是她毕业以后会有很好的前途。那样想的时候他觉得自己有点儿势利了，还在心里批评了自己。他觉得自己并不是爱王芳北大生的身份，而是实实在在地爱她这个人。

王芳把钱放进自己的包里的时候，李明亮在想着要不要把她拿下的问题。王芳说她要走了，因为她的妈妈还在等着她寄钱。李明亮有点儿不舍得她就那样走了，他走过去抱住了王芳，他很动情地吻着她。王芳的身子在他动情的亲吻中软了下来，李明亮把她抱到床上，脱掉了她的衣服。王芳说，我会怀孕的，可我现在还在上学……

李明亮的房子里还有他和顺子剩下的避孕套，但是他觉得那样就暴露了自己是有女人的，于是他穿上衣服说，你等我一会儿。

李明亮回来的时候，王芳消失了，而且从此王芳再也没有出现。

李明亮打王芳的手机，手机总是关着的。

李明亮意识到自己被骗了，但是他不愿意这么相信，以为王芳有急事先走了，手机掉了。他去北大找王芳，但是王芳对他所说的她的教室，她的宿舍里都没有她的影子，也没有人认识一个叫王芳的北大女生，李明亮这才确定自己被骗了。

李明亮觉得该给小青打电话了。上次打电话时，李明亮说过自己正在做生意，很可能会赚上一笔数目可观的钱，让小青不要打扰他，赚了钱他会主动给小青打电话的。这次打电话的时候，小青问李明亮，怎么样，赚到钱了吗？我好想你啊，我给你打过电话，但是你的手机接不通，我真的忍受不了了，我想你，你回来吧，我不能没有你！李明亮沉默了半晌说，我也很想你，真的很想，这次没有赚多少，做生意真的很难，不过我是不会退缩的，我一定要让你在北京住上楼房，让你穿上漂亮的衣服，让你成为我幸福的小女人。挂了电话，他回到地下室抽着烟，想到了他理想中的爱情，觉得自己脱离了轨道，没有好好走路。自从离开小青之后，他的心就长偏了。他希望能体验一下别的女人，不光是从身体上体验，还渴望和别的女人恋爱。顺子的出现让李明亮获得了三万块，但是他多少觉得那是自己出卖肉体和灵魂获得的。他忍受顺子的丑陋长相，想的却是小青和安佳，想着小青和安佳的时候，他又觉得顺子也可以爱下去。安佳一直像个影子一样盘踞在他心里，让他觉得自己应该成为人上人，应该拥有像安佳那样的女人。直到王芳出现后他才想正儿八经地准备和她好好谈一场恋爱，但是只见过三次面，而且见一次骗走他一万块，这样的恋爱代价也太大了。李明亮恨自己没有一点警惕的心，又觉得似乎这是命中注定的。舍财免灾，想一想自己那一段时间过得的确离谱，他想要安分一点了。

李明亮一个月的工资也不过两千多块钱，最初的两个月他没有编稿费，后来有了编稿费也不过两千七八百块。每个月除了吃用和交房租，剩下的钱根本存不下。想到自己给小青说的房子和车子，他感到自己的说法很滑稽。他以前并不是这样，以前的他老老实实上班，和小青过着实实在在的同居生活，有争吵，也有甜蜜，虽然平淡，可仔细想一想却也是有味道的。李明亮有点渴望小青来北京了，他觉得自己需要有一个女人管着自己，不然自己是管不了自己的。

在李明亮感到脆弱无力的时候，他对小青表达了自己的想法，小青很能理解似的说，我能想到你是多么难的，你根本不是一个做生意的料。你不要想着买房子的事了，只要我们相爱，有没有房子有什么关系呢！小青的话让李明亮感到温暖，但是他说，你怕不怕我变坏呢？小青问，怎么坏法呢？李明亮叹了口气说，我想变坏，男人变坏就有钱，不过我变坏也挺难的。小青说，这个嘛，我相信！

8

李明亮在地下室看到过隔壁那个叫小红的女人。

小红二十六七岁的年龄，和李明亮差不多大。她的长发染成棕红色，细眉细眼的，红嘴唇，浓妆艳抹，看上去蛮时尚漂亮的样子。如果不是知道她的职业，李明亮觉得自己也有可能会喜欢上她。在那段没有女人陪伴，同时也心灰意懒的日子，李明亮无聊地想象着小红是怎么样与一个个陌生的男人接触的，也想到自己如果成为小红的客人会是怎么样的。李明亮没有过那种体验，他感到自己的思路被堵，心也像被一块石头压住了。昏昏沉沉中睡去，在梦里，李明亮变成了一个以吞吃灵魂为乐的飞来飞去的怪兽。醒来后他挥手赶走了自己的梦，觉得自己的身体有点儿麻木，又躺在床上睡了一会儿。

每天晚上很晚小红才回来，回来时尖尖的高跟鞋"橐橐"地把水泥地板踩得很响。李明亮觉得自己还没有真正堕落，他还想试一试堕落的感觉，这样的想法产生后就立马在他的心里扎下了根。他想知道自己究竟是一个什么样的人，他觉着自己早就有过堕落的渴望，而这种渴望被什么抑制住了。

星期天，李明亮让自己不要想小青了，虽然小青也可以说是蛮适合和他过平平常常的日子，但是他为什么一定要过那种日子呢！他想要折腾一下自己。他抽烟，似乎想要有点堕落的思路。空气不流通的地下室的房子里烟雾弥漫。后来李明亮从房子里出来，站在过道里。他知道那个叫小红的女人通常是睡到中午才起床。他在等她，想要从她的身上得到一点堕落的灵感。他想，如果主动跟她说话，要求跟她聊一聊，她也许不会拒绝。和她聊什么呢？李明亮意识到自己越走越偏了，但觉得无法控制自己的想法。

地下室二十几间房子里都住满了人，有的是男女在一起，有

的是单身的男女。住在地下室的人员形形色色，多数是收入不高的
公司职员，房客之间并不来往。房管任大姐每天都候在地下室看电
视。她养的一只京巴，身上的毛脏兮兮的不成样子，后来不知被谁
砸瘸了一条腿，经常发出尖厉的哀叫声。那段时间任大姐心痛狗，
在晚上的时候因为有人在过道里撒尿，她没有目标地骂了半天。白
天地下室里人不多，也很安静，一到晚上人就回来了，就有了很响
的音乐，有了嘈杂说笑和电视的声音。李明亮的房子里没有电视，
他也不喜欢看电视。李明亮有从单位拿来的书，也有几本是他从西
安带到北京还一直没有看的书。他觉得自己没有心情看书，他搞不
清楚自己的心思为什么会朝着那些歪门邪道的方向生长。

　　以前李明亮呆在房子里觉着无聊，也站在过道里抽过烟。他看
着空空的过道，渴望从哪个门里走出个人来。如果对方是个男人，
他就低下头，装作等人或者出来透气的样子。如果对方是个女人，
他会大胆地盯着对方，那有穿透力的目光甚至能看到女人的衣服里
去。当然，这是李明亮心里所想象的穿透力，真实的他并不敢太放
肆，因为他意识到自己还是一个文化人，文化人是应该有一些修养
的。

　　小红穿着一件大红的睡衣走出来时看了李明亮一眼，因为有心
思，李明亮感到自己猝不及防地被电了一下。小红手里提着尿桶，
他觉着在这样的时候跟人说话不太好，就让她走过去了。小红提着
空桶回来的时候李明亮感到自己的头脑有点发热，他想对她说话，
但是话到嘴边又吞下去了。李明亮觉得自己不成事儿，他埋怨了自
己，让自己有点儿勇气和胆量，但是小红已经回到自己的房子里去
了。

　　李明亮也回到自己的房子里，收拾了一下，一直在等着小红
出门。但是直到天近黄昏的时候才听到小红锁门的声音，接着听到
她的高跟鞋发出的声音。李明亮锁上了门，然后像个侦探一样跟在

小红的身后。两个人相距有十多米远，出了大门就是马路，李明亮站住脚步，看着穿着一身鲜艳衣服的小红通过马路，然后拐了一个弯，到了一个叫"星星草"的歌舞厅。

歌舞厅门前停着许多小车，一闪一闪的彩灯像是在给那些车眨眼。李明亮拍拍自己口袋里的钱，迈动了步子，穿过马路走进了歌舞厅。歌舞厅里并没有人跳舞，因为那根本就是个形同虚设的歌舞厅，里面是一间间小包厢。穿着艳丽的女人们站在两排房子的中间，也有的坐在敞开门的包厢里，像随时准备上台演出。看到李明亮走进来，有两个女人一起走过来。李明亮第一次经历这样的场面，心里有点胆怯，但看着她们都笑嘻嘻的样子，渐渐也放松了一些。李明亮说，我来这儿看看。说完又觉着那样说不太好，又说，我几个哥们儿说是要到这儿来玩，我来得早了，我等等他们。她们让李明亮先玩，李明亮摆摆手说，不用了，我还是先等等他们。她们离开了，李明亮一边用眼睛搜寻着小红的身影，一边在想着和她相见时的台词。

小红终于出现了，李明亮装作不认识她的样子，她好像一时也没有认出李明亮来。李明亮有一丝失望，眼看着她要走过去，他站起身来说，咦，我好像在哪里见过你！背后突然有一个声音，小红回过头疑惑地问，你是？李明亮用手拍着脑袋，像是在回忆似的，然后重重在自己的脑袋上拍了一下说，哦，我想起来了，你就住在不远的地方，地下室，我们是邻居。小红向四周看了看，见没有人注意，一脸狐疑地问，你找我？李明亮微笑着，轻轻点头说，我感到无聊，到这儿来坐坐，这儿怎么没有人跳舞呢？小红说，这儿是一个喝酒聊天的地方。李明亮"哦"了一声说，我想了解一下，如果找人聊天的话得花多少钱呢？小红说，来这儿的人一般都是有身份的人，他们都开着车，开个包房得三百，请个女孩小费最低两百，吃点东西下来，差不多得七八百块吧！李明亮心想，在这儿消费一次就是他一个月的房租，于是他感叹了一下说，那么贵啊？小红说，贵？那你回去吧！李明亮的自尊心好像被触动了，他的包里有八百块，那些钱是他这个月的生活费，但是他不想那么多了，他想在这儿花点钱。

李明亮让小红陪他，小红答应了，带着李明亮走进一个包间。包间里的灯光很暗，皮沙发前面是红色茶几，电视机放在柜子上。小红摆弄了一下，电视里闪出一个扭腰弄胯、卖弄风骚的泳装女子。服务生过来问要点什么，李明亮拿着消费单觉着什么都贵。最后他点了一壶最便宜的茶，又要了一包爆米花。他想到光是包间费就是三百块，如果再给小红两百块的小费，那八百块钱也就剩不了多少了，这让他很长一段时间不能放松。

小红在李明亮身边，不是太近，似乎她考虑到他是自己的邻居，要适当矜持一点。李明亮也无法放松，不知该怎么玩下去。他从书上知道这样的一个地方是可以动手动脚的，因为她们挣的就是那个钱。李明亮觉得自己应该有点动作，不能干坐着，那样太亏了。他希望小红主动一点，但小红也不主动。后来小红问李明亮唱不唱歌。李明亮说，我不会，你唱吧！小红唱了首《真的好想你》，唱得李明亮想起了小青。想起小青，想起自己对小青说过的话，他觉得自己正在拿着自己没办法，正在犯错误。

李明亮后来还是觉得应该有所作为，既然花了钱，不能白花。他用鼻子去嗅小红的头发。小红问他，你闻什么？李明亮说，你的头发很香！小红笑了，她说，你喜欢？李明亮点了点头，伸出手来让她把头靠在自己的肩膀上。他觉得，自己可以变好，也可以变坏，可以堕落，也可以继续做一个正人君子。小红靠着他，他从小红的脖子向下看，看到她半裸的乳房，白白的，鼓悠悠的。他想去摸摸，他花了钱，摸摸，估计她也不会反对。小红抬起头来看他时，眼光一下碰上了，李明亮有点不好意思，不由得叹了一口气。

小红说自己没有读过几年书，没有什么文化，她是从乡下来的，来北京几年了。李明亮觉得小红挺不容易的，对小红变得尊重了些，想摸她的想法收了起来。但是李明亮的心里又想着能给她一点爱，他清楚自己的想法有点犯糊涂，但是他那样的糊涂在他来北京后的整个行为过程中是贯穿始终的。后来李明亮又把对小红的尊重变成了爱意，他拉着她的手，用他带着感情色彩的眼神看着她，看得小红有点儿紧张。李明亮说，我喜欢你。他说了那话，自己也不知道是真是假，但在那个时刻他觉得是真的。他太空虚了，在城市中活得有点儿无所适从，那么说带着点逢场作戏的感觉。

小红觉得李明亮有点儿不正常。李明亮用手把她抱在了怀里，然后吻她的脖子。他觉着自己对她有了欲望，像个动物一样想要她，而那在他的感觉中就是模糊的爱。小红最初不肯与李明亮亲吻，李明亮几乎是强行把自己的舌头攻进了小红的嘴里，像只棕熊吮吸蜂蜜一样贪婪。后来李明亮情不自禁要求她跟自己回去。没想到，小红说，你想也可以，你知道出台费是多少吗？李明亮问，多少？小红说，一次六百，过夜一千。李明亮欲火攻心，他说，好。

9

李明亮带小红回地下室的路上还在想，他是爱她的，所以才想跟她睡在一起。睡在一起，似乎两个人都可以获得安慰，共同抵御了在城市中的孤独与空虚。

李明亮为和小红聊天几乎花光了所有的钱，他想自己和她做一次至少应该是可以欠账的。问题就出在小红不愿意他欠账上了。当李明亮有点扫兴地从小红的身体上下来的时候，想到自己要付钱的现实，觉得自己那样冲动一点都不值得。因为在做的时候，他想投入一个男人对女人应有的那种真诚的，充满着爱怜的感情，但小红一点都不配合，只希望他早一点完事，而要钱的时候却显得过分理直气壮。见李明亮迟迟不给钱，小红的脸冷得像冰块，一点都不是李明亮想象中的样子。在李明亮的感觉中，他投入地去做，希望她能获得快乐，他一片好心，小红应该感激，不应该逼着向他要钱。

小红盯着李明亮，一脸看不起他的表情，坚定地说，拿钱来，你他妈没钱为什么要老子出来，你舒服了不想给钱？没门儿！

李明亮说，你没有舒服吗？好了好了，我不讲这个，我不会不给你钱的，现在是没有钱，反正我住这儿，跑不掉的，晚儿天不行吗？

小红说，你他妈的跑了呢？老子到哪里去找你？

李明亮强压着心头怒火说，我对你说了，我就住这儿，不跑。还有半个月发工资，发了工资我会给你钱！

小红板着脸说，我不能每天都看着你，你还是想办法把钱给我，免得大家难堪！

李明亮气得浑身发抖，有一阵子不说话，他在想着她能如何让他难堪。

后来小红又说，你不给钱是不是，我打电话叫人来了！

李明亮气恼地说，你打吧！

小红打通了电话，不到十分钟就来了两个长相粗鲁的壮实男人。一个男人让李明亮识相一点，乖乖把钱掏出来，免得不自在。李明亮没有钱可掏，另一个男人动手翻他的口袋，口袋里只翻出一百多块钱。男人显然对李明亮感到失望，他问了一句，真没有钱？李明亮说，真没有！话音刚落，只觉得面门上被打了一拳，那一拳让他眼冒金星，倒在了地上。

任大姐打电话叫来了警察。小红一口咬定李明亮强奸了她，打他的人那时已经跑得不见踪影。警察把李明亮带走了，因为没钱交罚款，被关了半个月，出来以后工作也丢了。

161

在拘留所里，李明亮受伤的心像是塞了一团棉花一样难受。他觉得是小红毁了他，他想要报复。出来以后他弄了把刀子。看着刀子闪着阴冷的白光，想象刀子捅在小红白生生的身体上，血会汩汩涌出来，他自己都觉得有点害怕。他想着自己究竟该不该报复，后来他想通了，他觉得不应该，因为小红那样做正是个婊子的做法，他李明亮应该从她的做法上受到教育，接受现实，好好做人。但刀子买下了，这事不能就这么算完。思前想后，李明亮心一横，用刀子在自己的手臂上划了一刀。伤口也不算太深，过了一会儿，血才滴滴嗒嗒地落在地上。

看着鲜红的血流出来，李明亮觉得自己也该收收心了。

10

李明亮不想再继续住在地下室，他觉得自己也无法再面对小青了。虽然小青并不知道他发生了什么事，他还可以回到西安继续与小青在一起，但他觉得自己不配，也不想了。带着一种复杂的情绪，李明亮与在深圳的一位朋友联系上了。他们是大学时期的同学，都曾喜欢写诗。在报社工作的朋友帮李明亮在深圳租了间房子，又为他在一家大型企业介绍了做内刊编辑的工作。三年后他与一位相貌一般但挺有能力的湖北女孩结了婚，两个人开了个加工厂，仅三四年时间就赚到了房子和车子，有了不少资产，也有了孩子，过上了幸福稳定的生活。

李明亮并不是说经历了在北京的那些事儿就变成了另一个人，李明亮还是李明亮。

李明亮周末会开车过来找朋友喝酒聊天，他仍然会表现出对生活的种种不满，渴望换一种活法。例如彻底放下业务上的烦琐事情，挣脱家庭生活的平平淡淡做点自己真正想做的事，按照自己真正想要的活法去活。但他仍然不清楚自己真正想要做什么，甚至不知道该怎么去活。因此他只好通过各种方式去追求陌生女孩，寻求情感和欲望的满足之后又感到生命越发空洞无趣。他还包养了一个情人，以反抗婚姻生活带给他的不适，抚慰寂寞的灵魂。

李明亮给朋友讲述了他在北京时候的事情，他认为自己那时候是想活出真实的自己，照着内心的想法去活，想来也没有什么错。他说，人在社会中就是那么有局限性，每个人都在承受，在破坏，在不知不觉中迷失。

朋友问他，你和小青还有没有联系？

李明亮说，她打听到我来到深圳后也来深圳了。最初在一家美容院工作，后来美容院倒闭了，听说去了一家洗脚城！

她成了洗脚妹？

李明亮说，这七八年来，我越来越不确定她长什么模样了，我甚至回忆不起我们当时在一起时的情形了。奇怪的是，我在心里仍然爱着她，希望得到她的消息！我爱着她，也想去见见她，但我无法去见她，只能通过我一位朋友向他的女朋友打听她的消息，只能通过别的不同的女孩来回忆她，感受她。

她知道你现在的情况吗？

也许知道，也许没有兴趣知道——不过，即使我们可以重新开始，我也不会再选择她，她也不会选择我了。你不是一直单身吗，你可以去认识她，代替我给她爱，哪怕是伤害！我需要她去生活，去爱，去经历，去变化，我就是这么想的，你是不是会感到奇怪？

朋友看着李明亮因为酒变红的脸，游离不定，忧郁而混浊的眼神说，你是需要反省的，因为你对你选择的、爱过的，或者正在爱着的缺少一种责任和尊重。你应该约束自己，重新认识自由的意义，真正的自由是建立在对世界、对人类广泛的认知和尊重上，而不是一味地跟着欲望和感觉走。

虽然李明亮认为朋友说得有道理，但又觉得自己做不到，他必须要面对自己真实的欲望！

不久前，李明亮的妻子发现了他有情人，两个人离婚了。孩子判给了女方，他分得一套房子，一辆车子，一些钱。当李明亮难过，却又兴奋地对朋友说，我又自由了，我又可以追求我想要的生活了时，朋友看着他，不知道该对他说些什么才好。李明亮有一天也许会明白，人的一生不仅仅是为了自由和体验而活着，还要有对别人的担当和对未来的想象。

喜 欢

今天晚上我们喝点儿小酒，好好聊一聊。说真的，我心里空落落的，经常这样，所以今天我想到了你，和你聊聊。我心里喜欢一个人，有二十年了吧。让我算算，对，二十一年前，我喜欢上了班里的一位叫周小凤的女生。那时我听在县一中读书的初中同学说，男生因为周小凤打架，一个男生把另一个男生的一只眼睛给弄瞎了，伤人的男生被劳教，被伤的退了学。周小凤没法再在原来的学校待了，就转到了二中，偏偏就来到我们的班上。

周小凤的脸有些大，圆圆的像一轮月亮。她笑时让我感到像是春天来了，桃花开了，你说得对，我当时就是那种如浴春风的感受。黛眉，是那种细细的、弯弯的柳树叶的形状。凤眼，薄薄的单眼皮，显得挺有灵气。眸子漆黑发亮，水汪汪的，显得她顾盼生姿特别多情。她的眉眼里有着一种春色一样的风情。她的头发正是书里说的那种"青丝"，有种生机勃勃的味道，让我特别想要摸一摸，闻一闻。她把头发束起来，扎了个马尾辫儿，荡来荡去的，拂着空气，也拂着我那颗有些可怜巴巴的心。她的腰挺细，细细的小蛮腰带动着她粗粗的腿，比一般女孩要大的肥大屁股，踮着脚尖走路时扭来扭去的样子，让我觉得很特别。我不可救药地喜欢上了她。那时我还单纯，情感上一片空白，喜欢一个人是很单纯的，不像现在，心里乱七八糟的啥都有了。来，我们喝掉这杯。

二十年前，我们家乡那个小县城还不像现在那样大，有些路还不是柏油路，没有那么多车，也没有那么多高楼大厦。二十年来变化太大了，去年我开车回家都分不清方向，费了一些劲才找到我原来上学的高中。我们二中当时在一片庄稼地里，现在那些地早就盖上了楼。那时候乡下的孩子特别保守，平时都不怎么敢和那些漂亮的女生说话，也不敢拿正眼瞧她们。如果和她们说话，或走得近一些，别人看见了就会议论、起哄，就会弄得你特别不好意思。不漂亮的倒还好些，瞧她们时你心里没有鬼，别人看着也觉得算是正常，没有议论和起哄的价值。这种现象不正常，当时我们就生活在那种环境里。现在我也深受影响，见到漂亮的女人，心里就像有了鬼似的，不太敢也不太好意思和人家套近乎。

起初我压抑着对周小凤的感情，偷偷观察别的男生看她的眼神，谁多看她一眼，我心里就有些不舒服。我没法安心学习，后来我觉得解脱的唯一办法就是向她表白。那段时间我神思恍惚，人就像变傻了一般。有一天晚自习结束后我终于像梦游一样走过去，对正打扫卫生的她说，周小凤同学，我喜欢你！说出那句话我好像才醒了，觉得不该那样说。当时教室里还有不少别的同学，有的正准备离开教室回宿舍，有的值日生开始把凳子放到桌子上，准备打扫卫生，丁丁当当的，有些嘈杂。我走向周小凤，站在她面前时，已经引起了一些同学的注意。周小凤抬起她的俏丽的凤眼，吃惊地看着那时又高又瘦，像根麻秆似的我，以为自己听错了。我又傻傻地说了一句，小凤同学，我喜欢你。周小凤快速地瞄了一眼正在望着我们的同学，脸"腾"的一声就红了。真的好像有声音似的，那声音好似从我敏感的心里响起来的。我看见她的脸红了，裸露着的脖子也红了，这才意识到自己可能错了。接着周小凤捂着脸，小跑着出了教室。

那一夜我的心像是一团火，一直在烧着我，让我浑身发热。有些话说出去了，就像泼在地上的水，收不回了。我反省自己不该那样肆无忌惮地向她表达，尤其是当时班里还有别的同学的时候。太唐突了，即便是她对我有意思，也会一时没法儿接受。不过那时的我是挺傻的，一个人过分单纯，有时候就是一种傻。那时候对自己还挺自信，我觉得自己是班长，是文学社的社长，身高长相也不差。我自以为是地觉得我喜欢她，她也应该喜欢我，我真的是自作多情，来，喝。

第二天，周小凤换了一条粉白色的长裙，上身穿的白衬衫，外面套了一件黄色的小马甲。马尾巴辫儿扎得也格外高了，高过了头顶，显得越发清纯美丽了。我心中暗喜，认为她是因为我才有了改变。这么说吧，那时我对周小凤有一种纯洁的爱恋，应该算是纯洁的爱恋，尽管十有八九，还是她的身体样貌吸引了我，使我对她想入非非。我想找个机会对她作个说明，想对她说，我不过只是喜欢她，并没有别的意思，让她别有太大的心理负担。没有别的意思，是说我没有不洁的对她的性幻想。我想否认那一点，其实那也可能是种虚伪的表现。后来我写了张纸条，在没有人的时候偷偷放在了她的文具盒里。我写了时间和地点想约她出去谈谈。说起来可笑，我在约定的地点等了整整一个晚上，最终也没有见她出现。在那个初春的夜里，我在离我们二中不远的一座桥上，焦虑不安地来回走动着。我看着远处的县城的灰淡灯火，看着在夜色里灰黑的一片树林和麦田，后来又扶着桥梁，看那时要比现在清澈得多的缓缓流动的河水和水里破碎的星星和月亮，我看了很久。我明明知道她不太可能再来了，还是固执地让自己等了下去，因为我纸条上写了不见不散。我挺傻的吧？请为我那时的傻干一杯吧——我当时就是那么傻！

后来我冷得实在受不了，找了一个打麦场上的麦垛，弄了一些麦秸盖到自己身上，眯了一会儿。第二天早上我被冻感冒了，头重脚轻，浑身发热，晃晃忽忽地回到学校。其实我可以早一些回学校，叫醒门卫也可以，但我好像是为了自我惩罚，硬是让自己在外面待了一个晚上。那个夜晚会让我记一辈子，因为那个晚上让我感到我是真的喜欢上了她。真心喜欢一个人，多么美好啊，那种美好，仿佛是终于找到了我来到这个世界上的意义，活着的意义。当然那是一种内心的体验，一种精神上的美好。在现实中我发着高烧，据同宿舍的同学说，我在梦中被烧得胡话连篇。我可能是为周小凤未能赴约感到失望的，我在我的心里责备她，跟她吵架。

一个周后，我分析了自己爱与喜欢她的心理，真诚且坦白地写了足足有十张信纸。在那封长信中，我写到自己莫名的对她的喜欢，并且强调了我喜欢她并不是爱她。其实那就是爱，是我受挫后想为自己找个台阶，是我的无力辩白罢了，那也是一种虚伪表现。人在现实中很难不虚伪，但我想要做个真诚的人。我傻兮兮的在信上写了我对她的感受，从头到脚，从里到外写了一遍。大概是说，我喜欢她生机勃勃的马尾辫，喜欢她的大脸和俏丽的眉眼，喜欢她的细腰、粗腿、丰臀，喜欢她踮着脚尖走路时怪怪的带劲的样子。我说我喜欢她，是从内心里喜欢，是从灵魂的深处感觉到她就像个仙子一样特别美。我认为她的美和春天里的鲜花一样，和世间一切美的东西一样，应该大公无私地、自然大方地与人分享。我还写了我自己的内心活动，我说从她来到我们班的第一天起，我心中的那个长满了奇花异草的花圃里就种下了一粒非常特别的花的种子，那粒花种很快生根发芽成为一棵枝繁叶茂的花树，在我的世界里没边没际地盛开了，那一树繁花恰似令人惆怅的星辰。现在想一想，那封信写得太诗情画意得搞笑了，也太自以为是的把别人不当外人了。不过还是请举杯吧，来，让我们干了。

周小凤给我回复了，你猜她回了什么？对，你猜对了，差不多就是这么说的，她说我是个脑子里进了水的神经病！尽管她的回复不能令我满意，但我还是非常高兴，因为她毕竟回复了我。后来我总结了一下，觉得自己可能太过真实了。我不该对她的身体进行描写，那不等于说我在渴望她的肉体，想和她那个吗？其实吧，那个时候尽管我的生理上早就发育成熟了，但我还真的没有明确地想到就和她怎么样，那完全有可能是真实的。性这个东西，对于那个时候的我们来说是神秘的，令人感到羞耻的，一般是不好意思去那么想的，想一想就觉得自己道德败坏，不纯洁。那时的我只不过是喜欢她，从心里喜欢。请允许我抽象一点说吧——我把全部的她当成了我所在的这个世界上的，必须得喜欢的女人的一个代表，把她当成了我青春期的一个爱的对象，仿佛在秘密的思想情感里要以此来证明活得并不虚空。另外，那时候我们正在准备考大学，学习任务繁忙，压力山大，而且学习那种事又是那么枯燥乏味，我那颗娇嫩的心，难免会渴望来自异性的美妙的情感的贴心安慰。

我在楼道上，在操场上，在通往教室的路上，常常怀着美妙的感情盼着周小凤俏丽的身影出现，然后偷偷地看着她向教室走来，或者回到宿舍，再或去别的一切地方。只要能看到她，我就有一种心满意足的快乐和幸福感。尽管她骂了我，拒绝了我，但我还是不死心。我把她拒绝我的责任推给自己，觉得自己在某个方面做错了，引起了她的反感，而这并不是我这个人不值得她喜欢。我在喜欢上周小凤之后注意了自己的形象，我像个女孩子一样经常偷偷的一个人照镜子，照的结果是，我对自己的长相和形象总体还算是满意。事实上那个时候的我脸上生了一些青春痘，不是太多，但还是让我特别苦恼，觉得那些痘痘是故意出来跟我捣乱，让周小凤嫌弃

169

我的。由于我的家境条件不是太好，穿的衣服也总是皱巴巴的，换来换去，也总是换不出个新的精神面貌。我省吃俭用，还骗了家长说要买复习资料，后来终于有了一百多块钱，买了一身带条纹的蓝色西服，皮鞋买不起，只好买了一双十多块钱的白球鞋。当时也不觉得西装和白球鞋不搭配，现在看以前的照片会觉得那时自己穿得特别傻，我给你看看我以前的照片吧——你看，是不是，以前多可笑啊！那时我向年轻时的毛主席学习，天天洗冷水澡，一方面是为了锻炼自己的意志品格，另一方面是不想让别人闻到我身上的汗臭味，因为我在心里随时都在想象着与周小凤见面和约会。

那时候我绝对是个有志青年，我写诗，有位同学叫李天的也写诗。我们是好朋友，经常在一起聊天。李天不明白我为什么偏偏会喜欢周小凤，因为他觉得周小凤就是个装模作样的小骚货——他喜欢脸小、屁股小、大眼睛的女生，我们的审美不一样。我问李天我是不是对周小凤做错了什么，她才那样不喜欢我。李天对我说，哥们儿，我很想说你没错，可惜你真的错了！我觉得随便换一个女生都比她强，她一看就是那种特别虚伪的女孩，我都不知你喜欢她什么。后来我也渐渐模糊了自己究竟喜欢周小凤什么，觉得她个头不高，和高个子的我不搭配。她的脸显得太大，比起那些女明星来也算不上特别漂亮，也许并不值得我爱。但是那只是一种在浅层次的思想和感情上的刻意否定，我还忍不住喜欢她，觉得她就应该是属于我的，我愿意永远和她生活在一起。后来我为自己找借口，感觉到喜欢她也许是我在进行一次感情试验——正像到了一定的年龄，人人都会对异性产生好感一样，我仅仅是对她产生了好感，不过是希望与她一起进行一场感情的试验，求证我们是不是合适成为恋人。那样的想法，是在被拒绝后的一种心理活动，一种假设。不过我还是把那种真诚的，没经过大脑的想法写在纸上，又偷偷放在了周小凤的文具盒里。我的目的可能也包含了不想让她有一种被爱着的压力，或者不想让她有一种被爱着的优越感，并以此来抵消自己被拒绝的失落感。你都不明白，当时我对周小凤的那种复杂多变的感情，是多么丰富多彩。人的心真是奇特得让人难以言说，来，我们干了这杯。

周小凤看到那封信之后，觉着我简直是不可理喻，有些可怕了。她说，她不想成为我爱情的试验品，因此她很庆幸没有接受我这样一个自私而且虚伪的人的爱情表白。我回复说，我喜欢她完全是一种真诚、自然、美好的表达，甚至也可以说是一种无私的爱的奉献。我怀疑她是虚伪的、自私的。那种感觉让我痛苦，可在我看着她假模假样地看书或走路的时候，我就忍不住喜欢她，觉得自己和她终会有一天会达成共识，成为比翼双飞、交颈相爱的鸟儿，成为并蒂的花儿连理的枝。我真的很自我，自我得特别傻。周小凤又回复说，你无耻、你下流、你做梦、你给我滚，滚滚……我再也不想收到你的任何纸条了。呵呵，我真想不到，我会激怒了她，而我在自己想来，还是那么真诚的。怎么说呢，有一段时间，我觉着周小凤做什么像是在演戏给我看。在班上我坐在后面，她坐在前面，如果她一回头，我就觉得她是在看我。感到她在看我的时候，我都会不好意思地避开她的目光。现在我回过头来想，那时的自己真的很可笑。不过，我那种喜欢与爱着一个人的感觉，像一团云雾一样，一味自然地在我的生命深处升起，袅娜飘荡，消散在蓝天里，仿佛也充满了全世界。

在收到周小凤几乎是愤恨不已的回复后，我对周小凤声称自己是一个有理想有追求，而且有特别情感和思想的人，虽说在表达上引起了她的误会，还是希望她能够理解。因为我对她的感情是纯洁的，像天上洁白的云，泉中清冽的水一样纯洁，像林中的小鹿一样天真可爱。结果周小凤又忍不住回复说，一个自称有理想有追求，有特别思想情感的人难道不正是那种枯燥乏味、没有情趣、自高自大、自欺欺人的人吗？还天真可爱的小鹿呢，你他妈的让我觉得讨厌和可怕，希望你以后不要再给我写信，你已经严重干扰了我的学习和生活，这是我最后一次回复！可是第二天我写的内容又得到了回复。我想明白她为什么会拒绝我，请她告诉一个理由。周小凤回复的理由是，你太自以为是，太不顾别人的感受，最主要的是我对你根本就没有任何感觉。我不可能喜欢你，请你最好早一点死心！但显然那不是我想要的理由。好好，来，干杯！

　　在晚自习后，我习惯了最后一个离开教室。那个习惯是我向周小凤的文具盒里放字条时养成的，虽然在以后的时间里我向她的文具盒放的字条，她没有再回复，但我习惯了晚自习后，一个人静静地坐在教室里想象她。那时我感到教室是一个舞台，而我与周小凤就是那个舞台上真正的主角。我也会早早起来去教室，看着安静的一排排桌椅，若有所思。那个时候我想做的事情有很多，感觉自己想要支配一切，改变一切，通过自己的努力来获得她的好感。我的学习成绩一直不错，高中一年级时我就是班里的学习委员，高中二年级时我成了班长。除了在班里担任职务，我在学校里还成立了文学社，出任社长和主编，每个月出一期报，获得了许多师生的好评。我一直在想，这么出色，这么优秀的我，为什么不能获得周小凤的心，让她喜欢呢？我也消沉过一段时间，后来我觉得不能那样，于是我又开始带着文学社里的十多个社员，有时间就去校园外面的田野或树林里朗读诗歌、相互辩论、练习演讲。那个时候我有从政的想法，我想改变问题多多的世界，让全世界全人类变得更美好，这一点都没夸张。好，干，干了这杯——我真得谢谢你陪我，听我说这些话——你是不是觉得我很搞笑？呵呵，实话对你说，我现在觉得那时的确挺搞笑的，但我很怀念那个时候的我。现在我觉得很多人在这个变得越来越搞笑的世界上，也变得越来越搞笑了。人的思想和情感在相互被扭曲变形，人们一起创造了一个让人人都感到不适甚至是厌倦的大环境，这的确搞笑。我经常会责备自己，因为我面对这个世界，面对自己，以及别人，想要改变什么却又感到无从下手，无能为力。我高中时的理想，现在早已不再是我的理想，我想改变世界的想法也早就烟消云散了，你说，我是谁啊，也太自不量力了，对吧！来，我们喝酒！

　　那时我们文学社里也有喜欢写作的女生会对我有好感，也有漂亮的，但是那时我的眼里却只有周小凤。班里的一些女生知道我喜欢周小凤，看我的眼神也怪怪的。她们会认为她周小凤有什么好啊，我这么优秀，怎么就喜欢她呀，也太没眼光了。我作为班长的威信受到了影响，说话不再像以前那样好使了。为此我还把我们班的体育委员叫到小树林里，两个人打了一场架。我估计体育委员也是喜欢周小凤，只是全班同学都知道我喜欢周小凤了，他不好再怎么样，但他与周小凤走得比较近，是比较好的朋友。他在工作上不配合我，一次两次我忍了，后来我就把他约了出来。我们打了一架，没人知道。我是有思想的，这么说你别笑我。我把体育委员约了出来，用打架的方式来解决我们之间的矛盾，那是一种有思想的，有些特别的表现。当然那也是那个年龄阶段单纯和傻气的一种表现。不过，那是一种美好的回忆，而且最终还是收到效果了。胜负并不重要，打完之后我们终于达成和解了。我的意思是，该他做好的工作他得无条件去做好，因为他在那个位置上。他如果喜欢周小凤，也可以去追求，完全没有必要因为我喜欢周小凤就对我有意见。当然他后来也没有追求周小凤，我们的关系最终也没有和好如初，是他不够大度。我得说明的是，在周小凤没有来我们班之前，我和体育委员的关系还是相当不错的。

　　我一直被周小凤拒绝，她处处躲着我，像躲一个追债的地主恶霸一样。看到她那样我感到特别无辜。在眼看就要毕业天各一方的时候我想和周小凤有一个了结。又是在晚自习的时候，又是鬼使神差一般，我拿着为周小凤写的一首长诗，走过去对她说，我为你写了一首诗，请你看看好吗？那时晚自习还没有结束呢，真的，当时真正是鬼使神差一般。全班的同学都抬起头看我们，现在想一想那时我的心智好像因为爱这个东西出了问题，其实我完全可以跟踪她，寻找一个没有人的地方，把我写给她的诗歌拿给她——当然她总是躲着我，我受到了伤害，这样就有可能越发激起了我光明磊落、坦坦荡荡地与她交往的心，我不想藏着掖着了，因为眼看就要毕业了。当时教室里静悄悄的，真是静得落一根针都能听见。我让周小凤接受我写给她的诗，周小凤坐在自己的座位上，扭头狠狠地看了我一眼说，我，没兴趣！她那时根本没有料到我会那样贸然地来到她面前，而且还当着全班同学的面。她可能会联想到差不多一年时间被我所影响和干扰的痛苦，因此她看我的眼神是愤怒的，甚至是仇恨的。我像个白痴一样看着她说，我觉得我们应该好好谈一下，也许，也许我并不是爱你，我只不过是喜欢你！的确，那个时候我感觉到已经不是那么爱她了，而且是准备要放弃了。但那也只是一种想法，事实上我一直爱着她。我已经预感到事情要闹大了，但是我退不回来。来，来，来，我们先干了这杯再听我说。

周小凤用她好看的凤眼看着我说，我早说过了，我从来对你就没有感觉，你究竟要我怎么样？我灰脸固执地说，我只想跟你谈一谈！她说，我不想，请不要强迫我好不好？我的忍耐是有限度的！我像是较上了劲似的说，我并不想强迫你，但是我的心里很难过——你为什么不能给我一个坐下来谈一谈的机会呢？周小凤冷笑了一声，满脸带着不屑的表情说，很简单，我讨厌你！我说，现在我也很讨厌你，但是我感到我仍然在爱着你——你能理解这种感觉吗？周小凤可能是实在忍受不住了，她骂了起来，你，你他妈的无耻，你，你有什么理由讨厌我？我也急了，我冷着脸说，你敢骂我？周小凤霍地从座位上站起身来说，我就骂你了，怎么样，你他妈的！全班的同学都盯着我们呢，我感到自己滚烫的血冲到了头顶，长期积压的那种委屈和单恋的痛苦，以及周小凤在我面前的那种仇视我的态度使我愤怒，使我无法自制。啪！我打了她一个耳光，说，你再骂？她又骂了，你他妈的，你他妈敢打我！啪！我反手又抽了她一个耳光。我看到周小凤两边的脸肿了起来，我很快清醒了。我觉得自己错了，我怎么能打她呢？不可理喻，说真的，那件事回想起来就会让我感到，一个人与外界有种心灵滞差，难以调和！打周小凤那两个耳光的事都过去二十年了，我仍然有些想不通当初为什么就打了她，还那么用力的，肿得让她吃不了饭。真的，那时就像不受自己的大脑控制似的，就像是有谁在指使一般打了她。后来我想，很有可能我是真正喜欢上了她，而她不应该完全无视我对她的感情。在她一味拒绝我的过程中，我越发不可自制地爱上了她，也很有可能，那时我的爱是纯粹的，尽管那种纯粹过分自我且无知。后来你猜怎么着，周小凤的妈妈想要见我。来，我们把这杯喝掉吧！

　　我在学校外的一片树林里，与周小凤的妈妈见了面。周小凤的妈妈当时有五十多岁，穿着青灰色衣裤，个头不高，也是大脸盘，有些中年人的肥胖。一见面她就自我介绍说，我是周小凤的妈妈，原来是镇小学的教师，后来因为教育局说我神经方面出了问题，不让我教了。我教的是数学，思维缜密得很啊，我看他们才有问题……不错，不错，很好的一个小伙子，个子挺高的，小凤爸活着的时候和你差不多一样高！周小凤看着妈妈跟我说话，难过地把头低下。周小凤的妈妈接着说，我听说了，你打了小凤——你知道吗，她哥哥是练武术的，他听说你打了小凤，非要过来找你算账，是我拦了下来。别看你这么高，可你瘦啊，你可不是他的对手，你对她有那个意思是真的吗？我老老实实地点点头。周小凤的妈妈微微笑着，看上去完全像个正常人一样，她又说，好，有勇气承认就好，做事要认真，做人要诚实。现在你们最重要的是学业，懂吗？爱情是不能当饭吃的，空谈爱情是要出问题的。你们要先上好学，拿到好的学历，找到好的工作，有了稳定的收入然后再谈，行不？我点点头。她又说，我一直是这么教育我家孩子的，你对她说了些什么，做了些什么，她都告诉我了，我们从小家教好，孩子不会说谎，你以前是不是单独约过她？我又点点头。周小凤的妈妈又说，你呀，你想一想，学校外面就是庄稼地，你要是拉着她到地里去怎么办？女孩是不能随便答应和一个男人单独见面的，起码我们家的孩子不会！当时的我心情特别复杂，我说，阿姨，您能不能让我与她单独说说话？周小凤的妈妈说，当然可以，我在这儿看着，你们出不了什么事！来，我们再喝一杯，真的，这个世界上总有一些特别的人让你感到有些不可思议。那个时候的我，多少也是那类让人感到不可思议的类型。

周小凤用手摸着衣襟，与我走到不远的一棵大槐树下站住。我低着头说，对不起，真对不起，我太冲动了，我不该那样对你，我错了！周小凤低着头，用手摸了摸被打的还没有消肿的脸说，我也该说对不起，后来我想通了，我应该给你一个解释的机会！不说了，真的，我真的没办法，我妈非要见你不可的，她早就想要来见你了，我爸去世的时候她受了点刺激，所以……我抬起头看着她说，真的对不起，我不知道你妈妈她有病，还有你爸爸，他不在了？这是真的吗？周小凤皱皱眉头说，这与你没有关系！我不好意思地说，当然，是没有关系，唉，现在我真是不知说什么才好，我……周小凤说，你不是觉着我特别像演戏吗？是的，我每天都在演戏。我爸爸在我很小的时候就去世了，是被汽车撞的。司机肇事后逃逸了，路上的人没有一个肯把他送进医院，死了。从那以后，我妈妈神经出了问题，出院以后就成这样了。我从小在这样的环境里长大，我不相信任何冠冕堂皇的话，也不相信人与人之间的所谓的真诚和友爱。我觉得一切都是假的，但是我得装作我相信，因为大家都信。我对任何事情都没有激情，但是我却装作有激情。每次集体劳动的时候我都跟别人抢着干，比别人干得多，为了和同学搞好关系，我违心地给别人笑，赞美别人。你不是喜欢我走路的样子吗，我不知道你为什么会喜欢我走路的样子，有那么好看吗？你简直是变态！你说我不理解你，你理解我吗？再说，我又何必要让你理解，又何必去理解你呢？周小凤一口气说了那么多话，激动得胸脯都一起一伏的。我想了想说，难道你一点都不因为我喜欢你而高兴吗？周小凤说，我没有想到你会喜欢我，会那样对我说，后来我回到宿舍哭了。平静下来以后我很高兴，被人喜欢总不是一件坏事。但后来我不知道你为什么还要为自己找出那么多可笑的理由，什么情感试验……你越是解释我越是讨厌你。我不想见到你，不想听到你说话，我也从来不看你主办的文学社的报纸，你越是做出真诚的样子，我越是觉着虚假，你越是想走近我，我越是远离你。我说，对不起，真是对不起！你为什么要把我们的事告诉你妈妈呢？她说，我怀疑我也是个有病的人，你相信吗？我看着她，摇摇头说，不信！周小凤无奈地笑了一下，她说，我告诉她，因为她是我妈！我说，我对你所做的一切虽然让你不高兴，但我也是真诚的。不管怎样，我还是喜欢你……我有个提议，以后不管我们考到哪个城市，不管在哪里，我们都保持联系好吗？周小凤点了点头，分别的时候，我还伸出手与她握了一下。这就是我的初恋，来，为我不成功的初恋干杯吧——瞧，我们把这瓶酒喝光了。我们再喝一瓶吧，后面我要说的更有意思！

　　我和周小凤原来的学习成绩都是不错，但因为我，或者说我也因为她，我们都没有考上理想的大学。我考了个二本，周小凤考了个大专，两个人不在一个城市。虽说我们说好了要保持联系，但由于我打了周小凤，也不大好意思和她联系了。另外那个时候去到了大城市，在大学校园的生活又是那样的新奇和丰富多彩，我也不想再固执地继续爱着她了——那个时候我看到更多更漂亮的来自全国各地的女孩子。那个时候我也多多少少有些怨恨周小凤，觉得她并不值得我那样去爱。周小凤呢，自然也不会再想与我联系。我们之间只能从同学那儿偶尔知道一些对方的消息。我在大学里恋爱了。当然那场恋爱也没有修成正果，就像是一场游戏，大学毕业后，我们也都各奔东西了。那样的爱也是爱，在我们都还年轻，充满着各种可能性的时候，有快乐幸福的时光，也有痛苦和忧伤的时刻——但归根到底我们还是没能坚持下来。因为在大城市里物质诱惑太多了，可以选择的方向也太多了，因此谁都不再是谁最为重要的，不可分割的部分。也正是在那样的大环境里，人的心开始变得浮躁，变得不满足，变得没有真正的方向。工作之后我也遇到过几个可以谈恋爱，彼此也觉得对方尚可以在一起的，相处的时间有长一些的，也有短一些的，那样的感情经历就如同在商场里买了一件衣服，穿了一阵子就搁一边了。现在想想真没什么意思，但那却形成了我个人的生命内容、人生经历。有时候，我会想起周小凤。想起她的时候，我觉得在心里仍然爱着她。就好像那种爱是一粒坚硬的种子，在各方面条件都具备的时候还是会生根发芽。十年后，在一次高中同学聚会时，我和周小凤又见面了。来，我们先碰一下。

那年春节，分布在全国各地的同学都陆续从外面回到家里准备过年。写诗的李天大学毕业后在我们二中当了老师。他建立了QQ群，召集大家聚会。班里四十八名同学，相互都有关系好的，彼此有联系的，有一半多都聚到了群里。聚会时到了二十多个。我没想到，周小凤也来了。李天告诉我说，哥们儿，你还不知道吧，周小凤也在北京，和你在一个城市？我说我还真不知道。这些年来大家各忙各的，几乎都没怎么联系。其实当我听到周小凤也在北京的消息时，我的心里很特别地跳动了一下。怎么说呢，我觉得我和她可能还没完，还会有故事。那天周小凤穿着一件红色的羽绒服，当然没再扎马尾辫了，她留着齐耳的短发，唇红齿白，有了一种成熟女性的魅力。饭店里有两张桌子，我们没好意思坐在同一桌。碰面时有点假装不认识的感觉，都没好意思说话。喝酒、吃菜、聊天，几个钟头过后，大家都各自回家。通过QQ群，我加了周小凤的QQ号，也没聊什么，因为不知道能聊什么了。过年后回到北京，李天把同学们的电话号码发到群文档里，我有了周小凤的手机号码。在一个周末我忍不住给周小凤发了一条短信。我说，你知道我是谁吗？过了一会儿，她回复说，是李光明吧？我说，你怎么知道是我？她说，我猜的！我心里一阵甜，像蜜。我没话找话地说，为什么偏偏猜是我啊？她不回话了。我说，今天有空吗，要不见面聊聊吧？你在什么地方，我过去！周小凤竟然同意了。来，我们再干一杯，接下来，你猜我和她怎么了？

我去了约定的地方，上岛咖啡馆。我先到，要了个房间等她。时间不久，她来了，穿着一身正儿八经的银灰色西装，西装里面穿了件白毛衣，那显得有些饱满的胸，把毛衣撑得有了显明的曲线。她脸色红润，眉清目秀，性感的红嘴唇微张，隐隐露出一排白牙。她的表情显得似笑非笑，有些严肃，有些冷的样子。你要知道，十年后，我也已经谈过多次恋爱，已经不再是过去又单纯又傻气的我了。我不得不提一下，大城市，或者说这个时代对每个人的影响——那时我们都有了挺大的变化，那种变化主要是心理上和思想上的，当然也有经济上的，最起码我们都工作了，有了一定的经济能力。我特意打扮了一下，穿着一身得体上档次的休闲服，头发理成了板寸，胡子刮得精光，显得特别精神。我记得脸上还涂了一层增白霜，是真的，我想自己还是特别在意她，想和她好上的。

我微笑着看她，尽量把内心的美好浮现在脸上，而我的心里可以说也是纯净的，但又在潜意识里特别渴望和她发生点什么。我们面对面坐下来。我要了一瓶红酒，微笑着，看着周小凤。周小凤微微低着头，又不时抬起头看我一眼，欲言又止的样子，好像等我先开口说话，也在思索怎么与我对话。哎呀，我得自己喝一口，你可以不喝——嗯，我对周小凤说，没想到在同学聚会时能见到你，你知道我见到你之后心里是怎么想的吗？她看了我一眼，笑了笑，意思是，你是怎么想的？我说，见到你之后，就在心里想，我得找个时间约你一起坐坐，因为我有很多话在我心里，还没有对你讲。十年前的话，有些讲了，有很多还没有讲。那些没有讲的，还一直在我心里响着——我看着周小凤说，我该怎么说呢，算了，还是不说了，我们喝酒，为了我们久别重逢，咱们把这一杯先干了！我和她碰杯，都喝光了。我顾左右而言他地说，嗯，你变得更加漂亮了。周小凤没说话，只是看着我，好像我是个不怀好意的骗子，准备在骗她。我也看着她，眼神相交的时候，她又低下头来。我感到自己仍然喜欢她，这么说吧，我甚至对她有了一种强烈的占有欲，我想要通过我的身体来拥有她，来试探她和我可不可以相爱。是的，以前仅仅是我单方面的喜欢她，而那时我在想，我可不可以爱上她，得到她的爱。当我有了那种想法之后，我突然觉得并不了解她，也谈不上真正了解自己。我当时在想，我为什么在面对她的时候张扬了我的欲望，张扬了我对爱的需要呢？其实吧，从那个时候开始，由于长时间一个人生活，我都是自己解决生理问题的，那使我渐渐对女人不太感兴趣，甚至会隐隐地有些讨厌女人了——因为她们总是与我隔着，总是让我一个人忍受着孤独和寂寞。那只是一种相对的感觉，你懂得吧——我仍然会喜欢女人，只是我开始有些讨厌和女人在一起发生那种事情了。我觉得男女之间的事会让人活得没价值，会让人觉着自己活得特别有局限性，会让人感到人生越发空洞得没意义。我觉得只是喜欢和爱着，只是想象着期待着就好了。当然那也只是一种相对的感受，如果碰到相互喜欢的女人，难免还是

180

会睡在一起。来，喝，我们干了。

在我看来，尤其是我们七十年代出生的男人，对于两性关系多多少少都会有一些心理问题。因为我们基本上是在一个封建意识还很浓厚的、非常保守的环境里长大的，我们对异性的那种天生的情感上和生理上的需要得不到理解和尊重，如果你喜欢一个人，和一个人上了床，你就很容易被人戴上一个不道德、不高尚、不要脸的帽子，你会被人议论、被人耻笑、被人批判、被人排挤。在那种环境中长大，人会变得非常压抑。你看现在城市里有多少洗脚城、洗浴中心、夜总会？他们生意为什么那么好？可是你再看那些娱乐报道，成天是明星中谁和谁好了，谁和谁又分了，谁和谁偷情了，大家津津乐道，兴奋异常，其实这特别无聊，多虚伪啊，男欢女爱，分分合合，不挺正常的吗？有什么好报道好议论好指责的，对人家尊重一点行不行？大家就对这个感兴趣，显得特别没素质、没出息，我看到这些就来气，都他妈太虚伪了，自己得不到葡萄就说葡萄酸，自己明明也是这么干的，却还一本正经地有脸指责别人。咱们中国人的素质要想提高，首先得摘掉虚伪的帽子，人人都活得真诚点儿！咱们中国人要想真正强大起来，文明起来，首先得学会彼此尊重，人人都变得光明磊落一点儿！我们还得尊重文化，别整天想着投机取巧钻研人际关系学，别以为有钱或当上公务员就看不起穷人和老百姓，没有起码的对真善美的认识，怎么就是社会精英了，怎么就能代表广大劳苦大众？咱们干了这杯！

周小凤和我面对面的时候，多少还是有一些紧张。那时候，我觉得自己不像十年前那样纯粹了，但又觉得那种不纯粹的感觉也是挺真。我想拥有她在我看来不仅仅是一种欲望，可以说还是一种精神上的渴求，一种生命里的需要。我问周小凤，你说说，当年，难道你真的一点都对我没有感觉吗？周小凤沉默了一会儿，摇摇头说，没有！我说，你还记得我给你写的那封长信吗？我把我喜欢你的理由全都写进去了，虽然有点傻，但是的确是那个时候的想法。一个人喜欢另一个人真的说不清楚。那时候我像傻瓜一样望着你的背影，一直希望你能给我一个单独相处的机会，但你一直就不给我那个机会。她幽幽地叹了口气说，落花有意，流水无情，过去的就让它过去吧！你还在写诗吧？我说，偶尔写写，炒炒股票，我的主要工作是给一家大型企业做策划！周小凤说，你应该结婚了吧？我笑了笑说，没有，你呢？她没说话。我说，应该有男朋友了吧？她摇摇头。我笑了，说，假如再给我们一次机会，你会不会考虑和我谈一场恋爱？她抬头望着我的眼睛，也笑着说，你觉得我们还可能吗？我笑了。她问，你笑什么？我说，没什么。我们聊各自的工作和生活，后来一瓶酒快喝下去的时候，她也聊了自己的男朋友。

周小凤大学毕业后换过几个工作，我们见面时她正在一家网站做编辑。她毕业工作后谈过一个搞软件开发的男朋友，两个人感情一直挺好的，在差不多谈婚论嫁时男方突然就消失了。她打他的电话，电话成了空号。她在QQ上给他留言，也一直没收到回复。他原来工作的单位说他辞职了，没有人知道他去了什么地方。她大概知道他是什么地方人，但也没有他家里的联系方式，没法找他。没有给一句话他就消失了，她甚至不知道他是生是死。她搞不懂那是为什么，那件事让她一直耿耿于怀。我说，说不定他喜欢上了别的女人，和别的人在一起了，也说不定他得了什么重病，不想让你知道……周小凤说，不管怎么样，总得给我一个回话吧！我笑笑说，还有一种可能，那就是被外星人给绑架了！我们两个喝了两瓶红酒，聊到晚上十二点多。她有些晕了，我要送她，她不让。我说，反正我晚上也没有什么事情，还是送送你吧！她说，我就住在附近，真的不用送了！我说，还是送送吧，不放心，我陪你到楼下！

我陪周小凤走在大街上，望着万家灯火说，我真心希望你幸福！她说，谢谢，你也一样！我说，你知道现在我在想什么吗？她问,你想什么?我说,我想拥抱你一下!她看着我说,为什么?我说,我就是这么想的,也没有为什么!周小凤没再说话。我说,我仍然喜欢你,不管你喜不喜欢我!我仍然爱你,不管你爱不爱我。她又问,为什么?我指指我的心说,我的心告诉我的,尽管我不愿意让自己那么想。周小凤不说话了,我们默默走路。在一个小区附近,周小凤站住脚说,我到了!我站在她对面,伸出双臂说,抱一下吧!周小凤没有动,我抱住了她,她挣扎了一下,然后任由我抱着。你想啊,在北京那么大的一个城市里,我们抱在一起,那样的拥抱,在个人与群体,我们与时代之间具有一种象征意义。真的,有爱的感觉让人的生命得到升华。来,我们干了这杯!

我感到周小凤肉感十足的胸部起伏着,我听到她带着淡淡香味的呼吸,闻到她洗发水在夜色中弥漫的味道,那是一种既熟悉的又是陌生的味道,那种味道使我想起我以前的女朋友,甚至想起许许多多陌生的女人,想起两性世界中诗性的存在,多么美好的想象。我觉得,周小凤是属于我的,我那么想的时候特别无助,甚至有点儿瞧不起自己,凭什么那么想啊!同时我又觉得自己和她最终也不会有结果,虽然我感觉到了,却不愿意相信。过了一会儿,她又挣扎了一下,小声说,行了吧!不行!我还有些没想明白,有些无赖地说。我想吻她,她用手挡住了。我说,让我吻你一下,就当是一次吻别!周小凤信了,挡着我的手软了一下,被我拉到我的腰上,让她抱着我。我的唇贴到周小凤的唇上。我感到她的气息有一种煮熟了的玉米的味道,我用舌尖轻轻舔着她的肉乎乎的,有些冰冷的唇。嗨,我真不愿意跟你这么说,因为这是不该说的事,但我不那样说就没办法进行下去——两个人的关系,有时候是建立在一种细节上的,是建立在一种隐秘的感知中的,不能一下子进入主题,那不真实,对吧?

我轻轻地开启了她的唇,有种温润的感觉。曾经的爱从我心底像泉水一样迅速涌现，仿佛又化成一种看不见的火，在慢慢点燃我，使我更加明确了我的欲望，唤醒了我心中漫无目的的爱，或者是对爱的渴望。我希望她在我的拥抱和亲吻中慢慢融化，我们一起融化。后来，我的手插进她的头发，抚弄着她耳朵、脖子，然后又滑向她丰满坚挺的胸——那些行为多么可耻，但又是多么的必不可少啊！其实我清楚，我在思想上是想要做一个正人君子的，我不想那样努力着去与一个女人融合。她没想到我会抱她、吻她、抚摸她，就像没有想到天上突然就落下了一阵雨。她试图推开我，但没有成功。我拥着她在路旁边树下的一个排椅上坐下，继续吻她，我想要她——很自然的想法，也可以说是想让心中的爱、生命中的爱落到实处的一种想法。她说，不要！我说，我要——唉，你说，我凭什么啊？来，呵呵，我们喝掉这杯吧，酒真是个好东西，能让人变得真实！

周小凤带我上楼，我们来到她的房间。房间很干净整洁，一张一米二的床，一张沙发，一个简易衣架，一张桌子，桌子上放着台笔记本电脑。我们意识到我们即将要发生的事，但谁都没有再反对。仿佛在世界上，两个人，不妨就那么放纵一下给彼此一个享受对方的机会。我洗完在床上等她。她好像洗了很久，似乎是还在思索该不该和我在一起。后来她走出来，用浴巾紧紧地捂着身子望了我一眼，似乎想确定躺在床上的男人是谁。人在感觉中面对着整个世界，当确切地要面对着一个具体的人时，会有一种不确定的感受。我看着她，笑了笑，伸出手。她的脸上有一种严肃的表情，似乎仍在思考。我坐起来看她的眼睛——美丽的，有着疑惑，甚至透着一些傻气的眼眸，里面有着对一切都不确定的光。灵魂在她身体的哪个地方呢？我再次感觉到她的陌生，仿佛她从遥远的地方，风尘仆仆地突然呈现在我面前，让我突然感到一种淡淡的忧伤，在生命中弥漫扩散开来。

　　周小凤说，你真的爱我吗？我点点头说，是的，我爱你。她说，你感觉到我会爱你吗？我又点点头说，是的，是的，至少我愿意这么相信。我用双手捧住她满月似的脸，那张脸捧在我手里暖暖的，有种实实在在的感觉。我看着她，然后又开始吻她。欲望如火一般越烧越旺，模糊了世界，让我的感觉中只有她。她在我的亲吻中只好中断了思索，接受我，感受我，回赠我——她被燃烧起来的身体，有心灵参与的身体，与我结合。我望着周小凤光滑洁白的身体，美的身体，在暗自燃烧的身体，充满渴望的身体，她的灵魂一定就在那样美妙的身体里。她使我感受到自己的灵魂，弥漫至身体的每一个部分，使我不忍心轻易地与她融为一体。我要一点点吻遍她身体的每个部位，唤醒全部的她，使她的世界百花盛开，万紫千红，使她对我发出呼唤，命令我占有她，成为她，融为一体。

　　我多次提到灵魂这个词，你知道这是为什么吗？来，我们再喝上一杯——灵魂，我觉得那是让人感受到永恒的一种存在。当你想起某个人的形象，别人想起你，就是一种灵魂的存在的证明。当我们感觉到自己爱着世界，全世界都与自己有关，那也是一种灵魂存在的证明。我们需要意识到灵魂的存在，相信一些永恒的东西，广阔的东西，我们活得才更有底气，更有意义。是真的，我不是开玩笑，我沉浸在对周小凤的想象中。我用身体与我的想象互动，是的，曾经我也与别的女人那样互动，像是相互寻找，最终找到了，之后又必须回到各自的现实中来，过一个现实中的人所必须过的生活，面对人人都将面对的一切。我所说的"一切"，在这儿主要是指让人陷入的现实生活，以及复杂的人际关系。每个人在现实之中，差不多都会渐渐迷失自己，学会了现实，忽略了灵魂的存在，因此也就活得不是那么真诚自由，不是那么称心如意，不是那么善良美好。我觉得自己真该感谢那样的探寻，因为那会使生命充满幸福的感受，拥有一些说不清的意义！我又觉得自己该为此感到抱歉，因为那样的探寻，最终会让自己把身心放置到一个茫茫大海中的孤独的荒岛中，久久无法靠岸。

我看到周小凤有些冷漠的脸开始变得潮红，她洁白丰满的身体像波浪一样起伏，她的喉咙里不断发出"哦哦"的呻吟声，她的手胡乱地抓握着我，抱着我。她在我的眼里心里变得更加完美，也更加脆弱得需要我的爱与呵护！我感到她对我的呼唤和需要，然后我轻轻把自己放在她的身体上，又轻轻地进入了她的世界。不仅仅是欲望，还有着盲目的渴望，甚至对整个世界的漫无边际的那种爱。有一瞬间，我感到有种融入虚空的实在——她也感受到有种被充实的空茫，被占据的幸福。通过身体与心灵，那幸福感来得似乎可怜又可恨。我望着她，感受到生命中的力量带动着我进入无限，灵魂在身体的狂风暴雨中欢畅地飞翔。最终将要到达哪里呢？通过身体与心灵，感受到的远方似乎是种不确定的，但又是存在的。我感到自己被她吸纳，成为她的部分。最后我完成了一个男人对一个女人的，不，应该是彼此的燃烧吧。我感到有些疲惫，甚至还有了一丝沮丧！因为那样的美好无法长久和持续，那种愿意永恒的，精神方面的渴望最终会停止下来，让人重新回到现实。

周小凤问我，你真的没有女朋友吗？我想她在那种美好的感受中，大约是渴望和我保持一种长久的关系，所以才想从我这儿获得我并不属于谁，有可能会属于她的答案。我想了想说，真想对你说声谢谢，因为我和你在一起的感觉真好，我真想永远和你在一起。那不是确定的答案。于是周小凤又问我，你真的没有别的，正在交往的女人吗？我说，我是自由的，你也是自由的，你真觉得我们可以永远在一起吗？其实我那么说，是不想永远和谁在一起。我那时在想，谁可靠，谁值得让彼此永远在一起呢，没有那个必要吧！一个男人的意志，通常会被无端的一个女人的出现所消融，因为通常在很多情况下，男人与女人发生了那种关系，不再是单纯的相互的愉悦，而是会被附加上一些东西，不管是精神层面的，还是物质层面的，让人觉得特别累，特别不值得。在经历过一些女人之后，我这么说你别笑话我，有时我会想回到古代，我想阉割了自己去当太监，去伺候皇帝的女人——我不和她们上床，但可以欣赏她们的美丽。呵呵，当然这也仅是个一闪而逝的想法，但你要想一想，我为什么会有了那样的想法呢？其实性还是美好的，我不该否认这一点，但我那时候真的挺烦自己和女人有那回事的。

欢情已属过去，周小凤渐渐又回复到自己原来的位置，她的脸上渐渐又有了那种淡淡的冷漠和属于现实的严肃表情。我想，结合我们赤裸相对的现实，她可能会感到自己有些虚伪。但那就是她，她会觉得自己归根到底是属于现实的。只是她被我，被彼此的欲望带到了另一个地方，完全敞开了，变成了另一个自己。那样的体验使她，当然也使我会感到，我们作为人的存在，理想与现实，肉体快感与思想纯洁的复杂与矛盾。在那种矛盾面前，我们感到了爱的可笑，人生粗枝大叶的不严谨。是啊，每个人的生命中都有一些漏洞，除非你活着无欲无求。来，让我们满饮此杯，以酒来温润一下那些旧时光里的人和事。

周小凤或许还会觉得她并没有真正认识我，了解我，她不确定我到底是怎么样的人。十年前那两个打在她脸上的耳光，我给她写的那些信与字条，以及两瓶红酒，彼此的一些交流，甚至包括各自在都市中的工作和生活的体验交会在一起，凝缩成的一场欢爱活动，而且在一起时的感觉还是那样美好，这究竟作何解释？过去，她对我或多或少是有厌烦和恨意的，但那一切通过一场欢爱暂时消失得无影无踪了，这可信吗？在床上，我那么熟悉她的身体，那么熟练地操纵着她，让周小凤觉得我一定经历过不少女人。是的，我是有过一些女人，我和她们，而不是周小凤这个女人在一起时，有过一些美好，有过一些感情上的交换共享。这又能说明什么呢？世界如此博大，地球上有六七十亿人，每个人又都有着那么鲜明的生命欲求，一个人怎么能够完全理想化地保持着他的纯粹呢？我感到每个人几乎都在时光中坠落，在滚滚红尘中，在熙熙攘攘中，在庸庸碌碌中一点点消失，或者转化为别的什么存在。能够一直上升到天堂的，简直是少之又少，能够在别人的生命里留下印象的，也不会太多。当然，我的认识也许是有局限性的，我也仅仅是想要表达一下我现在的感受吧，你别太当真。来，让我们喝酒吧，让我们今天一醉方休！

周小凤再一次说，你想和我永远在一起吗？我想了想说，我觉得每个人，包括他的爱情都在远方。有时候我会想，两个人为什么一定要在一起，还要永远在一起呢？周小凤说，我明白了！我笑了笑说，也许你并不明白！周小凤说，你是不是想要报复我？我说，可以肯定地说，不是——我觉得我真正在爱你，难道你没有感觉到吗？周小凤说，那你为什么不能永远在一起呢？我说，我不知道我们能不能永远在一起，你真的能知道吗？但我知道，我是这么想的，我想，想和你永远在一起。周小凤说，为什么强调想呢，你还是不想吧？我说，我不知道。周小凤说，你知道我为什么就会接受了你吗？当你拥抱着我的时候，让我感觉到我一直那么期待着一个人的拥抱。还有，你不再像以前那样自以为是，你懂得了用花言巧语骗取我的好感了。我笑了笑。周小凤又说，你也许并不是真心想吻我，真心想和我在一起，你只是在报复我。你是在报复我，但你并不清楚自己是不是在报复我。我说，没有，我真的没有。周小凤说，我想我仍然会恨你，因为你的干扰我没有考到一个理想的大学；因为你的两个耳光，一个女孩的优越感变得荡然无存；因为你和我在一起了，却又和我没有将来——所以我也要报复你！我笑着说，你打算怎么报复我？周小凤说，我要你永远属于我，爱我，和我在一起。我说，也许这仅仅是你一时的想法。你想，我是一个自由的人，一个相对真实的人，我的一些想法和感受会变化，我并不能确定我要永远和谁在一起。我觉得两个人相互喜欢，也未必一定永远在一起。你想要永远在一起这等于是说，你在期待一个可以让你为他去生、为他去死的人出现，我知道我们之间并不太可能！周小凤说，为什么？为什么？为什么？她一连说了三个为什么，我笑了，看着她，觉得自己好像又在重新认识她。唉，喝，再喝一杯，咱们干了吧！

其实，我的感觉是这样的，我想周小凤当时也未必真心想和我永远在一起。可以这么说，想，也不想。我当时隐约感到，我也在想要得到全部的她，她的身体，通过她的身体获得她的灵魂，那种获得，如同忘我的两个人的相爱，可以使人热泪盈眶，但我知道那是一种相对虚妄的想象！那时我已经不太相信女人了，我这么说，也可以说是我不相信我自己了。我不相信在现实中有永远，但我相信精神上、生命里有远方。在远方，我们的生命和精神会有一个相对纯粹的国度，那个是可信的。因此我对周小凤说，我对你不仅仅有欲望，肉体是终会消失的媒介、载体，它使灵魂呈现，属于个体生命真实的组成部分，那也是一个人真正的生命部分，而不是全部。肉体承载着灵魂，但灵魂要比肉体生命博大得多。我们两个人赤身裸体面对的时候，是两个相对独立的生命个体在对话。我们拥有一个特别的空间，那个空间是我们的小世界。我们要通过内在的互动交流，验证自我生命的真实，探寻灵魂的存在。意识到灵魂的存在，存在于自我，存在于他人之中，是生命的一次升华，是一次对自己的放逐。两相情愿的欢爱是一种美好，而那种美好是个体生命呈现给世界的美好，我们会带着那种美好的感觉爱着世界，而不愿意给别人、给世界带来损害。我们要永远在一起，这似乎是在约定，我们在限制着对方爱上别人，爱着全世界的可能。

可能我说得有些复杂吧，周小凤没有听得太明白，因此默然不语。我看着她，用心想象着她，使她变得纯粹和美好。我读了许多书，想过很多事，心中具有那种想象的能力。我甚至有孩童一样的目光，一直有，但这也让我在现实中会感到不适。我觉得自己并不像一只贪恋肉体的狼，而是一个发现她的美的人，希望她成为美的部分，使她更加强大，更加充实的女人。我希望她也是严肃和纯粹的，能够通过我们有限的肉体感受到我们彼此的灵魂。我的灵魂中有着别的女人，有着我的在社会生活中个人修养与品质的局限性，但是没关系，因为她也有她的局限性。我们谁都不可，也不必去否定我们的局限性，那是对全世界全人类的不负责任。我希望她能意识到这些，于是我继续说，通过我们的身体，最终实现的也许仅仅是欲望，一种对现实，对自身孤独的，和对爱的缺失的不满和报复，如果你感受到这一点，你觉得我们还需要融合在一起，还需要永远绑在一起吗？周小凤看着我，像看着一摞在说话的书籍。呵呵，来，我们喝酒——你别说我深刻，比起我们生存在人世间的种种体验，那些感受说出来还真算不了什么，人的内心太博大了，人知道得越多，在现实中反而会越不幸福！来，还是喝酒吧！

周小凤不说话，我也停止了说话。有一刻我突然感觉到，如果不需要通过身体，也许会使我们的那个时刻成为一片空白。我感受到那片刻的寂静，因此我再次选择了靠近她，抚摸和亲吻她。那挺无聊的，我们刚演过一场淋漓尽致的床上戏，又来了。我希望使她的美，她的身体渴望我的存在，与我的思想和情感进一步融合，让我能够尽量地感受全部的我们，我们的过去、现在和未来，我们之间关系的多重可能。我看到周小凤的身体在拥有我的同时，脸上仍然显示着一种冷漠的表情，甚至她抿着的嘴角带着一丝嘲弄的笑意。我再次想到我与她最终可能会没有结果，没有结果，是一种感受，甚至也可能是一种结合自身意愿或存在现实的一种想象。我感受到周小凤在用手用力地握我、掐我、拉近我，用牙齿咬我的肩膀，使我感受到欲望的鲜明，那是种相对纯粹的欲望，似乎是一种不附加任何条件的欲望，类似于你情我愿，一起燃烧，彼此照亮，彼此温暖，合情合理，没有什么不好——尽管有时候，最终会让人感到，有一方是用骗的手段获得了自己，让自己在回到个人现实的层面后，有种受到破坏，被欺辱的感觉。但那也与自己的选择有关，有时人是需要犯些错误的，不是吗？我用力地揉她，用手指划过她脸庞和肌肤，像是要彻底征服她，化解她，让她成为我的部分。那纯粹的动物般的动作带给我一种前所未有的快感，最终我们一起到达欲望的巅峰，然后，我有种坠向深渊的感觉！

周小凤说，有一天也许我会杀了你，因为你会让我更加迷恋自己，你会让我觉得自己就是个女王，可以支配一切！我说，我不是你的全部，因为我不是一切，我只能是我，我有我的局限性。请忘记我吧，不，就像让我忘记你一样这是不现实的。我们放下吧，彼此放下，去平平淡淡地活着就好。其实你也会使我有一种冲动，让我想要拥有千军万马，去征服全世界，但那样是为了什么呢？难道为了可以拥有完全的你？不，也许我会在那样的过程中试图征服所有的男人和女人，把他们踏进尘埃，成为虚无，从而彰显自己的强大，从而说明自己可以为所欲为。但我知道我只能像个小人物那样活着，工作着，偶尔写写诗，承受着生活的种种烦恼。就像彼此放下这种想法，或许在你的生命内部也在渴望，因为我的存在会阻碍你走向远方，奔向未来！人生是多么有限，多么盲目啊！周小凤说，是啊，所以我们要做出选择，你不想死在我手中，最好的办法就是离开我，尽管我现在已经爱上了你！我笑了笑说，你爱上了我？那好，我现在想要死在你手里了！周小凤心中涌出一种感动，她说，我爱你，我爱你，可我知道，也会有别的女人爱你，我不能阻止，而且我也完全有可能对你不满足！我说，是的，是的，事实上你也应该不断地有别的人来爱你！来，我们干杯吧，为了我们存在的局限性，为了无处不在的人生中的矛盾与纠结！

周小凤那时刚读过《金瓶梅》，那是她对我说的，以前她喜欢《红楼梦》。周小凤说，《金瓶梅》这部书在一定程度上让我明白了爱欲与死亡，明白了男人和女人的关系。与《红楼梦》相比，这部书写了人性的真实与丑陋，而《红楼梦》则写出了人性的虚伪和美好。我想我之所以会接受你，也许正是因为受到《金瓶梅》的影响，是在渴望着一种真，一种自我的放纵的快乐，我强调了我真实的欲求，放弃了一些虚伪和美好——其实，美好的或许在于想象，正像你所说的远方，在远方，有纯粹和美好的可能存在的空间。人在社会现实中都有悲剧性的一面，人对死亡的想象，有时则会让人对欲望的需求更为强烈。我点点头说，每个人在自己的世界里，都会有一个浩浩荡荡的人生，但在别人的眼里也许什么都不算。你说，我给你的感觉是不是那种贾宝玉和西门庆相结合的男人？周小凤笑了一下说，我呢？算了，算了，你想离开就离开吧，你去选择你有可能喜欢的和爱上的吧。我笑了笑说，你不报复我了？周小凤说，那或许就是对你最好的报复吧！我说，以后我想你了，怎么办？周小凤说，你说呢？我说，我不知道。周小凤说，不过至少我现在知道了，我们没法在一起结婚。

差不多又有十年时间，虽然我和周小凤都在北京工作和生活，但真的就没有再在一起过了。我们觉得在一起又不能有将来，就没有必要再折腾。尽管折腾给彼此带来的感受，足以使我们在一段时间里，能够向全世界全人类展现出我们美好的精神面貌。我们会在QQ上聊，一开始都会彼此都挺坦诚地谈到自己与别人的交往，内心真实的想法，可聊了几次，又觉得也没有太大意义，因为我们在城市中最重要的，还是生存与发展的问题。我们不得不认真面对那样的问题，并为之付出大量的时间和精力。因此后来，除了过年过节时会相互问候一下，我们几乎就很少聊到有实质的内容。我会想周小凤，想着一些相干不想干的女人解决生理上的麻烦。我感到我的心越来越冷，那种没有具体的爱的对象的冷。那种冷的感觉，会使我感到一些纯粹，使我喜欢那种孤独的状态。那种状态，有点儿像瓷器——我像摆在人世间的一件瓷器。

我做的一些股票和房产的投资是成功的，也有了一些积蓄，生活不存在问题。也有女人喜欢我，但我不会与她们好了，觉得没意义。因为我和她们谁好都要面对一些两个人的现实，而一个人就简单多了，我喜欢简单。在我的父母催着我成家时有时我也在想，我到底要不要和一个女人结婚？像很多男人那样有一个女人，有一个温暖的家庭？这有那么困难吗？我犹豫过，动摇过，有时一个人面对夜晚心里也挺空、挺难过的，但我知道和谁结婚都会失去一部分我想要的自我和自由，和谁结婚都不能使我保持精神上的相对纯粹。你别笑，我真的是需要那种纯粹。来，我们碰一下——真的，简单，纯粹，是一种精神上的美好感受！现在我不知道周小凤心里是不是还会有我，在我的心里是有她的，我一直在心里喜欢她。那种喜欢并不是爱，又好像是爱。我想最终还只是一种喜欢吧，那种喜欢如同是我在喜欢世间一切美好的时候，她在我的远方是一个具体的人，是我的生命世界的一个代表。她在过去曾与我产生联系，此刻我也正在对你说她，我说她就是因为我在想她。我希望她幸福，她可能也是幸福的，因为她做的是对外贸易，赚了不少钱，在北京通州有了别墅，把哥哥和她妈妈都接了过来住。

周小凤一直单身，前不久她在QQ上以开玩笑的口气说，她妈催她找个人嫁了，急得神经病都要犯了。我答应了，去了她的家里。她妈妈竟然还能认出我，见面后一把抓住我的手，问这问那的，让我觉得骗人真不是件好玩的事情。如果我愿意，可能周小凤也会考虑和我结婚的，但我不想。我觉得自己已经不爱周小凤了，我谁都不爱了。我只是喜欢她，如果她愿意和我上床，我可能也乐意，但我无法想象和她结婚，永远在一起。我觉得那么麻烦，虽然那时我的家里人也为我的婚事着急。当然，周小凤也不至于会低声下气地求我娶她——当然，如果她求我，我这人心软，说不定也会同意。现在我有一些设想，我不打算工作了，我的钱赚得够用了。我得出去到处走一走，像个古代的游子似的去看看山水和人间，当然是人少的地方，有风景的地方。有感觉了就写写诗，把我的所思所想全都写进诗句，两三年出一本诗集，谁喜欢诗就送他一本。如果有机会，说不定我还会恋爱，只恋爱不结婚，事先给人说好，也不骗人家，我们就享受那种恋爱的过程。我有时候也想要和周小凤做个长期情人，谁对谁也尽量不要有什么要求，在都想见面的时候就见见。当然，那也只是想一想。我还想过在将来我和周小凤都不结婚的话，有一天我们五十岁了，六十岁了，说不定还会在一起搭伙过日子。那时人老了心也就老了，没有那么多想法和欲求了，也没有那么多自我和坚持了，如果能在一起可能还会挺不错的，你说呢？喝酒，喝酒！你不用批评我，真的，我知道我是有问题的人，你不用多说了。对了，你不是也单身吗？你想不想找个人结婚？如果你想的话，我可以把周小凤的联系方式给你，你们见个面，好好聊聊，说不定你们俩会好上了呢。我是说真的，我是真喜欢你，所以我才愿意把周小凤介绍给你！我今晚上没有喝多吧？我真讨厌自己对你喋喋不休，希望你不要见怪！

我 们

1

老邹是位编剧，改编了我的小说。他说将来会亲自当导演，把那部作品拍出来。后来他从北京来到深圳，希望我的那些有钱的朋友，能够帮助他实现导演梦。

老邹具有艺术家特有的敏感，在现实生活中却难免显得脆弱无力。他有着难得的真诚，却让人感到不适。老邹对所有的人会因爱而恨，因理解而失望。他看不起人们那种假装的优雅，经常称自己是悲观主义的傻瓜。他认为生存是悖论，他一直在瓦解自己，然后试图忘掉矛盾，但矛盾总是无处不在——有些还无法解决，所以有很多时候他认为自己不配活着。

我终于相信，在许许多多的人中，总会有一些偏执的人。

老邹说，人们总是告诉我应该这么那么做，我决不同意生活中叛徒的建议！将来也许我能堕落成所谓的写作者，那是因为我没有能力做什么了，只能写些我一直想对这个世界，对每个人说的话了。

老邹来到深圳后时常叫我到离他住处不远的大排档里喝酒。

老邹说，我喜欢你的小说，喜欢你。我从小说中看到你理解了很多别人不能理解的东西。你写的《远方》让我感动，从你身上我看到中国文学的好兆头。你要相信我，只要你坚持写下去，完全可以成为世界级的文学大家。你一定要把毕生的精力和良心坚持用在写作上，否则是个损失……是你的作品打动了我，我把它改编成了电影——我相信《远方》拍出来，要比获奥斯卡奖的很多片子强。拍出来这是我的世俗野心。它是你的作品，我是拥护者和实践普及者。

说到这儿，我不得不举起杯子，与老邹碰一碰杯。

老邹说，加缪说过，人生充满谬误，我非常赞同。我的人生很绝望，但我还在爱着某些人性的力量。现在我不能放弃努力，坠入世俗生活的深渊，我要保持自我。有很多时候我觉得自己不配活着——你想，凭什么啊？四十多岁了，与前妻离了婚，没有房子，没有存款，事业上一事无成，有的仅仅是希望！活到这个年岁，我也早就看透了"希望"是什么。我感受中的这个世界是与别人不一样的。你看，就从今晚我们所看到的这一切说起吧——这儿的天空是深蓝色的，这使我感受到过去的和现在的一些灵魂，它们存在于我的生命感受之中，那些灵魂是一种看不见的力量与存在，而我们忽略了，仅仅满足于活在世俗生活中，在有限的空间过着自己的小日子……你看，天空下的这条街上楼房亮着灯火，人和车不断地在街上通过，街道两旁的树也被涂上了一层蓝色，这多像一幅油画……我以前是画画的，我画过很多素描，很多油画，我有画下一切的冲动！

我与老邹又碰了碰杯。

老邹一饮而尽，抹抹嘴说，现在你是我在这个世界上最好的朋友，唯一的好友。你陪我喝酒，我真得感谢你。我也愿意和你敞开心扉，说一些平素我不愿意跟人说的话。我一无所有，带着电影梦来到深圳，坐在你的面前。我不知道深圳能带给我什么，你又能给我带来什么。在来深圳之前，为了找电影投资，我厚着脸皮给那些根本不懂艺术的人谈我的理想，我已经碰过无数次壁。现在我们走在一起，一切都有了新的可能，但同时我又是失望和悲观的。

老邹点燃一支烟，继续说，我从二十岁就在北京的艺术圈里混。在北京，我生活了差不多二十年。我的许多搞绘画的朋友都混好了，一幅画能买几十万、上百万。他们开着上百万的名车，住着别墅。他们的作品不会像凡·高、塞尚、高更、华托这些画家的作品，没法比。在现实世界中，我一直混得不如他们。我不擅长交际和推销自己，因此我画的许多画没有人买。我就像当年的凡·高，世人认识不到我作品的价值，而我为了生存宁可去当小工，也绝不会去迎合市场，迎合那些世俗的眼光……

——我喜欢的画家是达·芬奇、凡·高。他们是我学习的榜样。莱昂纳多·达·芬奇是意大利文艺复兴时期的画家，他是整个欧洲文艺复兴时期最杰出的代表人物。他在许多领域都对人类做出了巨大贡献。有一次他迷路，走到一个漆黑的山洞里，后来他在回忆这段经历时说，当时他产生了两种情绪，害怕和渴望——对漆黑洞穴感到害怕，又想看看其中是否会有什么神奇的东西。他对人生中不可知或无力探知的神秘感到害怕，又想把神秘的、不可知的东西加以研究和揭示，以便解释其中的含义。艺术家一生都要有他困惑的事，要有他的执着，否则他就缺少一种为之努力的动力与方向。达·芬奇的壁画《最后的晚餐》、祭坛画《岩间圣母》、肖像画《蒙娜丽莎》是他一生中的三大杰作。这三幅作品是达·芬奇为世界艺术宝库留下的珍品中的珍品。在这样的天才和大师面前，我觉得自己不配活着。

——凡·高是荷兰人，长年生活在法国，他是后印象派重要的画家。他的《没胡子的自画像》《鸢尾花》《向日葵》画得多好啊。他热爱一切，像太阳一样热烈地活着，作品追求真实情感的再现，但在他活着的时候不被人重视。他饥饿的时候吃过颜料，神经错乱后用手枪朝着自己的肚子开了枪——现在他的一幅画可以卖到一个亿，是美金。如果现在他还活着，我相信会成为他亲爱的兄弟。他是死在弟弟提奥怀中的，他死后弟弟提奥不久也告别了人世。在他面前，我也不配活着。

——还有一位画家，叫让·安东尼·华托，他是法国洛可可时代的代表画家。这位天才画家，三十六岁就英年早逝。生前他无意于金钱上的成功，创作只是出于表达内心思想感情的需要，出于使自己的艺术尽善尽美的需要。他一生过着朴素的生活，自由自在。我感觉自己就像华托，每一次失意时我就会想起他。我了解很多已逝的作家和艺术家。我为他们创造的东西而着迷，以至于让我无法有更多的时间和精力去关注当下。有时候我感到自己就是他们中的一个，我在为他们而活。亲爱的李更，你有这种感觉吗？当你读陀思妥耶夫斯基、叔本华、尼采、卡夫卡、博尔赫斯的作品时，你是不是也有这种感觉？他们的作品，我在读高中时基本上已经通读了。我认为，天才与大师都是为未来而活的——但现在，我真的不配活着！

我点点头，给老邹一支烟，帮他点燃。

老邹抽了口烟，又接着说，二十多年前，我二十出头的时候，觉得画画已经无法表达更有力量、更有空间感的东西了。我把自己所有的画全烧了，开始做雕塑。画家德拉克洛瓦曾经说过，雕塑是一门残酷的艺术——当你在午夜时分有了创作的冲动时，却被迫要付出长时期而繁重的体力与精神，准备那些用来雕塑的材料，然后还要始终保持最初的创作冲动和新鲜感，这确实不易——但这也是一种长期磨练出来的，对美与力量的天才式的掌控能力的体现。做雕塑更适合表达我想要表达的东西，更能磨练我，使我对一切美好的事物，产生一种更为具体的感觉。我曾经为了做石雕和大型木雕，在一个寒冷的房子呆过一整个冬天。当时我吃着馒头就着榨菜，喝的是白开水，经常几天不出一次门。最后我得了痔疮。我妈说，儿，你的心忒高了！

——我的心的确是太高了。我追求雕塑花费了二十年，因为我感到自己心中总有东西要溢出来。我像一股潮水一样被迫着去流淌，流向夜晚群星灿烂的天宇，最终和那些我喜欢的艺术大师们一起闪烁。为了找石料，我曾经在颐和园偷过石头，很可笑吧！当时警察找上门看到我满屋子都是石头，都是雕塑作品时，他知道我是一个艺术家，竟然没有抓我。做了将近二十年雕塑，后来我又把雕塑放下了。当我放下凿子，走到窗前去窥探房东的合家欢乐时，我毕竟穿着不合时宜的皮围裙——那时我的孩子已经读了初中，十多年来，我因为投身于雕塑，几乎没有管家里的事，家里一切都由我前妻打理。我雕出的作品买不了钱，我必须让自己生活下去，承担一些家庭的责任。后来我离开北京，回老家开了一个装修公司。大冬天的，我给人做防盗窗，手冻得裂开了口子，一使劲汩汩冒血。虽说我做着苦工，开着公司，但我的心里每时每刻都在想着艺术，忽略了我前妻。

——妻子有了外遇，她提出离婚。我一直想不通这件事。我曾经买过一把刀，想把那个男人给弄死，但艺术中善的力量使我没有迈出那一步。离婚后我把房子留给了前妻，孩子由她带着。我关了公司，重新回到了北京，成为一个北漂。在北京那几年也是为了生存，我开始做编剧。我不愿意写东西，也不喜欢做编剧。在编剧的过程中，我越来越发现自己想要成为一名导演，因为我发现电影这门艺术可以更直接表现和反映一些东西。现在我想拍电影，想成为中国甚至是世界上最好的导演。我做什么都想成为最好的，你别笑话我——坦白说，我拍电影是为了名与利。请你相信我的坦诚，我决不会为了钱去拍一些垃圾。有一天我实现了这个梦想，有了名声和钱，我还是会继续做我的雕塑。那时候我会有一座庄园，里面有许多石头。到时也会有你的房间，你可以在里面写写东西，得空的时候，我们一起谈论艺术……

我笑了笑，与老邹碰了碰杯。

老邹又说，人活着真是个悖论，适当的堕落和麻木能救我。与前妻离婚后我在北京度过了一段荒唐的日子。那时候我同时谈过三个女朋友，有一次把一个带回家里，没想到家里头还有一位。我伤害了不少喜欢我的女孩子，不再相信爱情。我喜欢女人，女人的身体很美，但是对于我来说，与女人上床不是最重要的。我希望自己能成为古时候的皇帝，有三宫六院，天下所有的美女都属于我。我喝着酒，看着她们玩耍，这就够了。

——我感到孤独。我对中国的那些导演拍的东西不感兴趣。我建议你去看一些国外的电影。前不久我看了德国的《窃听风暴》和西班牙的《深海长眠》，这是我喜欢的电影。中国电影需要改观了，我认为《疯狂……》系列是在侮辱我们自己。在电影方面，我希望你冷静地支持我这个想有作为的人。在艺术方面，我积累了大量的经验，相当有眼光。你还记得一个学射箭的寓言吗？老师并没有教学生怎么射箭，而是让他回家躺在床上看苍蝇蚊子，直到看得像磨盘那么大，自然就能容易射到了。我就是那个盯着苍蝇看的学生。对于电影创作也一样，我们写出一个好剧本，拍出一部好电影，这并不等于我们很老到，如果我们不靠热情就可以保持旺盛的创作力，能够让一切按照想法顺利进行，这就是真正的成熟——到了这一步，就达到把真理看得像磨盘一样大的能力了。

那时已是晚上两点钟了，老邹一个人差不多已经喝了十瓶啤酒。我因为要开车，喝得少。那时候他已经醉了，看着我的眼神已经有一些迷蒙，神志也不太清醒。我相信他生命中会有一股孤寂无

200

聊的力量，这或许是来自于对现实生活中的一些人和事的不满。我的经验是，他喝到这个时候，所说的话往往是不那么让人喜欢听了。

果然，我对老邹说，差不多了，不要喝了。可是老邹还觉得没有喝好，招手叫服务员过来，让再拿两瓶啤酒。

老邹拍拍我的肩膀说，我真想与你彻夜长谈。时间是不早了，你要回去的话就先回去吧，我一个人再待一会儿……实话对你说，你是个好人，但是我必须对你说出我真实的感受，否则这就不是朋友的作为。实话说，我现在越来越对你没有信心，因为你变了。来深圳的这半年多我观察到了，你现在所专注的是生活，是工作和赚钱，而不是写作。我是多少对你和你的那些朋友有一些失望。他们都是一些什么人啊，我真是看不起他们！他们的心眼里只有钱，只有女人！

——你还记得我第一天来深圳的时候吧，你们竟然说要请我去洗脚——知道吗，你那是在腐蚀我！凭什么啊，我自己不会洗吗，还要让人家小姑娘给洗？另外，我凭什么把时间浪费在那方面？我知道你对我不满，因为我不能够融入你们的圈子，不利于把一些事办成。凭什么我要融入这个圈子呢？归根到底，你作为我们电影事业的召集人是不称职的，你缺乏一种掌控力。我把剧本早就写出来了，可是拍电影的钱你们一分也没有弄到。我四十多岁了，耗不起这个时间。你找的那几个朋友都有钱啊，你们有车，有的还有几套房子，把钱放在股票里搞投机，这有什么意思？大家都爱电影，爱艺术，为什么不能每个人拿出二十、三十万，先拍一部作品出来？你们都是虚伪的电影爱好者，你们被深圳改变了，被生活改变了，你们身上没有什么东西是可以闪耀的了！

2

胡英山是我的山东老乡，多年前在老乡会上认识。本来他答应给我们投资三十万，但在那段时间发生了一件天大的事——四十五岁的他，在西安上大学的儿子死于一场交通事故。接到校方电话时，他正在洗脚房边洗脚，边与小妹聊天。

小妹长得挺靓，顺他的眼。他想和人家好，便对小妹说，我开了个厂，厂不大，就几十号人，保守一点说，一年有一百来万的利润。我有小车，有货车，在深圳也有两套房子，资产加起来也有上千万。如果你愿意，我一年给你六万块，比你在这儿上班强——你不是想开个服装店吗？跟我两年你就有资本了！当然，如果你愿意和我合伙，愿意长期和我好，三个月内我就可以帮你开个服装店。我有两位朋友开了个商场，我一句话的事，你就可以到那儿实现你的梦想了。

南方四季常青，人也显得年轻。胡英山看上去不像是四十五，顶多也就三十五六的样子，他戴着一副金边眼镜，有些瘦，漫长脸，白白净净，说话声音挺好听，显得挺斯文，不太像个老板，倒像个文化人。

小妹也有些动心，说，你在家有老婆的吧？

胡英山想了想说，这个我不能骗你，我是有老婆。我和她没有感情，如果你愿意和我在一起，我会真心对你好。怎么说呢，我可以把你当成我的小妹，将来你还可以去处男朋友，看上了以后也可以结婚，就当我们俩什么都没有发生过——你能理解这种关系吗？现在都市人的情感是多元化的，这样去活着都可以活得丰富多彩，你说对吧？

小妹笑了笑说，让我考虑考虑吧！

胡英山认真地说，还考虑什么？我知道来你们这儿洗脚的也有

202

不少大老板，但你要相信，我对你是动了真心的——你今年二十二岁，跟我两年才二十四岁，到时你有了自己的店，再学会开车，你也就当老板了。不然你在这儿洗脚，除去吃用，一个月两三千块，一年顶多也就三万块，什么时候才能开成店，能有什么前途？

小妹说，即使我现在能开店，我家里人也会怀疑我哪里来的钱。如果我不开店，我又能干什么呢？我只读过一年高中，我父亲生病就出来打工了，说起来只有初中学历，也只能进工厂。我在工厂里干过一年多，每天重复做几个动作，像机器人一样。累不说，钱也赚得不多，一个月不到两千块。除去吃用，能落下一千块就不错了。我原来在工厂里的好几个姐妹都干我这一行了，我也是别人带出来的，这辈子我再也不想进厂了！

胡英山说，你在这儿干有意思吗？天天摸人家的臭脚，你看你的手都起了茧子，我看着都心痛——再说这儿多复杂啊，像你这么漂亮的，我估计有不少男人打你主意吧？

小妹说，干什么有意思呢？比起在工厂，在这儿还是比较有意思。在这儿可以和客人天南地北地聊天啊，挺能长见识。我来这儿一年多，思想观念都有了很大的变化。以前我在工厂谈过一个男朋友。挺帅的，还会开车，在一起的时候山盟海誓，结果呢，他在工厂受不了那份罪，有了机会，被一位女老板给包养了。当时我想不通啊，那女的大他二十多岁，也不漂亮，但是她有钱啊——现在我算是看透了，你们男人哪有不花心的，所谓的理想和爱情，也是建立在经济基础之上的……

胡英山听着小妹说话，不时点着头，后来他接过话头说，深圳这个城市，会改变很多人的思想观念。有一些人变了也不能说他们错了。如果说你男朋友错了，怎么样活才是对的呢？他知道世界如此丰富，打工无比无聊——在城市里，没有钱，差不多就等于没有未来。人生不能假设，我相信，他真心爱你的话，有可能赚到钱会再回头找你。正是因为不能假设，也没办法重来，所以你们分手了，只好各走各的路。

小妹说，他是很爱我的，他也说过，跟着那个女老板过几年，一年有十多万，等他有钱了，还愿意和我好。但是我说，不可能了！如果我不知道还有可能，问题是我知道了，我的眼里揉不进沙子——我们当时租了一个房，那个女人经常深更半夜给他打电话，他总是背着我出去接，我心里就清楚他有问题了。我查了他的手机，明白他被人给包养了。他不想和我分手，但我当时没有办法去接受他这种背叛——如果换到今天，我就有可能接受他，顶多让他不要再去那个女人那里了。

胡英山叹了口气说，真感情总是会被操蛋的现实生活蹂躏得面目全非，但生活是丰富多彩的，人也是可以选择自己道路的——我的原则是，做一个好人，不做坏人，做点好事，没有办法的时候也做点坏事，但不要犯大错误。人要多赚钱，适当享受生活。人这一辈子，还能怎么样呢？我以前也是有过理想的，我的理想是当一名教师，但大学没考上，这个理想也就破灭了。想一想我现在混得也不错，比很多人都强。每个人的人生都不是那么完美的。就像你男朋友，我相信他也不见得是个坏蛋，不见得特别愿意做别人情人。就像我，我也不愿意开什么工厂，每天周旋在客户中间，请客送礼，吃吃喝喝，除了赚到的钱有些意思，别的还真没有什么意义——我相信你，也不愿意为人家洗脚吧，如果你有条件自己开店的话？

小妹说，是啊，其实以前我学习挺好的，要不是我父亲生病，我也不会那么早出来打工。我以前的理想是当一个医生，那时候多单纯啊！

胡英山问，有没有客人给你买过钟？

有啊，不过，我也不是乱跟人家出去的，也看人。有的客人为我买钟，是为了让我陪着他们吃饭、打牌，或者去见什么客户，也不一定是要去开房。我们每个月都有任务的，如果上的钟少，钱就少。

那你有没有跟人家上过床？

没有，有个客人给我出两千块，我都没同意。

如果人家给你出一万呢？

除非我对他有感觉，才会考虑。

哪你对我有感觉吗？

有那么一点点吧，我觉得你这人不坏！

胡英山得意地笑了，他说，算你有眼光，我还真不是什么能坏得起来的人。我在深圳打拼了二十多年了，最初也是在工厂给人打工，一步步的白手起家，才有了今天。我跟你说实话——你跟着我绝对正确！你知道吗，我老婆还不知道我现在在深圳混得这么好，她还一直以为我在给人家厂子里做管理工作，一个月五六千块钱……

小妹笑了，说，大哥，你这还不坏？自己都开了厂做了老板，有了几套房子，几辆车了，还骗老婆说自己是个打工的，你太逗了！

胡英山皱了皱眉头说，你不明白，我是包办的婚姻——当年我高考落榜，复了一年课，准备再考的时候，有媒人找到我家，说大队支书的女儿对我有意思。如果我同意了，她父亲可以在县城里给我安排一份工作。本来那一年我很有可能考上大学的，被这事一闹，也没有考上。我父母是势利眼，看上人是大队支书的女儿，硬逼着我同意了这门婚事。说真的，我老婆人是不错的，贤惠持家，还给我生了儿子，但我对她产生不了感情。人是感情的动物，没有感情的婚姻怎么幸福？人人都有追求幸福的权利，对吧？再说我们那里，很多男人都是长年在外打工，每年只回家一次，我差不多每年也会回家，也会把钱寄给家里。在我们那个村子里起了三层小洋楼，是最漂亮的，也不能说我对家庭没有贡献吧？

小妹说，你没有想过和你老婆离婚吗？你现在的条件那么好，人长得也挺帅，想找什么样的找不到？

胡英山点燃一支烟抽着说，想过啊，我老婆就是乡下妇女，没有见过世面，很传统，她自然不会同意。说真的，如果她同意跟我离婚，我宁愿给她一百万。头几年过年回家，我跟她提过一次，结果你猜怎么样？她用头撞墙，撞得满脸是血，年都是在医院过的，不好离！所以小妹，人的这一生选择很重要，选择错了一辈子都不会幸福。就像你现在吧，如果找一个在厂里打工的，或者是在公司上班的，一个月两三千块钱，什么时候能在城里买上房子车子，过上城里人的生活？你们不想在城里呆，再回到乡下去，你问一问自己，你还能适应吗？在城市里见了世面，再回去就会觉得没有意思。人活得总要有点理想，有点追求对吧，要实现理想哪个人不妥协？现在大好的机会就摆在你面前，你选择了我，我敢保证，你的人生就会有大转折，你离自己的理想也就不远了。再说我也不是那种很花心的人，你跟了我，我就会和你好。因为你年轻，我也不敢奢望和你过一辈子，但是我真的渴望你能真心实意地和我过上两年。我和你好，说得坦白点，不是因为你年轻漂亮。我看过你的手相了，你的手上有一条执着线，感情线也很丰富，还有一条事业线，是那种会认真对待感情，将来也会成功的人。

小妹有些高兴，有些动心地说，你能保证在跟我好的时候不跟别人好吗？

胡英山心里一喜，说，我保证，绝对保证，向毛主席他老人家保证！

小妹犹豫着说，一年六万块也太少了点吧……你别误会，我不是太在意钱的多少，我是觉得现在物价那么高，六万块也做不成什么事。如果开店的话，租个店面，再装修一下，少说也得十多万块呢。

胡英山说，你要是真心实意跟我好，我可以为你开个服装店，别说花十万，二十万都没有什么大问题——我朋友最近想拍电影，我一下就给他们投资三十万，我有的是钱！

小妹看着胡英山说，这样吧，你给我一张名片，到时我想好了联系你！

胡英山说，好，你想好了给我电话——我还没问呢，你叫什么名字？

小妹说，我姓李，李娜……到钟了，大哥，还想加钟吗？

胡英山说，还加什么钟，今天就跟我走吧，这儿的工作咱们不要了。

李娜说，这个月快发工资了，如果现在走了，老板肯定不愿意。你让我想一想……等发了工资我再走还不行吗？

胡英山说，也好，这毕竟是你辛辛苦苦赚的钱，不舍得！我就再加个钟吧！

3

学校的电话是在胡英山加钟的时候打来的。

接完电话，胡英山欢悦兴奋的心突然沉了下去。他在电话里说，这不可能，这怎么可能？但对方的答复是肯定的！当胡英山确信这事不会有人去骗他时，突然觉得自己像从天空中坠到地面，缓过劲儿时他特别想痛哭一场——想哭的感觉仿佛不是因为儿子没有了，而是他亏欠了儿子太多。

胡英山仅是在有些春节才回家，二十年来与儿子相处的时间加起来也不超过半年，因此与儿子和妻子的感情谈不上很深。可以说，他也仅仅在内心里、在生命中有着妻子和儿子的形象，与他们保持着一种亲缘关系。但是当这种关系突然遭到破坏，当他清醒过来时，却觉得灵魂狠狠被什么咬了一口，生生地撕掉了他的一块肉！

胡英山在深圳有自己的事业和生活，那个在乡下的家，仅仅是他的根，偶尔的念想。他觉得自己是没有办法的，他没有办法对妻子和儿子好一些。以前儿子小的时候，他的事业刚刚起步，没有条件。当他有条件时，又不想让妻子来深圳影响他的自在生活，因此也没有办法让儿子在自己的身边。以至于到后来，那种对妻子和儿子的愧疚感，也渐渐淡了。在他的感觉里，他甚至认为自己仍然是单身的，是有权利追求自由和幸福的。

胡英山是一个需要感情、渴望感情的人。在深圳的二十多年来，除去忙事业，他也从来没有停止过追求爱情。对女人的爱，总是一段一段的。有也过女人觉得他人不错，又有钱，愿意死心塌地地跟他，但最终还是因为他在乡下有个家，没有结果。也有过一个女人为他怀过孩子，愿意一辈子跟着他，做他的情人，不知出于什么原因，他也没有勇气让那个女人把孩子生下来——后来他给了那个女人二十万，让她走了，现在也不知道那个女人在哪里，孩子有没有生下来。

挂了电话，胡英山发了一会儿呆。他打电话让厂里的文员帮他订了飞机票，当天就去了西安。在飞机上，他望着窗外大团大团的白云铺展开来，无边无际，突然觉得自己活得特别失败。他想，即使有钱又怎么样？现在儿子没有了——这个事实让他觉得自己还是错了，尽管他仍然会觉得自己错得有些无辜。如果人生能假设的话，妻儿都在身边，那么在西安上学的儿子或许就不会在西安上学，而是在北京或上海或广东的高校读书，自然也就不会离开他们。当然谁都有可能发生意外，但至少不会像他现在这样——对于儿子的死，竟然没有作为父亲的那种应该有的、立马产生的悲伤。他有些恨自己，恨自己对儿子没有负起应有的责任，以至于他的悲伤在他的感觉里竟显得有些虚假。

胡英山不清楚自己在想些什么。在他的脑海中闪现的，一会儿是儿子小时候调皮可爱的模样，一会儿是妻子充满忧愁的眼神。一会儿是工业区里灰色的厂房，一会儿是年轻漂亮的情人。有一瞬间，胡英山模糊地想到要与妻子再生一个孩子，当然他的那个想法有点莫名其妙——妻子张素青大他两岁，已经年近五十，不太可能再和他生养一个。即使可能，他也不会再与妻子生了，但那样念头的产生，使他觉得自己对妻子还是有感情的，只是那种感情被他以没有感情为由硬生生地否认了。他为自己的那些缥缈的想法感到有丝恼羞成怒，最终他还是感到自己活得太失败了。

在飞机落地之后，胡英山从机场出来抽了根烟。看着机场里的人来人往，那个时候他特别想走进人流里，就那么一直走下去。如果他能够逃走，能够不去面对死去的儿子的话，他甚至想要逃走。逃走，从此和家里人断绝关系，做一个没心没肺的人，无情无义、无牵无挂的人，多好！

胡英山还是坐上了出租车。他从车窗看外面的楼，看灰蒙蒙的天空。有一瞬，他做过一个假设，如果一切可以重来，儿子还能活在人世上的话，他可以出家做和尚，甚至也可以和自己的妻子天天生活在一起，过他不想过的生活——他的心情沉郁沮丧，而他脑中闪过的那些念头让他最终觉得自己并不是一个好人。

在深圳二十多年来，胡英山和十来个女孩同居过，平均一两年换一个。那些女孩有公司白领，有工厂的打工妹，有商场的售货员。他结识的女孩，个个都不差，都在积极向上地生活——她们都想在城市里生存和发展得更好一些，心地也都挺善良，哪一个都可以和他结婚生子，可以和他白头到老。和那些女孩子在一起的时候，除了给她们一些物质上的东西，他也的确是实心实意地帮助她们，给她们以真实的感情，爱她们。那种爱不能说深，但至少不能说是假。他错在什么地方呢？他是的确不愿意和自己的老婆过生活——如果说错了，还是错在最初没有顶住家里的压力，和不喜欢的人结婚了，而且又有了孩子。

父母逼他结婚这件事，使他一直在心里对父母有很大的成见。因此，除了给予父母一些钱，他在感情上也和父母疏远了。他清楚自己这样不对，而且那样做有时心里也难过——那种难过使他觉得自己在这个世界上没有一个亲近的人，但是他又没有办法对父母更好一些。是深圳这个灯红酒绿的城市改变了他的血液、他的思想和情感，他之所以还为一些事痛苦纠结，那是因为他还算是一个本质上善良的人，从骨子里无法把一切都抛弃！

妻子坐飞机赶到西安时，两个人见了面。妻子张素青头发都已经花白了，灰头土脸的，眼角满是皱纹，已经很显老了。胡英山看到妻子，觉得她就是自己的一个陌生人，想亲近都没办法亲近得来。妻子是一路流着眼泪来的，见到胡英山反倒不哭了。那个时候的胡英山觉得自己应该抱一抱妻子，给她一个安慰，但最终也没敢。他觉得自己没有这个资格。

胡英山带着妻子去医院太平间。他想看妻子的反应，因为他见到儿子时是没有哭的——当时他在心里责备自己为什么不哭，他心痛儿子年纪轻轻就离开他们，但他就是哭不出来。他甚至在抱怨儿子为什么不小心，为什么出了那么大的事，把自己的性命丢了。他看着儿子英俊的脸，觉得那就是年轻时的自己——当时他想，人生无常啊，人都有自己的命，早晚都会走的。早走也挺好的，不必变得那么复杂，经历那么多世事！

肇事司机因为是酒驾，被抓起来了。司机如果在他面前，他会怎么样对他呢？他会与他拼命吗？他觉得自己可能不会。事到如今，拼命又能解决什么问题？胡英山甚至为那个司机感到惋惜，为什么喝了酒还开车啊，不知道那是犯罪吗？现在好了，你在监狱里待着去吧！胡英山奇怪自己有那么多一闪而过的念头，很奇怪自己为什么会是那么样的一个人。他觉得自己有些不正常——因为感觉到这一点，他多次去洗手间，一次次地洗脸，想让自己清醒些，正常些。以前他不是这样的，他很正常，待人接物很有分寸，也很会来事，不会像现在这样怪异得让他自己心里都没有谱。

妻子看到躺在太平间床上的儿子，顿时泣不成声。她爱着儿子，胡英山想，这不容置疑。但这种爱又能怎么样呢，儿子都没有了。

胡英山感受到妻子对儿子的那种发自肺腑的爱，觉得自己活得不像是个人。他又开始恨自己，恨自己，又莫名委屈。他也是爱的，也想多爱。看着妻子哭，后来胡英山也流泪了。泪流出来，他舒服了一些，怕妻子哭死过去，用手去拉她。拉开了，妻子瞪着发红的眼望着他，像望着仇敌。胡英山怕她，又觉得她那样看自己是不对的。儿子是共同的儿子，儿子没有了，也不是他的错。或者说是他的错，他也不愿意在妻子面前承认，因此想用眼神与她对视——但撑了不到两秒，他就感到自己有罪般低下了头。

处理完一些事情，把儿子火化后，妻子和胡英山带着儿子骨灰回老家。胡英山要抱着儿子的骨灰，妻子死死地抱在怀里不给他。在胡英山的感觉中，妻子是恨他的——他突然想到，这么多年来，妻子也许未必不知道他在深圳的事——为了儿子，只是她不愿意揭露他，不愿意与他撕破脸。当然她或许也不稀罕他的成功、他的钱，她只是想要过自己的生活罢了。但是现在儿子没有了，她等于是一无所有了，感情也没有什么寄托了，情况就要发生变化了。

在回去的路上，妻子一句话也不对胡英山说。胡英山想说什么，但又不知道说些什么，他心里想问一问妻子今后有什么打算。

两个人坐车来到村口时，胡英山望着熟悉的村子，他觉得自己再也不是这个村子里的人了。尽管他在精神层面，在心底非常愿意这个村子认他，接纳他，但他觉得自己已经被这个村子抛弃了，或者说他自己抛弃了这个村子。

这是必然的，胡英山想，既然他选择了深圳，不管对与错，他都无法再像小时候那样属于那个村子了。只是村子里还有他的父母，他们都老了，他不能扔下他们不管。他想把他们接到深圳去，但妻子怎么办呢？他甚至也想把妻子接到深圳去，哪怕和她在一起并不情愿，他也想要让步了。他想对她有一些补偿。

妻子在村口站住了，对他说，我们离吧！

这句话，胡英山等了二十多年。没想到在妻子抱着儿子的骨灰时，她说出了这句话。

胡英山沉吟了半晌，问，离了你怎么办呢？

妻子说，不用你操心了，离了，我这辈子再也不想见到你！

胡英山说，我知道我对不起你，这些年，你对我早就心冷了——现在咱们儿子也不在了，你以后怎么办？要不，你跟我回深圳吧！

妻子咬牙切齿地说，我不稀罕！

胡英山说，你真想和我离？

妻子用眼睛瞪着他说，是！

胡英山低下头，回避了她的火一样的目光，然后说，你，你提条件，我尽量满足你！

妻子说，我的条件是，你离开这个村子，再也不要回来了。

胡英山抬起头说，我父母还在这儿呢，我怎么能够不回来呢？

妻子说，你回来也行，不要让我看见你！

胡英山委屈地说，咱儿子虽然没了，但他还埋在咱们村子里啊。

妻子恨恨地，流着泪，几乎嚎着说，我真希望我也死了，也死了……

胡英山叹了口气，等妻子安静了又说，素青，你跟我回深圳吧，你一个人以后也不好过。

妻子长出了口气说，我哪里都不想去，你走吧，你去过你的好日子，我真后悔当初看上了你，还托人到你家提亲——你记着，你这一辈子辜负了我。

胡英山在妻子面前，再也说不出什么。他说什么，都是错的。他也想要离开了，离开妻子，离开村子，离开现实，回到包容开放的深圳。他若离开，良心会不安。但是他也想过，不安又能如何？妻子既然不想跟他回深圳，他也不可能从深圳再回到乡下。

在家的几天，胡英山与妻子离了婚，他让会计朝他的卡上打了三十万，取出来有一大包，堆在妻子面前。

胡英山说，我对不起你，这些钱你以后用，不够到时再跟我说。我们夫妻一场，我欠你太多——我知道这些钱也不能偿还万分之一，但是你以后还要生活下去，这些钱以后会有用。你知道我不是一个坏人，一个没有良心的人，但是我也有我的现实和难处。我自私，我总是想着自己的生活，儿子没了以后，我觉得我是一个失败有罪的人——说实话，我想死的心都有了。我不知道怎么做才能弥补，我想我这辈子是没办法弥补了。

说着，胡英山的眼泪流了下来，过了一会儿，他说，我给你跪下吧。

胡英山扑通跪在了妻子面前。

妻子坐在沙发上，看着胡英山跪在自己面前，多少有点意外。但她那时说不出什么话来，也流不出泪了。她的泪为儿子流光了，但她真的很想哭。她用手捂着自己的脸，心里一阵一阵地痛。跪在她面前的，正是她心里爱着的男人啊！

213

当年胡英山去县里上学，每次经过她的家门，她的目光都跟随着他，直到他走远了。结婚的时候，也知道他不太情愿——她以为他能慢慢改变，但是她怀上儿子不久，他就离开她去外面打工了。距离分开了他们，时间慢慢磨平了她心中对他的那份爱意。

胡英山这一跪，使张素青多少有了一些原谅他的意思。儿子都没了，还有什么可以让她再介意的？

离了婚，张素青还是住在胡英山的村子里。他们离婚的事，村子里的人也没有人知晓。

胡英山回到深圳，收拾了一下自己的情绪，给洗脚妹李娜打了个电话，两个人约在一个咖啡店见了面。胡英山对李娜说了自己儿子没有了的事，然后说，我离婚了，如果你愿意，可以嫁给我。如果你不愿意，还是照以前说的，我帮你开个店，我们就好上两年，然后各过各的生活。

李娜说，我们先处着吧，到时候再决定要不要嫁给你。

4

胡英山给我讲述了发生在他身上的事，是想取得我的理解——因为给了妻子三十万，胡英山又要给洗脚妹李娜开店，打算投给我们拍电影的钱就不想再拿出来了。

我拍拍他的肩膀，表示没有什么。

胡英山走后，我打电话给朋友赵涌说了情况，我说我们拍电影集资的事遇到了点问题。没有想到，赵涌那时也打起了退堂鼓——因为在他身上也刚刚发生了一件事情。

赵涌包养的一个情人马桂芳给他生了一个孩子，要了四十万后把孩子留给了他，给他打了个电话后就消失了。

赵涌比我大一岁，三十八岁——他是十五年前来深圳的。那时的他二十三岁，大学刚刚毕业。那个时候的他还怀着成为画家的理想，想要在深圳开创一片属于自己的艺术天地。但理想很快就被沉重的现实给吞噬了。在没有钱吃饭的时候，他不得不去一家化妆品公司当推销员。他脸皮薄，很快他发现自己做不了推销员，因此不得不进了工厂，成了一名普工，天天在流水线上重复着几个固定的动作——不过，理想折中后最终还是成就了他，半年后他在一家商场找到了一份与设计有关的工作。三年后他又成了那家商场的艺术总监，年薪由最初的十万升到十五万，到后来又升到二十万——他一步步发展起来。在那个职位上，赵涌干了有六七年时间。在把自己卖给工作的那十来年时间里，他只画过两幅素描，还是为了讨好两个他想与之上床的女孩子画的。

十五年前的赵涌，精瘦，眼神明亮，走路像一阵风，对一切都充满了激情。那时的他腹部是凹下去的，体重不足一百斤。后来的赵涌体重涨了一倍，肚子也凸了出来，走路慢悠悠的，眼睛里也有了浑浊多欲的光，除了钱和女人，仿佛再也没有别的事情让他有激情了。

赵涌给我讲过，他刚来深圳的时候，身上只有一百多块钱，当时由于找工作不顺利，他与同来深圳发展的同学潘刚一起睡过马路，租住过没有装修的毛坯房。吃饭也吃最便宜的，常常还不能吃饱。为了省一块钱的公交车费，他们可以走上十里路。十五年后的赵涌有了两套房子，而且还完了房贷，两套房价值四百多万。他还有一辆奥迪A4，他经常开着车，和潘刚，后来和我、胡英山、叶代一起去很远的地方，吃些特别的野味。

大约是三年前，赵涌辞去商场年薪二十万的艺术总监的职务后，与朋友李江河合伙开了一家商场，每年稳稳当当的有一百多万的分红。商场里的事，由李江河一手抓，基本上不用他管——那么，他活着的意义，仿佛就剩下赚钱和吃喝玩乐了。

十五年前，赵涌绝对想不到自己会变成今天的样子。当然，十五年来的深圳也发生了很大的变化。许多高楼拔地而起，许多又破又旧的地方变得繁华起来。工厂企业多了，公司和商场多了，饭店宾馆多了，娱乐休闲的场所多了，宽阔漂亮的马路上奔驰宝马多了，人多了，漂亮的女人多了——那许多漂亮的女人中，有一些会成为与赵涌他们这些喜欢女人，有一些钱的人有关系的人。他们不是夫妻，不是恋人，却会躺到一张床上，分享彼此的情感和肉体。那些女人，有一些用钱就可以得到，有一些则是需要动一些心思，付出一些感情——不管两个人如何鱼水交欢，柔情蜜意，到头来还是会落实到物质上。一次，或几次相好之后，那种关系便成为过去。

赵涌想过自己与那些女人的关系，他享受那个过程。不可否认，男女之欢，新鲜与刺激，是他生命中真实的欲求。他不会觉得那是没有意义的，甚至也不会认为那是一种堕落与道德败坏。因为他觉得那是一种生命之爱的表现，他爱那些女人，虽然有时候用的方法，或者得到的结果未必就一定是爱——如果他否认，则会失去活着的动力，变得更加没有目标。

当然，他可以去做更多有意义的事，例如去把丢失的理想拾起来，去画画，去把泡女人的钱捐给希望工程，帮助那些有需要的穷困的人，去把自己的事业做得更大更强——但那对于他来说只能是一种假设。这个世界上，也并不是所有的人，都是那种目标明确，积极向上，并且乐于奉献的人。

赵涌觉得自己活得并不快乐，也算不是幸福，他有很多时候是面无表情，心无所依的。如果不去找我们这些朋友吃吃喝喝，去洗脚城洗洗脚，一起打打麻将，不去找找女人，寻点刺激，他甚至觉得自己的时间就没法过。

在赵涌一些有钱的朋友中，他绝对算不上是最有钱的。赵涌甚至就不能算有钱。以前，他供职的商场，老板同时还做房地产生意，身价有几十个亿，他私人会所里的一个大鱼缸，养着十条日本进口的锦鲤价值就两千多万。就拿他一起来深圳发展的同学潘刚来说，他开着一个有几百人的模具厂，每年少说都有上千万的收入，身家少说也有一两个亿。赵涌是没法与那些真正有钱的人相比的。不过，他通常也不会和别人去比。他觉得自己有两套房子，有个一两百万的存款就已经足够了。钱多了，花不着，也不过就是一串数字。

赵涌有时候觉得什么都无所谓——要不要孩子也无所谓。赵涌与老婆孙慧是高中时的同学。在赵涌上高三的时候，孙慧读高一，那时他们就已经建立了恋爱关系——经历了那么多之后，那种初恋的感觉赵涌甚至都淡忘了，不敢确定了。他记得给孙慧写过情书，至于写过什么内容他也不记得了。他记得第一次与孙慧牵手时有一种触电的感觉，但那种触电的感觉究竟是怎么一回事，他再也体会不到了。

赵涌大学三年级的时候，孙慧考进了他所在的大学，很快两个人就同居了。在赵涌来深圳的两年后，孙慧大学毕业后也来到了深圳。两个人不在一个地方工作，基本上每周见一次面——最初赵涌会坐几个钟头的车去见孙慧，然后第二天又一大早起来赶着去上班。那时，除了一种生理的需要，仿佛也是为了一种爱的需要。

两年后，两人结了婚，天天晚上睡在一起，赵涌却开始觉得那种生活并不是他真正所需要的了。他爱着妻子，但却渴望更多的女人，有时也渴望一个人孤单的存在。他渴望与陌生人发生爱欲关系，无法自控……不过，活着的过程还是美好的，他觉得自己无害人之心，工作时也扎扎实实，尽心尽力，在有了钱之后，甚至也不想拥有更多——对于女人，他原本的心里也不想拥有更多，但生活有时候太无聊了，生命中的欲望又是那么真切，使他无法自控地渴求着新鲜的内容——新鲜过后呢，却是灰涩的心情，是沮丧感。

在大学时期，赵涌的妻子孙慧怀过一次孕。那时不适合要孩子，商量过后打掉了。赵涌无法忘记那次陪着妻子做流产手术的经历。那涉及一个未成型的小生命的消失，使他感觉到性是残酷的，作为活着的人是非常无助的。他后悔使妻子怀上了孩子，更后悔把孩子拿掉。后来那件事成为他心中的隐痛——那种痛使他觉得自己一直在死去，不断地死去，而此时活着又要面对世俗的生活，实在是没有意义。

赵涌不够坏，不够狠，如果够，他就可以不在意。他想让自己不在意，但不行。那次经历让妻子怕再怀孕，因此赵涌和孙慧结婚后一直没有要孩子。一开始不想要，可后来两个人的年龄越来越大，双方父母强烈要求他们要有自己的孩子。赵涌觉得要也可以，但与孙慧商量时，孙慧却不同意要。孙慧说，这个世界上已经有那么多的人了，不管有钱的没有钱的，大家活得都那么累，争名逐利，纷纷攘攘的多闹心，我们何必再要一个？还有，我们的地球环境被破坏了，每天呼吸着被污染的空气，就连我们吃的东西也都不再安全——我相信到我们差不多老了的时候，地球就不再适合住人了，我们何必再去要？

既然老婆坚定地不想要孩子，赵涌更觉得这不再是自己不想要，不再是自己不愿意为双方的父母尽责任了。他理解父母的心情，又觉得父母操这份心实在没有必要，都什么时代了，还那样传统。双方母亲让他们有孩子的想法非常固执——孙慧的母亲和他的母亲从老家跑到深圳，住到他的家里来，劝说和督促他们要孩子，这使他感到闹心，又无可奈何。

一开始妻子是坚定地说不要，但双方的父母苦口婆心软硬兼施的办法还是奏了效，孙慧还是妥协了。几个月过后，孙慧却无法受孕。在决定要孩子的那几个月，赵涌和孙慧的心里一直有一种说不出的忐忑，他们不知道自己出什么问题了。双方的母亲让他们去医院检查，赵涌和孙慧都推托着不去。他们还是并不太想要孩子，催得急了，赵涌和孙慧分别和自己的母亲发了火，并且对他们宣布，他们决定不再要孩子了。

妻子孙慧怀不上孩子，赵涌甚至觉得这是天意。双方的母亲走后，他一直忐忑的心稍稍放了下来，但接着一个问题又出现了，为什么怀不上了呢？是自己的原因，还是妻子的原因？他并不太想去弄清楚这些问题，但问题却留在了他的心里。

赵涌无法想象自己成为一个孩子的父亲后会怎么样。尽管他喜欢孩子，但他却是一个怕麻烦的人，他可以想见自己有了孩子之后，孩子会给他带来多少麻烦。当然，他不想要孩子的想法除了别的原因，也与妻子孙慧的生活方式有关。孙慧在一家大型企业做财务工作，除去工作和必须要做的家务之外，她把大量的时间差不多都用在玩游戏上去了。这让他对妻子没有信心。另一方面他也很享受两个人的生活，彼此都自由自在，实在没有必要再要个孩子。赵涌并不太反对老婆沉迷在游戏中，只是他多少有一些不理解，一个女人为什么可以玩游戏一玩就是五六年时间，从不厌倦？

以前赵涌工作的地方离家有一些远，两个周总会有一个晚上借口工作忙，不回家。不回家，有时候工作是真忙，忙得很晚，第二天又要起早上班，太折腾，没有必要回家。有时他是在网上与女网友聊天，想与别人约会，想泡人家，不想回家——或者与朋友一起去娱乐场所玩。他甚至不觉得那是在背叛妻子。他想到这一点的时候也觉得奇怪——或许在他的世界里，他的确是把妻子当成一位朋友，一个亲人了，只是他无法像跟男性朋友那样坦诚地说出他与别的女人有关系罢了。另外他觉得自己所以与妻子结婚，除去爱的因素，不过是在履行一个社会意义上的契约关系。假如离婚可以不对妻子和双方的家庭构成伤害的话，他甚至可以与妻子离婚，过着一种真正自由的，无拘无束的生活。他也可以自由地去死，在他活得感觉不到什么意思的时候，他想过这个问题。当然他还得活着，既然有父母，有妻子，有家，有事业。即使没有这些他也得活着——人生的意义总归是有一些的，这个世界上总归有一些美好的事物，有一些有趣的人，有一些可以实现的想法，可以满足的欲求。

赵涌不回家，也从来没有听见妻子对他抱怨过什么。在他的理解中，妻子甚至乐得他不回家，这样她就可以有更多的时间来玩游戏。三年前赵涌从商场辞职后，他每周差不多都有一两个晚上不回家，甚至也会用一个周末的时间，带着从洗脚城找来的洗脚妹，在某个山庄里与朋友在一起钓鱼、打麻将，过着一种潇洒自在的日子。

在孙慧的感觉中，她的老公除了她以外，还应该有他自己的天地，正像她有虚拟的游戏世界一样。更何况他们没有生活的负担，日子过得不错。在这种情况下，说多了没意思。当然，孙慧也会想到赵涌在外面可能会有女人，不过，她会尽量让自己不要朝着那个地方想。有一点她是肯定的，赵涌在感情上是忠实于她的，这就够了。男人谁不花心呢，他花心，不让她看到就好了。

即使是情人关系，赵涌也很少与同一位女孩子接触时间超过三个月，因为他清楚，接触时间长了就容易出问题。他喜欢女孩子喜欢自己，但怕女孩子爱上他。他没办法给女孩子爱，只能喜欢她们，爱她们一点点。有时他甚至也不是太需要她们的身体，他需要的是一种与她们在一起的感觉。就像城市森林里的一棵树，他需要有一只鸟儿跳上他的枝头，为他而存在，为他唱歌，证明他活着，活得有些意味。

尽管那些女孩会向他要钱，要物，但是在不是太多的情况下，他是愿意给她们的——她们需要在城市中生存和发展，她们也有家乡的父母需要照顾。她们未必爱他，真正喜欢他，但是她们也需要他。

　　想起自己初到深圳时的精瘦，眼神明亮，怀揣理想，对照后来自己的肥胖，大腹便便，眼神混浊，没有目标，他感到城市会让人发生变异。他的人生观价值观不知不觉地就变了。他不再梦想成为一个受人尊敬的画家，通过创造，给世界上的人带来美的感受。他不能去追求爱情也不再相信爱情，对爱的理解和认识与过去相比也发生了变化。他活得更加自私了，他在为自己活着，通过赤裸裸的现实来爱自己。

　　在钓鱼的时候，盯着微波荡漾的水面，赵涌想到他带来的女孩子。那个时候，他心里响着一种自远方飘来的"无所谓"的声音，可当那声音沉寂下来后，他再次感到自己应该去爱上什么。

　　那一个晚上，他把女孩裹在身下时，强烈地感受到一种蛰伏在自己生命深处的对爱的渴望。那是一个漂亮年轻的女孩，约摸二十一二岁，瓜子脸，大眼睛，嘴唇薄薄的，红红的，身材瘦弱，皮肤白净——她简直像自己十五年前的妻子。

　　赵涌把女孩带到镜子前，两个人赤裸上身，看镜子里的彼此。

　　他问她，你想没想过被人包养？

　　想过啊！

　　多少钱可以包你一年？

　　不知道，十万？二十万？

　　会为他生孩子吗？

　　如果我爱他的话就会！

　　你觉得会爱上我吗？

　　我想得需要时间吧，我不相信一见钟情……

　　赵涌感觉到自己的变化，那种变化就好像是他莫名地需要一种变化。那个遥远的"无所谓"的声音又开始在他空空荡荡的内心里响起，让他抱住那个女孩，亲吻她，轻咬她，渐渐地用力，使她感到痛，使自己感到爱。那种爱仿佛像雾气一样自他的心底升腾起来，弥漫至他身体里的每一个细胞。

女孩也感受到了一种特别的东西在他们的身体间交汇——舍弃了一切，她感受到一种快感和满足。她的脸潮红起来，眼神迷离，呻吟声刺破了空气。事后，她紧紧地拥抱着他，把自己娇小的身体贴在他凸起的肚子上——那个时候，她或许也感受到自己在城市中的无助与脆弱，感受到模糊的爱欲同样对自己有吸引力。

赵涌对女孩很满意，他第一次为一个女孩子租了一套两室一厅的房子。那时他并没有下定决心要包养她，甚至也没有想过要让女孩子真的为自己怀孕。像对女人的渴望，像他生命中欲望的那种混沌状态一样，他为女孩租下了房子，并且试探性地说出愿意包养她的时候，他希望她能够拒绝。但是她没有，她喜欢和他在一起的感觉，并且说，我爱你。

女孩叫马桂芳，中专毕业，在工厂做过普工，在洗脚城洗过脚。赵涌让马桂芳从洗脚城里走了出来，承诺每个月给他五千块钱，一年后给她十万块。尽管赵涌的妻子孙慧未必会查他的账，但赵涌还是把马桂芳早先说的要包她，一年给二十万的要求给降下来了。因为，给她的每个月五千块的钱，包括为她租房子，以及不可避免地要买的一些东西所花的钱，一年少说也得十万块钱。

不上班了，马桂芳也得要做些什么，不然每天待在家里也太闷太无聊了。在闲了三个月后，赵涌给马桂芳找了一个工作，在叶代的文化公司做业务员，没有底薪——也就是说，她可以上班，也可以不上班。

马桂芳刚上班没有一个月就发觉自己怀孕了。赵涌听到这个消息的时候，突然觉得事情严重了。但这或许又正是他所需要的结果——他一直在想着需要对谁坏一点，对妻子孙慧，或者对马桂芳，对所有人，而那也正是对自己的一种坏。

怎么办呢？马桂芳哭着说。

你确定是我的吗?

你现在还不相信我? 我真的爱上你了, 怎么办啊?

赵涌搂着马桂芳, 想着以前带妻子去拿掉孩子的, 那个十多年前的下午, 他沉默了很长一段时间, 说, 那就要了吧……现在单亲妈妈那么多, 你就当自己结过婚, 又离掉了……我不会不管你……

可是, 你老婆那边怎么办?

不让她知道!

永远不让她知道吗?

永远不让她知道……

如果你老婆知道了呢?

那我只好去跳楼……

我不要你去死, 我爱你——我会把孩子生下来, 即使你不能娶我, 我就永远做你的情人。

自从有了马桂芳, 除了和妻子每个月有那么一两次性生活之外, 赵涌基本上就没有再找过别的女人。不过, 在真正包养了马桂芳之后, 赵涌才真正觉得对不起妻子了。他没有办法改变那种愧疚的心理, 尽管有一段时间, 他很想把马桂芳甩掉, 但他又不忍心。

马桂芳的确带给了他新鲜的感情, 让他确定他爱着她, 而且他也清楚, 马桂芳也爱着他。他只好任由自己与马桂芳的关系发展下去, 直到她怀上他的孩子, 他才感觉到有一些怕——然而那种怕的感觉让他更加确定了与马桂芳接触的那些时间里, 自己的心里不再那么空空荡荡了。

妻子孙慧仍然过着过去所过的那种生活——工作, 家, 游戏, 基本上对赵涌不闻不问。中间双方的父母又多次打来过电话, 劝说他们要个孩子, 他们也只是应付性地回应说可以, 正在准备要。

在有了马桂芳之后, 赵涌回家的次数少了许多, 在得知马桂芳怀孕之后, 他与我们在一起玩的时间也少了许多。他眼看着马桂芳的肚子一天天鼓起来，有时候他会觉得马桂芳的肚子里怀的不是孩子，而是颗定时炸弹。

赵涌为马桂芳请了一个钟点工，帮她做饭，料理家务。马桂芳像一个太太一样，天天听音乐，看电视，等着赵涌过来，给她送钱，送物。和马桂芳在一起，赵涌甚至觉得自己变年轻了，尽管他还不到四十岁，本身也并不老。他又重新有了多赚钱的想法，他觉得自己只有一个商场的股份，一年分一百多万的红利还不够。他在想着为马桂芳和他们的孩子买一栋房子。他甚至设想，如果生活在古代就好了，那样他就可以正式纳马桂芳为妾，把自己家租出去的那套房子给马桂芳住。

我和胡英山与赵涌在一起洗脚的时候知道他包了二奶，而且怀上了他孩子的事。我们没有想到马桂芳在生下孩子后会跟赵涌要了四十万就消失了——而那四十万，赵涌对妻子孙慧说是用来给我们投资拍电影了。

5

叶代的身上倒没有发生什么大事，但那时年过四十的他经常会感到人生没有什么意思。叶代经常给我们打电话，请我们一起出来洗脚消磨时间。

有一天，叶代开车去见一位网友。他绕了大半个城市，见了面，一起吃了个饭，没吃出感觉，又喝了一杯咖啡，也没能喝出感觉。不是女孩不年轻漂亮，女孩二十岁出头，肤白，胸高，屁股翘，嘴唇红，挺漂亮，也挺能聊。不过女孩聊的全是一些名牌商品，与叶代没有什么共同语言。最后女孩直说，开房也是可以的，但她需要钱。叶代眯起眼睛问她需要多少，女孩说两千块。对于叶代来说，两千块也算不了什么，但他却突然没有了兴趣。他给了女孩三百块钱，说要与女孩拥抱一下，拥抱一下就好了，就可以结束了。为了三百块钱，女孩让他拥抱了一下。

叶代离开了，当时脸上还是带着笑容的，但离开咖啡馆后心里却开始有一种沮丧感，那种莫名的沮丧感使他觉得，他所生活的城市仍然不是属于他，尽管他在这个城市里有车有房有事业，有了老婆孩子还有了户口，已经扎下根了，他仍然会有一种无所适从的，一直在漂泊的感受。

晚上十点半的时候叶代的老婆给他打了个电话，说女儿发烧，问他在哪里。他随口编了一个理由便把手机挂了。他的心飘浮着，不想那么早回家。不回家，叶代给我打了个电话，问我想不想去洗洗脚——那时我正在与老邹在大排档里喝酒。我说我与老邹在一起喝酒，你想不想过来？叶代问，就你们俩，没个女人？我说，就我和老邹。叶代想起以前有几次和老邹见面聊天，有些烦他，觉得没有意思，便说等等看，说不定会过来。

除了洗脚城，似乎也没有地方可以去。不过那天叶代连洗脚城也不想去了。他在下午见网友之前，中午曾洗过一次脚。许多年了，他每个月差不多都会有十几次去洗脚城，有时候一天就能洗个两三次。他喜欢与洗脚妹聊一些挺无聊的话题，试探对方有没有可能跟自己出去开房。一般情况下就是说些荤笑话，过过嘴瘾，开心开心，是没有结果的。那样就挺好，虽然他有和人家上床的打算，但也不一定非要有上床的结果。

当然，假如洗脚妹长得靓，他也会与人家谈谈艺术，谈谈理想和人生追求，倘若对方也有过艺术梦，想在大城市有所作为，例如想开个服装店、美容店什么的，他就会说，哇，你长得这么靓，不搞艺术，不自己做老板，却在这儿洗脚，被埋没了啊！其实，洗脚妹什么男人都见过，什么话题都附和着聊，因此也不是那么容易被他忽悠！

不过，叶代洗了十多年的脚，被他忽悠的，长得也可以的洗脚妹也不少。被他忽悠的，也有愿意被忽悠的成分。常常是，他承诺帮别人找个好工作——如果洗脚妹是高中文化，他就会推荐她去文化公司当文员，前提是女孩子愿意与他睡，或者不睡，也至少要给他一些希望，把他当大哥，可以偶尔在没有人的时候让他拉拉手，亲亲脸——如果能顺手帮了别人，他也不一定非要与人家上床。

曾经也有一个让他心动的女孩，他看着那女孩挺老实厚道，就出了五万，与女孩合伙开个小店，说好有收益后五五分成，但结局却并不是他想象的，女孩渐渐脱离了他，店关了，另谋高就，钱自然也退不回来了。也曾经有过两个女孩，他为她们租了房子，置办了家具，然后让她们从公司宿舍搬出来——他每个月去与人家同居个两三次，另外每个月再给她们一些钱，但那种情况过个一两个月，顶多也就是三四个月，他就会觉得腻烦了——女孩子给不了他真正的情感，更别说爱情——除了与女孩子睡，他还是渴望有一些爱的感觉。

有那种渴望的时候，叶代不再觉得自己是猥琐的，肮脏的，反而觉得自己有些像长不大的孩子，而女孩就是他生命中小小的隐形母亲。他清楚自己是已婚，不能给女孩子未来，因此当他真正对女孩子产生使他有些微心痛的感情时，他就会感到烦恼。另外，他也不能要求女孩子不找男朋友，不与别的男人在一起，因此不如早些放弃。

或许是深圳这个日新月异的特区城市改变了叶代。

叶代从二十一岁来到深圳，已经有二十一年了。可以说，他也是深圳这个大都市发展起来的见证人。他亲眼看着许多高楼从平地里站了起来，高耸入云。他也亲眼看到许多内地人纷纷来到深圳打工，有的人留了下来，但更多的人离开了，带着对深圳的印象和复杂情感，多少有些不甘心地回到了自己的家乡。他是那种幸运留下来，而且小有成就的人。

叶代有时候想，假如他不是有点钱，仍然生活在乡下，种地，或者做点小生意，找个当地的女孩结婚生子，他就不会有太多享受生活的机会，就不会享受那么多。都是人，而且比他长得帅，比他有能力的人有那么多，他凭什么啊！尤其是酒喝高了的时候，他就会觉得自己活得有些没头没脑。

想想至今仍在家乡的几个兄弟姐妹——他们活得都挺不容易，在家里都有地，待忙过农活之后还要进城打工，在城里做建筑工，或在工厂打短工，或给别人当保姆，又苦又累，一年顶多也就落个万把块钱。钱拿回家里，供孩子读书，置办家具，翻盖房子，为儿女婚嫁做打算——他们没有过多的钱像叶代一样可以天天去洗脚城，可以去洗桑拿，可以吃香的喝辣的，可以与许多漂亮女孩子约会，为她们花大把的钱。叶代吃的穿的住的用的都比他的兄弟姐妹好。照说现在他这个样子也挺好——至少几个兄弟姐妹和家乡的亲朋好友是羡慕他，说他是成功的——可他有时候还是觉得有什么地方不对劲儿。

叶代从部队退伍后在老家没能安排工作，才来到深圳找工作。最初几个月在工厂做普工，后来凭着退伍证当上了保安。他挺会搞关系，两年后成了队长。那时他看上了工厂里的一位打工妹。被他看上的打工妹，穿着青灰色的工装，花容月貌，像一朵初开的菊花，黄澄澄的，在他的心里散发出淡淡的香气，使他夜不成寐。

当时那个打工妹没有看上他，嫌他个头不到一米七，又是一个圆脸，太爱笑，显得不太靠谱。不过叶代用些小恩小惠买通了打工妹的几个好朋友，又带着她唱过几次卡拉OK，去了一次海边，再后来就把她带回了宿舍，把事给办了。把事给办了，女孩就死心塌地了，接下来就讨论结婚的事了。

女方的父母不同意女儿在深圳找一个外地人结婚，也嫌弃叶代只不过是一个保安队长，再说长得也一般，看不出将来有什么出头之日，做父母的怕女儿将来跟着他受苦。不过女儿铁了心要嫁给他，父母也只有默认。回了彼此的家，在家里办了喜宴，在深圳也请了一些工友吃了顿饭，两个人就正式租房过起了小日子。

那时他们工资都不高，结婚后还欠了一些债，日子过得紧巴巴的。结婚当年他们就有了第一个孩子，是个男孩，长得像妈妈，俊俏文静。叶代挺爱儿子，但他一直没有时间过问儿子的事，儿子是妻子一手带大的。儿子喜欢画画，也写东西，梦想成为一个画家或作家，学习不好。叶代希望儿子成为一个作家，因为他喜欢读一些武侠小说。但当他过了四十之后，他又觉得儿子也不一定非要成名成家，成名成家太累了。只要将来他有一份工作，能够不缺钱花，健康平安就好。尽管如此，儿子升高中没能考进好的学校，他还是花了十万块的择校费，让儿子读了好学校。钱交出去，他觉得自己算尽了心力，至于将来儿子能不能考上大学，怎么去发展，全都由他去了。

在有了儿子之后，叶代一直想要个女儿。妻子在他事业有成，买了房子，家里也有了一些存款之后就彻底不再打工了。她觉得自己还有许多时间没有处用，也想再要一个孩子，因此他们结婚第十年，又有了一个孩子，是个女孩。后来女儿也读了小学，喜欢唱歌和表演，挺可爱——叶代之所以热心于拍电影，也有想让自己的女儿在电影里演个小角色的愿望。

叶代很喜欢女儿——每次他背着妻子在外面与别的女人好时，莫名，或者说在自己潜意识中，也会想到自己的女儿，想到在她长大时有一天也会被他这样的男人骗，或者不是骗，她也愿意为了什么与他这类型的男人瞎混——在深圳这样的大都市，什么事情都有可能。人在这样的大都市，都变成了说不清楚的社会动物。他们中有许多人有钱，有文化，但他们许多人仍然无法看清自己，认识自

己。女儿还小，不知道她将来会怎么样，但他希望女儿有能力保护
自己。他是经历过许多人和事的，而且他现在已经过了四十岁的年
龄，已经变得不那么纯粹，甚至也相当复杂了——不过他仍渴望有
一些纯粹，有一些简单，他希望人人都有那么一点纯粹和简单——
那样的话，他对未来，对女儿的未来就会更放心一些。

不想回家，不想再去洗脚城，也不太想见朋友。叶代几乎是没
有目的地开着车。本来可以有更近的路回家，但他愿意绕一下，绕
得远一些。车里也没有播放音乐，他想静静想一些事情，用想事情
来缓解内心的空洞感，但他没有想任何事情的头绪。后来他开进了
环城高速，到晚上一点的时候，他差不多围着深圳转了一圈。

叶代是爱过的，与妻子，是有过爱情的，但是那种爱从结婚
后已经不再新鲜。当初他心中的那朵小雏菊已经失去了淡淡的香
味，失去了颜色。他与老婆有了两个孩子，扳着指头算一算，差不
多已经在一起生活了十八年。十八年后，当年只有二十出头的妻子
已经四十岁了。她只有初中文化，十多年来一直待在家里伺候孩子
和他，虽说近两年在叶代的建议下才开始去美容院保养，但比起到
处可见的年轻女孩，还是一下子给比老了，比落后了。叶代也显老
了，但在深圳这样的城市，他仍然可以说是年轻的，许多年轻貌美
的女孩会喜欢他这样事业有成的男人。

叶代不想换老婆，他觉得老婆跟着自己十多年，为自己生儿育
女，挺不容易，他不能没有良心。另外，他觉得他对妻子当初的那
种情感，可以分散在不同女人的身上，而妻子对他管得又不是特别
严，他的人生也算是过得有滋有味了。

叶代想过自己得做出点什么事业，但做什么呢？他的确是想证
明自己活得有些意义，要不然他也不会去开文化公司，不会想要参
与拍电影了。不过，文化公司开起来以后他才发现，公司的发展与
他最初的设想是背道而驰的——他要想拿到一些活儿做，必须要请

客送礼，考虑到别人的利益，打点维护好各方面的关系——在得知老邹来深圳以后，他觉得拍电影挺有意思，有可能会成为人生的一个方向，因此很快同意了加入，想和我们大干一场。

叶代在年少时候，有过看露天电影的美好记忆。那时候村子里还没有通电，夜晚很黑，手电筒照在夜空里那道白光就显得很神奇有趣，更别说电影了。那时为了争得电影播放权，村与村之间还会打架，还打死过人。若说最初的理想，那个时候他的理想就是当一名电影播放员。电影播放员这个职业太好了，那时村里最漂亮的姑娘都想嫁给电影播放员。播放员走到哪个村都会受到最好的待遇，有香烟抽，有好酒喝，有鱼有肉。播放《少林寺》时他已经十四五岁了，那时他还想过放弃读书，去嵩山少林寺学武。

电影是个美好的东西，可以让人看到生活之外的世界，看到过去的生活，甚至能够看到未来。他梦想过自己将来也能拍电影，当然，那样的梦想是在来到深圳之后，在他有了一些钱之后。如果非要拍一部电影，也不是不可能的，只要他愿意拿出自己存的钱，他完全可以组织一帮人搞一部数字电影出来，但他不能拿着那么多钱去赔。他有老婆孩子，有父母，还要在城市里生存与发展下去，他赔不起，他只能与我们几个人一起。

老邹说，胡英山、赵涌、叶代，我，我们四个人，每个人拿出三十万，一共一百二十万，就可以拍一部小电影了——我们在一起开会的时候，都认为三十万不成问题，但没有想到事情却进行得不顺利。先是胡英山死了儿子，对拍电影本来就积极性不是太高的他彻底不打算投资了。再是赵涌包养的马桂芳怀孕生孩子后给他要了四十万，让他觉得自己的压力增大了，因此也不太想投资了。胡英山和赵涌的退出让我和叶代觉得，我们的电影梦该醒了。

叶代的车最终还是开向家的方向，只是接近家的时候速度慢下来了。那时已经是夜里一点钟了，叶代甚至能听到车轮辗在地面上的沙沙声。妻子没有再给他打电话——已经有许多年了，他不回家过夜的时候妻子也不会再过多的问，因为过问得多了，他会发脾气。

妻子习惯了带着孩子窝在家里。她喜欢看电视剧，也上上网打游戏，因此也不会觉得少了男人不成——只要每天有一个电话，知道他在外面平安无事就成。当然，如果接连几天不回家，她就会说，甚至也会吵一吵，埋怨他心里头没有孩子，没有家。不过总体来说，叶代给妻子的印象是他有许多朋友，喜欢斗斗地主，打打麻将，有许多忙不完的事。另外，文化公司有他的休息室，在忙的时候，他也有理由不回家。

晚上一点多，家人已经睡了，要不要回呢？叶代一点多回家的时候也挺多的，但是那天晚上他像是和谁较上了劲儿似的有些不想回家。他甚至后悔没有与那位网友去开房——尽管可以想象得到，即使与那女孩开了房，事后也还是会空虚，但至少不会像现在这样身心没有一个落点，不知该何去何从。他知道要回家也可以，但他就是有点不想回——或许回家是感受不到什么意义的，他想要点自我存在的意义。

开了几个钟头的车，他有一些累了，也不想继续开了。后来他把车开到了一个宾馆。

在那个宾馆，叶代与三个女孩开过房。三个女孩，他都想不起她们的名字，记不清她们的长相了。当然，他知道有些女孩根本就没有给他真名，他也不需要用心去记——只是，曾经在一张床上睡过，却不记得她们的长相，这多少有些让他感到莫名悲哀。以前，他在吃饭时遇到餐厅单纯的服务员，在洗脚时遇到漂亮的洗脚妹，在购物时遇到长相还可以的售货员，在一些聚会的场合遇到使他眼前一亮的女孩，甚至在路上遇到身材不错的女孩子，他就会以做朋友的名誉跟她们要手机号、QQ号——想一想这多少有点没价值，不就是想泡人家吗？泡了又能怎么样呢？叶代啊叶代，他在心里嘲笑自己，你累不累啊！

叶代觉得自己很累了，想休息一下。他不觉得自己困，这或许是与网友见面时喝了咖啡的原因。咖啡让他失眠，他是需要通过失眠来想一想自己，看一看自己。后来他停好车，在宾馆开了房，是十六楼。他进了门，躺在床上，想要想清楚一些事。

叶代抽完一支烟，走到窗口，拉开窗帘，看着外面。城市的夜里灯火辉煌，只是大街上通过的人与车少了，安静了许多。在这个有着一千多万人口的城市，他只是在这个城市的一角，在一栋楼里的一间房子里的，一个有家不想回，四十出头的男人，一个空虚，想换个活法的男人——或许也有像他一样的人，也想换个活法，活得简单点，纯粹点——不必再用眼睛盯着那些漂亮的女孩，心中想着与她们睡一下，不必再挖空心思去赚钱，为了赚钱而活着，活得很身心疲惫，缺少追求，没有价值。

人总该活得有些属于自己的意义，为心而活着。心，叶代用手捂住自己的心，感觉它在跳，和着窗外夜色中的灯光，由地面飘至上空，深蓝色的天空中有许多正在闪烁的璀璨星子，也有几团洁白的云。然而心只在他的身体中跳动着，跳动着。

夜色真美，叶代突然就有些伤感。四十多岁的人了啊，再过几年很快就五十岁。五十岁时心还会跳得这么有力吗？五十岁后头发也开始白了，皮肤也开始松弛了吧！五十岁后，到了知天命之年，也就该体会到死亡临近了吧，到那时还能做什么事业？那时他也许只能感觉到自己在天天老去——趁现在还算不老的时候，是不是该相信一点永恒，为自己活着这个不虚的事体留下点什么呢？

突然的，叶代感受到一种想飞的冲动，但他也只有伸伸双臂——类似于伸展一下腰身而已。接着他把手臂放下来，放到了凸起的肚皮上。这些年来，他没少喝酒，也没少吃好吃的东西啊。他是有些胖的，他把肚皮上的手抚到胳膊上，肩膀上，圆滚滚的，肉啊，这些肉，已经很久没有痛感了。小时候调皮，他身上曾经挨过父母的打，在那样的夜晚，回想起来也并不遥远啊，但是痛感没有了，的确没有了，只有麻木和忧伤！

晚上四点钟，叶代的困意来了，也没有冲凉就躺在床上睡了。

第二天他被我的来电吵醒。

我说，叶总，有个好消息，赵涌说他的大学同学潘刚和他的商场合伙人李江河有意各自出五十万，让我们拍电影⋯⋯晚上你过来我们聚一下吧。

<h1 style="text-align:center">6</h1>

那天聚会过后，我请赵涌、潘刚、李江河、胡英山、叶代洗脚——打算洗完脚之后在洗脚城的棋牌室斗地主或打打麻将——我们每个月大约会有一两个晚上那么过时光。主要是为了玩，为了让自己在游戏中专注地忘记时间，忘记自己。

那天去洗脚时，我们，尤其是李江河没想到会遇到自己曾经的情人顾枝娜。

顾枝娜二十五六岁，身高有一米六五，人长得白白净净，眉眼好看，嘴唇红润，看上去挺漂亮——大约是一年前，李江河曾带她参加过我们的聚会。当时他笑着说，顾枝娜是他的一个小妹，还没有对象，希望我们帮她找个男朋友。

我也有点傻，当下就想到我的一个单身的，热爱写作的朋友林晓城。

林晓城三十出头，身高一米八零，浓眉大眼，五官端正，不论是从长相气质，还是从工作收入上来讲，顾枝娜对他都挺满意——约过几次会之后，林晓城便把她带到自己家里。虽说顾枝娜还有一些顾虑，但在他的进攻下，还是半推半就和林晓城上了床。林晓城和顾枝娜在一起的感觉挺好。没有想到，顾枝娜告诉他，她是有男朋友的——而且她说，她的男朋友人很好，对她也很好，但她的男朋友已经结婚了，无法和妻子离婚。

林晓城感觉自己脸上像是被人扇了一耳光似的，愣了半晌。他觉得，在城市里生存和发展，一个女孩子，没学历，没靠山，如果不靠姿色傍上个有钱的男人资助，本本分分打一份工，每个月赚两三千块钱，城市里消费又那么高，这是相当艰难的——何况顾枝娜的家在农村，父母身体不好，没有什么赚钱的门路，需要她寄钱生活。只是林晓城觉得，顾枝娜太傻太天真了，她为什么要对他那么说呢？

我没有想到顾枝娜是李江河的情人。后来我还知道，顾枝娜在与林晓城交往时，还会把他们交往的事情告诉李江河——林晓城请她吃了猪肚鸡，两个人牵手了；林晓城带她去公园，两个人接吻了；后来包括林晓城把她带回家，两个人上床，上床后她又向林晓城坦白有男朋友也说了——顾枝娜对李江河那么说，是在表明她爱着他，在意他，当然也在表明，她准备和他分手了，因为他无法给她未来。

李江河与顾枝娜交往了三年，知道顾枝娜傻，没有想到竟然傻到那种地步。顾枝娜的房子是李江河给她租的，一个月两千五；房子里的洗衣机、空调、电视机、音响都是他为她买的；每个月他除了给顾枝娜买一些衣服、生活用品，还会给她三四千块钱的零用钱。在沙发上抽烟的时候，他看着坐在对面的顾枝娜，有一瞬间觉得自己像顾枝娜一样好笑。

李江河问，你没有告诉他我是谁吧？

顾枝娜说，怎么可能，我再傻，也不会傻到那种地步吧！

你知道，他是我朋友的朋友，你千万别犯傻，将来说漏了嘴！

不会，顾枝娜用一双无辜的眼睛望着他说，我对他那么说了，他当时什么都没有说，只是抱了抱我，把我送回去了——我看得出，他心里肯定是在意了，不可能再接受我了，既然他无法接受我，我和他等于就断了。

你当时为什么要对他那么说呢？

我想和你分手，彻底分手。顾枝娜委屈地流下了眼泪，说，我心里在乎你，爱你，可是你无法给我未来！

你真傻，真他妈傻得让我心里难过，你这个傻样子，谁都无法给你未来……李江河用手捂住自己的半边脸，像是牙疼。

我承认，我是傻……我们分开吧！

李江河沉默了，他觉得自己也不想和顾枝娜继续了，她太天真太傻了，早晚会出事——但他又觉得自己是在意，甚至是爱她。他在意顾枝娜的什么呢？她年轻、漂亮、性感，甚至有些傻气——当初他是看上了她的年轻漂亮和性感，不过在接触之后所产生的爱，却正是源于顾枝娜生命里的一些傻气。

李江河虽说平时看上去像个正人君子，但本质上和赵涌、叶代、胡英山没有什么不同。他的爱很多，也想爱得很多——除了妻子和顾枝娜，有机会他还会爱上别的女孩子。如果没有了那种爱，只是赚钱，他也会觉得人生没意思。另外他有花心的资本，可以养顾枝娜。他与赵涌合股开了一个小型商场，是大股东，每年分红有几百万。顾枝娜当初在李江河与赵涌开的商场卖化妆品，在许多个卖服装、卖化妆品的女孩子中间，李江河一眼看上了顾枝娜。

顾枝娜知道李江河有家庭，还是忍不住爱上了。对于顾枝娜来说，她对李江河的那种爱也并不见得是因为李江河为她租房子，为她买一些东西，每个月给她一些钱。但那些物质上的东西也不能说不重要，因为李江河每个月给她的钱，再加上她的工资，一个月她就有六七千块钱的收入，可以拿出两三千寄回家里了。

　　我通过赵涌认识了李江河，知道他资助过一些失学儿童，在汶川震灾、玉树震灾发生后，还慷慨地捐过款之后对他也很敬重，觉得他是个挺不错的男人——我们在一起聊天的时候，讨论一个男人该不该有情人，他的结论是当然是不应该有；在讨论人在真实的欲望与情感的多样化需求面前，是否应该保持自己的道德观念，约束自己的行为，他的结论是人应该有所为有所不为。李江河脸上总是挂着笑容，待人接物也特别有礼有节，我没想到他也有情人。

　　我们在一起时，虽说我和一些朋友也会怀疑李江河与顾枝娜的关系，但李江河装得太像了，以至于我真的相信了。赵涌是清楚的，但赵涌并没有给我说。

　　我认识林晓城，比李江河还要早许多。林晓城不太喜欢热闹，很少参加朋友的聚会。我们是因为写作成了朋友。林晓城以前发表过许多小说，在文坛已经小有名气，但是后来他不写了。曾经他有十多年的时间把写作当成工作，因为没有稳定的收入，一直过着比较穷困的生活。几年前他父亲生病去世，母亲又得了偏瘫，需要一笔钱看病，而他那时候连工作也没有，自然拿不出钱来。正是那件事使他决定不写了。后来我介绍他做了一家大型企业的内刊主编，每个月有八九千块的收入，而且还有年终分红。不到四年时间，他还清所有的债务之后，工资卡上还存了一笔数目不小的钱，够他首付一套小房子了。

　　不过林晓城本质上仍然是一个理想主义者，尽管向现实妥协了，暂时放下了写作，但写作的理想还没有彻底放弃。过了一段时间之后，让他痛苦和纠结的是，他不能再像以前那样去写作了。尽管他的工作也并不是太忙，忙得使他没有时间和精力去写东西。关键是他的心态变了，安静不下来，想写也写不出来了。林晓城在放弃写作的那几年时间里，虽说每个月差不多都会有一万块钱的收入，但他并不觉得所过的生活是有意义的。

236

有一次林晓城在网上说起自己的困惑，我建议让他再继续写些东西，他说，自从他不写了以后，感到现实生活渐渐掏空了他心中的爱，使他变得没有想象力了，也写不出来了。不过在放下写作后他却获得了轻松。除了每天上班，他有了大把的时间去上网、玩游戏、炒股票。他有时甚至觉得凡是有意义的都是沉重的，具有一种奉献意味的。写作也是一种奉献，他不想再去奉献了。在他的感受中，人们都在忙着赚钱，忙着发展自己的事业，为自己谋取利益，过好生活，如果他再坚持写下去，那就是在犯傻。

我说，写下去至少会让你感到是在为自己而活，有奋斗目标。现在不写了，你觉得自己活得与别人有什么区别吗？我当初劝你放下写作，是因为对写作太痴迷，并不是说让你彻底放弃，你现有了稳定的工作，不错的收入，有时间还是得继续写下去！

林晓城说，在我放下写作选择了现实生活之后，觉得好像不是在为自己而活。我变了，变得随波逐流了。我关注的不再是文学，而是这个月工资发了多少，股票是涨了还是跌了。有时候我会觉得一切都没有意义，写作也变得没有意义了。我所以有继续写的念头，那是因为我还是想活得有意义些。我试过，强迫自己坐到电脑前，但写不下去。

我鼓励林晓城去谈恋爱，希望恋爱能带给他写作的感觉。林晓城说自己喜欢上了一个洗脚妹，他说不清为什么会喜欢她——大概是想得到她，因为他觉得自己不太可能和一个洗脚妹有结果。我也认为他和洗脚妹不现实，也不过是想得到人家，最终没有什么结果。他年龄也不小了，应该考虑一下正式谈个女朋友了。就在那次聊天时，我把顾枝娜介绍给了他。

林晓城和顾枝娜相互喜欢，但我没有想到还不到一个周他们就结束了恋爱关系。

在林晓城把顾枝娜送走的当天晚上，他心情郁闷，把我约出来喝酒，对我说起他与顾枝娜的事。

我问林晓城，如果顾枝娜不对你那么说，你会娶她吗？

会吧……我对她真的是动了心了！

现在的女孩子谁没有过男朋友，你觉得她有过男朋友就那么重要吗？

问题是她对我说了她有男朋友，对方是已婚，这不是明摆着说她给人家当了情人吗？

电影《非诚勿扰》里面的舒淇不是爱着方中信，葛优还不是爱着她吗？这是一个多元化的时代，男女关系也一样——我们在这个城市里，不要管别人怎么样，我们要问自己需要什么！你都三十多岁了，人家比你小十来岁，说起来你的经历也不见得会比别人少吧？

我在想，她的脑子可能有问题，要是她有点脑子，就不会把这种事告诉我吧！

聪明的不告诉你，就会比傻的经历少吗？

在城市里不可能有什么纯粹的爱情了，现在我想清楚了，我打算一个人过，不结婚了……

你不能换一个角度想吗？顾枝娜在和你约过几次会，上过床之后，可能真喜欢上了你，爱上了你，想要认真和你相处，所以才那么坦白——如果你接受了她，说不定她以后真的能死心塌地地爱你。你们结婚之后，说不定婚姻生活也一样幸福美满……

别扯了，我和她不可能。不过我还是要谢谢你，不管怎么说，她还是让我动心了，这多少年了，有七八年了吧，除了那个让我有些动心的洗脚妹，我还没有真正为哪个女孩子动过心！

不过，林晓城后来还是与顾枝娜见面了。

顾枝娜见到林晓城的时候，是笑着的，她的笑带着一种无知的，让人无法拒绝的意味。后来林晓城对我说——她是一个有些奇怪的女孩，她真的让我有些爱上了她——那天我们在上岛咖啡馆见面，坐下来后她笑着，看着我，过了一会儿才开口说话。顾枝娜对我说，你没有想到我还会约见你吧？你觉得我心里还爱着一个男人真的对我们之间的关系就那么重要吗？我得承认，是爱过他，但是在我们交往之后，我觉得我也可以爱上你。你和他不同的是，他已经结婚了，但你没有。所以我想了很久，还是决定再给我们一次机会——即使你不愿意再和我继续，我也决定不再和他来往了……

那天，林晓城对顾枝娜讲了他喜欢一个洗脚妹的事，可能多少有点报复她太傻太天真的意思。

在洗脚的时候，林晓城遇到一个漂亮的女孩。那个女孩皮肤白白的，大眼睛，樱桃小嘴，牙不太整齐，但是很爱笑，笑的时候给人很纯粹的感觉。女孩叫张娜，十九岁。张娜十六岁初中毕业，到深圳后最初一年在工厂里当普工，一个月只有一千多块钱。她在家里是老大，下面还有四个妹妹。因为超生，家里被罚得一无所有不说，还欠了许多账。在工厂里打了一年工后，她了解到洗脚的收入比在工厂打工多，就进了洗脚城。

林晓城每一次去洗脚，总是点张娜的钟，因为他想看着她，听她说话，看她笑。与她在一起，他的心情舒畅。他从心里喜欢她，但是当他想到她家里的那种困难情况时，又觉得不能选择她做女朋友。因为选择了她就意味着选择了沉重的包袱。不过张娜倒是挺乐观向上，她什么事都会给林晓城说，就像说别人家里的事一样……

我问林晓城，顾枝娜听了你和那个洗脚妹的事之后，是什么反应呢？

林晓城说，她说没有想到我会喜欢上洗脚妹——她觉得见到我很亲切，我使她有一种亲近感——她平时也是爱看书，书让人变得真诚，真诚或许就是一种傻——总之，即使我们没有将来，她说在心里也把我当成好朋友，因为她喜欢能写书的人。

我问，后来呢？那天晚上，你们是不是又在一起了？

林晓城说，问题就出在这儿！我们在一起了，现在我还在犹豫，和她究竟该怎么办？

顾枝娜会不会又跟她男朋友说起你们的事？

说不准。现在你能了解我的心态吗，我现在特别想和那个洗脚妹发生点什么。我找她洗脚有半年时间了，一直没有约她出去。我特别想约她出去。我觉得她就好像是属于我的。她很爱笑，她的笑能感染我。有一次我问她，你为什么那么爱笑呢？她的声音也挺好听，有一种泉水叮咚般的嗓音。她说，我天生爱笑。我和她在一起是非常放松也挺随意的，我问她，你有笑的秘诀吗？她说，哪有什么秘诀啊，如果有的话我不早发达了，还用在这里洗脚？我说，你下班的时候，一个人的时候也会笑吗？她说，会的啊，我也不知道自己为什么总是笑……

我对林晓城说，本来每个人都挺纯粹，但渐渐的人都会变得不那么纯粹了，你知道这是为什么吗？

为什么？

因为人心里的爱与生命中的欲望是分不清的。

林晓城说，我想对你说说张娜，我还没有说完——我问她，你哭过吗？在什么时候会哭呢？她说，哭过啊，爱笑的人也都爱哭！想家的时候啊，受委屈的时候啊，都会哭。我问，谁会给你受屈？她说，客人啊，有些客人会对你动手动脚的啊！我笑着，有点开玩笑的意味，我说，那你哭给我看吧，每次看到你笑，我心里都嫉妒，如果你不哭，我就对你动手动脚！她说，大哥，我觉得你和别的客人不一样！她叫我大哥，一直这么叫的，叫得我心里痒痒的——我现在，不，应该是我早就知道自己和别的人也没有什么不一样，那时候我对她真有一种冲动。我对她说，其实我和别的客人也没有什么不一样，我也想对你动手动脚。那么说的时候，我还笑了笑，像是在掩饰着什么，又像是开玩笑一样地说，只是我从心里喜欢你，所以才不动手动脚的，要是换成别的女孩子，如果她不在乎我动手动脚，我说不定就会对她动手动脚。她说，大哥，你是个好人。我问她，你怎么知道我是好人？她说，看得出啊，眼神里写着呢——尽管，你有一些忧郁！

我说，这你都看得出来？了不起！

是啊，她每天给人洗脚聊天，不那么简单的。我问她，你交过男朋友吗？她说，交过，还是在工厂里的时候，不过现在早分手了。我问她为什么分手，她说，花心呗，男人都花心！我说，你将来想找一个什么样的男朋友？如果他花心怎么办？她说，找一个爱我的呗！如果他花心，那他得有钱，有很多很多钱。男人都花心嘛，有钱了，他花心，我花钱！

我说，呵呵，还挺会总结的！

林晓城接着说，是啊，我问她，有没有男人给你买钟，给你钱让你出去陪着玩的？她说，有啊，差不多每天都有客人这么对我说吧！我问，你呢？她说，不去！我问，为什么不去？她说，钱是赚不完的，跟人家出去肯定要"那个"啊，不然人家凭什么给你出钱？我觉得吧，人活得总得有点尊严！我是靠我的双手赚钱，我不想靠身体！我说，你有没有遇到你喜欢的客人？她说，有啊——你就是！我说，如果我给你买钟，想让你休息一天，陪我去逛逛公园你去不去？只是逛逛公园，没有别的意思，你可以好好想想以后再回答我！

她答应了吗？我问。

她微笑着，半天没有回答。我说，我是认真的！她说，我想会有很多女孩子喜欢你的吧！我说，假如我真的想让你当我的女朋友，你会怎么想？她说，我想我会认真考虑三秒钟，然后说，可以！我当时就笑了，我知道她不一定是认真的，但是我的心里还是一种酸涩的、难过的感觉，因为我的心空落落的已经很久了，我真的很想好好去爱一个人。

我说，你就把她娶了算了，虽说她的家庭负担重了一点，但你毕竟收入也不错。

林晓城说，我想对你说的是，我们男人的欲望与心中对爱情的渴望会使我们感到纠结。你知道，我以前也是一个挺爱笑的人，自从放弃写作，选择了现实生活，我就笑得少了。前几天照镜子我才发现这一点。是张娜的笑感染了我，让我喜欢她，想得到她。我想自己要得到她的想法，可能不仅仅是出于男人的欲望，还包含着我想要爱上她的潜在的渴望。但在我与顾枝娜上过床后，我觉得顾枝娜其实也是挺不错的……

我说，你这段时间算是交了桃花运了。

7

林晓城给我讲过他和顾枝娜的事之后，我闭上眼睛，想象着顾枝娜——顾枝娜的形象在我的脑海中浮现出来。我在想，女人，她一定要属于哪一个男人吗？其实她也是可以属于自己的。只要她愿意，她可以选择喜欢的男人，也可以说想要说的任何话。只是我们不一定能够理解和包容而已。

我抱着一种说不太清楚的目的，给顾枝娜打了一个电话。借口问她与林晓城发展得怎么样了。在接通电话的时候，我甚至在屏息倾听，想听到李江河的一些声息。

顾枝娜说，我和林晓城现在已经成为朋友了。

听说，你在和他交往的时候，还有男朋友？

是啊，是林晓城对你说的吧？

本来你们郎才女貌，挺有戏的，但你们又不再像以前那样交往了，肯定是有原因的啊。他说的也是一个事实，听说还是你主动对他说起你有男朋友的事的，是吗？

是啊，我傻，我不会骗人，却把你给骗了。有时候想一想心里觉得挺不好意思，挺对不起你的！

没有，没有，你别多想！

其实我男朋友也是你的朋友——李江河，我想你也猜到了吧？怎么说呢，他是挺不错的男人，只是他结婚了——唉，不说这些了，以后我可能会从你们的圈子里消失了。

我装着惊讶的样子说，你和他，我真没想到——他是不错，你也不错，是啊，问题是他结婚了。

顾枝娜说，李大哥我能叫你一声大哥吗？

我说，可以啊，你以前不是这么叫的吗？

顾枝娜说，以前是以前，现在我觉得自己特别孤单，有一种无依无靠的感觉。我从李江河为我租的房子里搬出来了，我不再想接受他对我的好——你能出来陪我说说话吗，我真的需要一个人陪一下，我的心里好烦！

我想了想说，好！

在上岛咖啡，我与顾枝娜见面了。

一见面，顾枝娜就说，就是在这张台，前两天我刚和林晓城一起坐过。

我心想，她真是一个胸无城府的女孩。我看着顾枝娜，她坐在我对面，脸上还挂着淡淡的、无所适从的笑容。

我问，现在你打算怎么处理你和他们之间的关系？

顾枝娜想了想说，这么说吧李大哥，我觉得我们人都活得挺虚伪的，要是你真诚坦白一点呢，别人就理解不了，也接受不了——你说我们人该怎么活才好呢？

有时候人要虚伪些，有所保留一些也是有必要的吧！

我也知道是有必要，但是我就是管不了我的嘴、我的心。

这个世界上人太多了，人与人之间的关系错综复杂，我们一不留神就会让人产生误会，一不小心就得罪人。所以我们要活得小心翼翼，说话前要想一想该不该说，做一件事之前要想一想该不该做！

你说男人与女人之间，有没有真正的爱情？

有的吧！

你说真正的爱情是不是绝对的，一对一的？

是的吧！

顾枝娜盯着我说，我觉得不是，我觉得一个人爱着一个人的时候，也是可以爱着另一个的——就像李江河吧，他爱着他妻子，也在爱着我。我在爱着他的时候，对林晓城也产生了感情。林晓城呢，他在与我谈的时候，还喜欢一个洗脚妹——就是在这儿，他对我亲口说的，我觉得特别能理解他，但是他现在不接受我了。

我笑着，多少有点不怀好意地说，假如他能接受你，你还会与李江河继续好吗？毕竟，他对你不错……

顾枝娜说，不管他接不接受我，我都不想再和他好了，不是不想好，而是我觉得自己和他那样好，不道德。

那天晚上，我和顾枝娜说了很多话，我觉得顾枝娜是一个挺特别的女孩子。说她傻，其实她懂得挺多，也能理解和包容许多别人不能理解和包容的事。她单纯、自我、渴望爱与被爱，但是我对她的建议却是——暂时不要去爱谁了，还是想一想自己将来在城市里的发展，多充实自己，想办法多赚一些钱，等过两年再去交男朋友。

看着顾枝娜漂亮的脸蛋，高高的乳房，微微露出的乳沟，我对她也有着一种不纯洁的欲念——并且通过交流，甚至也多多少少还会有一些情感在里面，但我想到李江河和林晓城，还是忍住了。

后来我知道，林晓城还是决定与那个洗脚妹张娜相处了。

林晓城说有一天他为张娜买了钟，买了钟之后才告诉她，说让她换衣服，跟他出去走一走。当时他的心里还想，如果张娜实在不愿意跟他走，他以后就不来找她了，也算是一个了结。因为他心里老是惦念着她也不是个事儿。张娜虽说有些意外，有些犹豫，但还是跟着他出去了。出去的时候是周末的下午四点钟。

张娜换掉了粉红色的工作服，穿上了一件黑色镶花的吊带裙，看上去亭亭玉立，挺有气质，根本让人想不到她只是个有初中学历的洗脚妹。

在过马路等绿灯的时候，林晓城在阳光下呆呆地打量张娜。张娜看到他看自己，冲着他甜甜地一笑，笑得林晓城心里又动了一下。

在林晓城的心里，他的生命欲望中，他是想得到她，但又觉得那样有些过分——为了阻止那种想法，他故意与她拉开了距离，一前一后走。但走进公园时，没想到张娜向前走了一步，用自己的手臂挽住了他的胳膊，然后歪着头看着林晓城的表情，坏坏地笑着。走了一段路，林晓城最终还是不习惯张娜的手臂挽着自己的手臂，微微挣开了。

林晓城没话找话，问张娜，你觉得自己将来会不会有钱？

张娜笑着说，会的啊，我将来会有很多很多钱，花都花不完。

林晓城说，有没有想过换个工作？

张娜皱着眉头说，我们的工作挺累的，每天上十几个小时的班，除去睡觉和吃饭就没有什么自己的时间了，一个月只有一天休息时间，我想换工作，但是我除了进工厂，别的也干不了啊！

林晓城说，你喜欢城市吗？

张娜说，喜欢！

林晓城说，你喜欢城市的什么呢？你看，我们这个城市有一千多万人口，到处都是人，每个人都有一个心思，每个人都需要在城市里生存和发展，人与人之间总是难免勾心斗角，相互竞争……我有不少朋友有车子有房子，有钱有地位，但是他们的脸上很少有笑容。我们在一起笑的时候多数是虚假的，生硬的，不是发自内心的笑……以前我是经常会微笑着的，看到花儿开了会微笑，看到孩子可爱的样子我会微笑，看到善良的人帮助别人也会微笑，但近几年我变了，我脸上的笑容没有了。我在镜子里看自己时，觉得那不再是自己了。看到你笑的时候我就觉得轻松快乐，我喜欢和你在一起……

嗨，说不清楚啦，反正就是喜欢吧！张娜伸展着双臂，感叹地说，啊，很久、很久没有人陪着我这样散步了，真舒服啊……

林晓城与张娜在公园的路上走着，有挺长一段，看着公园里的风景没有说话。在那段时间里，林晓城不想说话，也不想听张娜说什么，只想默默地走路，享受着两个人的世界。在他心里，他甚至有种恋爱的感觉，当那种感觉稍稍强烈一些时，他便忍不住暗暗否认那种感觉，控制着自己的想法。后来他怕在路上遇到熟悉的人，于是就找了一个偏僻些的地方，在草地上坐了下来。坐下来想说些什么，但心里仍然找不到要说的话。张娜坐在林晓城的对面，一个劲儿地微笑着，看着他，看得他都有些不好意思了。

林晓城说，你现在，想什么呢？

我刚想问你这句话呢！

我什么也没有想。

不对，你肯定想了。

我在想着我可不可以爱你！

呵呵，这也是我想的——不过，我们不合适。

为什么？

我感觉有一天我会变坏的！因为，我可能会爱上很多像你一样的男人，所以，我们不合适，我会和所有的男人不合适。

林晓城沉默了半天，说，我们去登山吧。

林晓城和张娜登到山顶时，正是黄昏时分，太阳滚向天际，晚霞映红了半边天，映得城市也有些粉红了。林晓城看着夕阳映照的城市，城市中密密麻麻的楼群，想着自己就在这城市中，在许许多多人中间生活——或许是夕阳碰触到那十多年来的，几千个寂寞的，空空荡荡的夜晚里的孤单，他感觉到自己的心从低处升腾起来，温热起来，使他的生命里重新又注入了爱，注入了美好。那种爱和美好的感觉流动起来，越流越快，最终使他把张娜拉到面前，用双手拥着她，低下头开始吻她。张娜一开始有些挣扎，但还是有些紧张地接受了林晓城的亲吻。

大约一个月后，林晓城与一个他从未说起过的女人结婚了，对方是位教师。

我问他，你不是决定和张娜好，怎么找了个老师闪婚？

林晓城摇摇头说，我也不知道为什么——也许我真的没有勇气和一个洗脚妹结婚！

你还会找张娜洗脚吗？

林晓城说，上次把她约出来后就没有去了——她说得对，我们不合适，我也没有办法接受她，但是她让我有了去恋爱的冲动，她真是位不错的女孩，她是61号，有时间你去见见她吧。

我出于好奇，真的就去见了张娜。张娜穿着一身粉红色的工作服，白白净净的小脸，眼神明亮，闪烁着微笑乐观的光。

她问我，先生，您是第一次来吗？

我说，是的——请不要叫我先生，叫我大哥吧！

哈哈，大哥，您怎么知道我的号？

我想了想说，随便猜的！

哈哈，您骗我！

你怎么知道我骗你?

您肯定是朋友介绍过来的啦,我猜您的朋友是位作家吧?

你怎么知道的?

我猜的,哈哈,因为你们气质很相似,都是文化人,和那些老板不一样。我还知道,你们打算拍电影,请问有什么丫鬟或者保姆之类的小角色吗,到时能不能考虑考虑我?

你真聪明,是的,是他介绍我来找你的,他说你笑的时候很迷人——我们的确是打算拍电影,是谁告诉你我们要拍电影的,林晓城?

哈哈,谢谢——除了他,还有个戴眼镜的,个头不高,白白的——他有一次和一位老板过来洗脚时说起的,他包养了我在这儿的一个姐姐,和我一个名字的,只是姓不同,她叫李娜。

我心想,一定是胡英山了。胡英山后来跟我们说起过他的儿子,他在乡下的老婆的事情,也说过他喜欢上了一个洗脚妹,打算让她在李江河和赵涌开的商场里开个服装店。

我说,这个世界真小——你知道林晓城结婚了吗?

哈哈,是吗?

我听说他挺喜欢你,难道你对他没有意思吗?

哈哈,我们不合适,我将来是会变坏的——你们男人坏,所以我将来也会变坏的!

你坏过吗?为什么男人坏,你也要变坏?

哈哈,不告诉你!

我可以约你出去吗?

哈哈,不可以!

你为什么跟着他出去了?

哈哈,也许是熟悉了吧!

你们有没有发生点故事?

哈哈，不告诉你！

你肯定和他上床了！

哈哈……

你会和别的男人上床吗，假如那个男人你不讨厌，又可以给你钱？

哈哈……你应该认识一个叫顾枝娜的吧？

我说，是啊，你怎么知道？

哈哈，你不是给林晓城介绍了她吗？她现在是我的同事！

不会吧？我吃了一惊，她怎么到这儿来了？

哈哈，你朋友给她说过我，她又没有了工作，从原来情人给她租的房子里搬了出来，所以，她来了。她点我洗脚，然后我们成了好姐妹，再然后她就来这儿上班了，现在我们租住在一起，哈哈哈！

我"噢"了一声，脑海中浮现出顾枝娜天真傻气的样子。奇怪的是，我仍然有一种要见顾枝娜的冲动，甚至想与她发生点故事。我为自己的想法感到悲哀，我为什么会那么想呢？

8

我召集老邹、叶代、胡英山，赵涌。赵涌又约来潘刚、李江河。我们七个男人在一家饭店的包间聚会。那时我们分别由我带着和老邹聚过几次，聊过我们想要拍摄的电影。

老邹把自己最后修订好的剧本分发给大家，让大家提建议。大家也都觉得剧本不错，拍出来有可能会产生一些影响。赵涌把拍电影的事也给潘刚和李江河讲过——他们起初并不太感兴趣，只是出于对赵涌的支持，表示如果需要钱的话，他们也可以赞助！

赵涌在自己不太想投资的情况下，拉上了比他更有钱的潘刚和李江河——想着既然拍电影的这件事已经有了计划，希望这个计划还是能够完成——电影剧本中有关于弃婴的内容触动了他——洗脚妹被一个纸箱厂的厂长包养，生了一个孩子，但那位厂长因为一场大火死去了，洗脚妹无力抚养孩子，思前想后还是在深夜把孩子丢到了路边……他想到要通过拍出这部电影，让自己的老婆接受那个弃婴——他现实版的构思是，他和朋友李江河夜晚经过一个地方，因为喝多了酒，他下车在路边呕吐的时候突然听到孩子的哭声，于是捡到了那个弃婴……

我说，如果将来马桂芳再来认孩子怎么办？

潘刚说，不会，她拿了钱离开了，世界那么大，那么多机会，回来的可能性不是太大。

李江河和胡英山也觉得潘刚说得有道理。

我却觉得马桂芳在将来很有可能还会回来。

赵涌也担心，一脸愁容。

叶代说，不要说是你和李江河捡到的，这样还是容易被怀疑——应该让人把孩子送到孤儿院，然后你装作去孤儿院献爱心，你想认领一个孩子——然后再把你老婆拉过来，办理正常的领养手续……

大家都觉得叶代的提议好。

老邹通过与我，与我们的聊天大概也都知道了我们的过去和现在，他对于我们的行为理解但却又特别不屑——尤其是在他喝过酒，稍稍喝得有点多的时候，说话很容易不动脑子。

我们说了半天，还是没有谈到投资的事。

果然，老邹说，我恳请大家静一静，让我说几句话。我可能说话不太会客气，请大家多担待啊。我想请你们想一想，虽然你们都有钱、有事业，你们对人类有什么贡献吗？你们懂得什么叫艺术吗？今天我是喝高了，但有些话我不说不痛快——我来深圳都快一

250

年了，剧本早就写好了，演员也联系好了，可你们呢——你们就好像是为了赚钱和享乐，为了天天去洗脚城，去赌去嫖而活着，我真瞧不上你们——说真的，我也瞧不上我自己，我凭什么和你们混在了一起？你们把我叫过来说谈投资的事情，却又谈起了自己的私事……不好意思，我就是这么个没有出息的人，我向大家道歉，我说了不该说的……

我们把老邹当成一个艺术家，对他都还算是挺敬重的，没有想到他突然说出那样的话。我知道投资的事可能黄了——和老邹相处了将近一年时间，以往聚会的时候，与人谈起电影，他也有语出不当的时候，但那还是小众的聚会，还算是吹风会。我没有想到我把大家聚集到一起，真正要谈投资，而且有了很大可能的时候，他竟然说了那些话。

我大约也喝多了一些，于是说，老邹，你说的这些话没有道理——其实你完全可以不在意我们，你可以与别人、别的公司合作，但你没有必要这么抬高自己，贬低大家——你真正了解我们每个人吗？你自己在与爱人离婚后不是也堕落过一段时间，有过一段荒唐的日子吗？我们男人喜欢女人有什么错吗？我们是谈不上对人类有什么贡献，但我们也没有打算让你来深圳拯救我们——人人都是有心有眼睛的，会看到感受到——你看着我们的那种骄傲的眼神就好像只有你才是能干事情的人，才是有才华的，才是应该受到敬仰的——你真了解自己吗？你不相信任何人，只相信你自己，你认为别人都是傻子，只有自己是聪明的。你觉得别人都虚伪，只有你是真诚的。作为一个要多方面协调关系的导演，这让我们怎么对你有信心能够做好导演？

老邹点燃一支烟，抽了一口，低下了头。

我继续说，做人不可以太真诚，什么话都说，不给人留一点虚伪的空间。尽管真诚是对的，但是人活着，每个人都有虚伪的一面——并不是每个人都那么喜欢虚伪，大家是为了生存和发展，不得不这样！谁让我生在几千年来一直虚伪的中国文化传统中，谁让我们生活在这个让人变得多欲的时代……

老邹打断我说，我坚定地认为，虚伪会让一个男人没有真正的追求，会把一个艺术家的前途给毁掉！我坚定地认为，中国走向世界需要一大批思想家、艺术家、经济学家、政治家为之前赴后继地献身，我们不该一味强调金钱与物质的重要，那些会腐蚀人的灵魂，让人最终不知究竟为何而活——在你们这些人面前，我真是不配活着！

我说，老邹，我和我的朋友们虽说都喜欢电影，但是从来没有想着自己要去拍电影，我们没有这方面的技术与经验。你来了，有电影梦，艺术梦，我才把大家召集在一起，我打心里想支持你完成这个梦想，但是你也太情绪化了——你说自己不配活着，各人有各人的活法，人也都在变化之中，时代也一样，到时一切都会沉淀下来，你是不是该多一些耐心？

老邹抬起头，失望地望着我们说，抱歉，各位，我非常抱歉，我没这个耐心了，真的，我先走一步，你们继续聊！

聚会不欢而散，我买了单，提出请大家去洗脚城洗一洗脚，再坐上一会儿，聊一聊。大家也觉得那样不欢而散也不太好，便都同意了。我们开车来到洗脚城，六个人在一个大房间里坐了下来。过了一会儿，走进来六位洗脚妹——碰巧的是，有总是喜欢笑的张娜，还有刚来洗脚城不久的顾枝娜——那时胡英山已经把李娜从洗脚城挖出去，在李江河和赵涌的商场租了个店面，而且还怀上了他的孩子，准备嫁给已经离了婚的胡英山了。

我也是因为喝多了酒，忘记了张娜说过顾枝娜也来洗脚城上班的事了，李江河看到顾枝娜，借口有事，很快就离开了。

张娜给我洗脚，顾枝娜轮到给赵涌洗，赵涌认识顾枝娜，还挺熟，不好意思让她洗，便与叶代换了一下。叶代不了解内情，对顾枝娜挺满意——在洗脚的时候不断拿话挑逗她，最后问她愿不愿意和自己出去，他可以出两千块，没想到顾枝娜一下就答应了。

我知道，顾枝娜可能是想报复李江河——甚至，她也想要通过我和赵涌让林晓城和李江河知道，她变了一个人——这都是他们给逼的。

我想制止，但又觉得不是太有必要。这个世界上难免会有些乱七八糟让人纠结的东西。

我们在洗脚的时候，各自和自己的洗脚妹有一搭没一搭地聊天，彼此间好像也突然没有什么话可以说了。后来洗完脚，叶代带着顾枝娜开车走了。

赵涌、潘刚、胡英山和我四个人在洗脚房里抽烟，想聊点什么，但一时又不知说什么。

后来赵涌说，我靠，别想什么事儿了，我们打场麻将吧，来吧！

晚上两点多钟的时候，老邹突然打来电话，说自己被一群人给打了。我说了情况，赵涌他们都觉得老邹那样的人就该被人打，他们对老邹谈不上有太深的感情，不想管事，于是继续打麻将。我却坐不住了，我说，你们先玩着，我去看看就来。

我在十字路口的一角看到了老邹。老邹正坐在台阶上，低着头。他的眼镜掉了，眼角大概是被眼镜剐破了，还在流血，皮鞋也掉了一只。

我问是什么人打了他，他说是出租车司机。

老邹离开我们之后自己又一个人去喝酒，喝得大了，找不着回家的路。街边停着的士，他走过去问司机把他拉到家多少钱。那个地方离他住的地方只是一个起步价，老邹虽然喝多了，但仍然是清楚的。司机说要二十块，他不同意，说人家宰他，跟人家理论。司机觉得他很烦，不想理会他，但他又敲着车窗，让人家下来理论。没想到的士司机下车后有几个人同时围上来，对他一顿拳打脚踢。老邹招架不了，被人打倒在地上。

一些出租车仍然停在路边，只是我不知道哪些人打了老邹。我找到老邹的皮鞋和已经破碎了的眼镜，来到老邹身边，把皮鞋和眼镜给他。老邹穿上鞋子，戴上眼镜。眼镜掉了一只镜片，但总算能看清楚东西了。

这事不能算完，老邹说，你得帮我！

你说怎么办，你认得打你的人吗？

我不能被人这么欺负了，你得帮我！

老邹啊，你让我怎么办？难道你想让我跟他们拼命吗？

这事不能算完，你不帮我我也得找到他们，我要让他们知道，我不是好欺负的，欺负人是不对的——在这个世界上我们必须让坏人，做错事的人付出代价！

我抬头看了一眼星空，叹了一口气，对老邹说，在我们这个时代，不管你多有才华，你首先要试着去理解这个世界上所有的人，并且学会包容一些人与事，试着与一些人打交道。就像那些打你的出租车司机，难道他们一定是坏人吗？在别处他们或许就是你的一个亲戚，一个朋友。只是在今天晚上你们发生了矛盾，吵了几句，打了起来。我都可以想象你是怎么对别人说话的——你喝多了，对人家纠缠不休，你没有打人家的意思，但你为什么要让人家下车，你这不是挑衅吗？

老邹说，为什么不是一对一的？我相信一对一的他们都不会是我的对手。他们是一群人上来，把我打蒙了——我没有受过这个气！我不相信世界上会有这么一些人，我要纠正他们！

老邹，我有些生气了，大声说，听我的，回家！

老邹还是不听。我拉着他，走到我的车前，打开车门，硬把他塞了进去。

我把老邹拉到他的住处，扶着他上楼。打开房门，把他摁在床上。老邹又弹起来，抱住了我，像个孩子一样，又呜呜地哭了起来，哭得我心里也难过，我觉得像老邹这样有理想有追求，想为艺术献身的人，怎么在这个世界上就那么不让人待见啊！

大约过了一周，老邹找到我说他要离开深圳了，北京有一个大导演请他写电视剧。我想，也许北京更加适合他，因此也没有劝他继续留在深圳。老邹走的时候，我开车去送他。分别的时候他拥抱了我。感受到他温热有力的身体，想象着过去将近一年来发生的点点滴滴的事情，心里有一些难过。虽说老邹有一些缺点，但比起我和我的那些朋友们，他的确算得上是个纯粹的、有追求的人。

几个月后，胡英山的儿子出生了，我们几个朋友一起去喝了满月酒。

我和赵涌看到了胡英山的妻子李娜，怀疑李娜也给我们洗过脚，不过我们都不确定了。胡英山一直犹豫要不要告诉家里的人，告诉他的前妻张素青，他又有了一个儿子。我看着他红光满面，满脸是笑的样子，感觉到他终有一天，会在深圳这个大都市中，成为一个城市人，离过去，离前妻，离老家越来越远。

赵涌照着叶代的说法，和妻子孙慧去孤儿院收养了自己和马桂芳生的女儿。对于赵涌来说，他既怕马桂芳联系他，有时候又想她，觉得她好像是自己的一个亲人似的。在将来他与妻子，与孩子的生母马桂芳会怎么样，我们谁也猜不到那样的将来。

胡英山与赵涌都有了孩子，后来我们很少见面了。李江河和潘刚本来就是赵涌的朋友，赵涌不出来，我们也不会联系了——但后来我听说，潘刚包养了那个总是在笑的张娜。

我和叶代、林晓城有时还会聚一聚。叶代后来知道了顾枝娜曾经是李江河的情人，林晓城的女朋友——他说，我靠，我靠，你怎么不早说？不过，我真的和她什么事儿没有发生，你们一定要相信我！

大家有了一个小小的变化——我们都不怎么再想去洗脚了，觉得没有什么意思——尽管有时我偶尔会想起仍然在洗脚城上班的顾枝娜，甚至想要和她发生点儿什么，但我知道，她每天都要在洗脚城遇到形形色色的男人，也许在将来会遇到一个能带走她的男人。

老邹在北京写剧本，有时我们还会在QQ上聊聊天，他会说，我挺想念大家的。我也说，其实大家也挺想他的，因为他让我们记忆犹新，让我们觉着特别，甚至让我们觉得该努力去追求一些什么，以对抗那正在流逝的时间。

爬 行

来深圳打工已有十五年了。

在模具厂工作的十一年里，我几乎从来没有在人多的场合讲过三句以上的话。平日里我总是默默干活，默默上下班，也不太爱与人交流。最初我的工资只有三百块钱左右，从三百块到上千块，从上千块再到数千块的过程中，我不知道工资的增长与时代变化和物价上涨之间的关系，甚至我在其中的变化究竟是如何的。我只知道做好一份工，每月赚到一份钱，在城市中生活着。

在成为师傅以后，我为模具厂前后带过不下一百名员工。我的徒弟后来有的成了别人的师傅，有的成了分厂的厂长，有的成了上市公司的小股东。自然，成功的人有了房子和车子，成了家，立了业。可以说，我一直是一位普通得不能再普通的员工，一直以来，我也并没有觉得作为一个普通人有什么不好。

这些年来深圳变化太大了。

我初到模具厂上班时，宝城公园还没有被正式命名，还仅仅是一座荒蛮的经常有野兔子出没的小山丘。那时要想爬到山顶上看风景，需手脚并用地拨开一些莽乱的野草和荆棘。那时宝城还没有建起那么多的高楼大厦，还显得灰头土脸像个内地的城镇。那时挺好的小区楼房的价格也不过在两千块左右，比起现在来，简直是低得不像话了——原来每平方米两千块的房子，现在差不多有三万块了，升了十倍还多。

公园修了柏油马路，种上了奇花异草，开辟了上山的通道，在马路与上山的通道上，设了休息座椅和避雨亭廊；公园有了管理处，空地上挖了两个人工湖，在湖里养了各种观赏鱼，种上了睡莲和水草；公园有了停车场、游乐园、体育场、足球场；公园变得越来越漂亮，设备越来越齐全，来公园里的人也越来越多。

我亲历了公园的变化，有许多次也曾经登到山顶上，去观看宝城的变化。那种变化，细细想来，让我也有了变化，只是那种变化并没有使我成为一个成功的人，而是越来越让我感到在城市里是失败。

公园有三道大门。东门对着一片灰白色的工业区，里面五六层楼高的厂房里有着各种机器，成千上万穿着各种颜色工装的人操动着机器，制造或加工着各种产品，销到全国，或漂洋过海被运到世界各地去。南门往前走上三百米是个菜市场，附近是城中村，七八层、十来层高的楼一栋紧挨着一栋被人戏称为"握手楼"和"亲嘴楼"——我过去住在那样的楼里，现在还住在那里。城中村的小街巷里有着各种花花绿绿的店铺，有日用品店、服装店、理发店、水果店，有小饭馆、麻将馆，汽车、摩托车、三轮车、自行车和来来往往的行人穿行其间，发出混乱、模糊、偶尔嘹亮刺耳的声响，各种声响夹杂着食物、灰尘和垃圾的腐臭味道，从黎明时分一直蔓延至夜深人静。西门斜对着的是一条在时光中越来越繁华的商业街，街上有高档的星级酒楼和豪华的宾馆，其间经常出没一些打扮得时髦的都市女郎和穿西装打领带的潇洒男士，有一些大型的购物商场，里面成千上万块钱的商品琳琅满目得让人感到自己的钱太少了。在那样一条街的背后，有一些绿化不错的居民小区，曾经我和孙丽美在那儿还有过一套房子。

后来我爬上宝城公园的那座小山，看着四周稠密的楼群，川流不息的车流，和星星点点变小了的人时，甚至会觉得自己渺小得像虚无的空气，像不为人知的一阵微风。不过，我也是在活着而且是爱过的。

大约在我来到模具厂工作后的第二年，二十四岁的时候我喜欢上了一位叫顾寒的女孩。为了她本来有些不修边幅的我每周去理发店理一次头发，每天洗三四次脸，后来把一套青灰色的工装洗得发了白。下班后，我经常一个人去那时还没有成为公园的那座小山下走一走，吹着微风，嗅着野草的芳香，看着蓝天里洁白无声的云，无边无际地想象着顾寒——那个扎着马尾巴辫儿，细眉凤眼，有着微微凸起的胸部，说话时细声慢语，身上散发着一种好闻的味道的姑娘，我的徒弟。

我喜欢顾寒如同一株绿色植物生长久了，渴望盛开一朵鲜花一般自然，但是我没有勇气向她表白。一方面我害怕被拒绝后会尴尬，另外一方面笨嘴拙舌的我也开不了那个口。不过好在沉默也会让人误以为是一种深沉稳重，没有想到，顾寒竟然也喜欢上了我。在后来成为我的女朋友时，顾寒笑着对我说，我让她觉得可靠。虽说我平时不爱说话，但还是经常会对人憨憨地笑，一笑唇红齿白，阳光灿烂的样子会让人有一种亲近感。

顾寒以我徒弟的身份请我吃了顿饭，吃过饭后又让我陪她逛街。我第一次陪一个女孩子逛街，觉得自己喜欢的女孩也喜欢我的那种感觉太美好了。我想为顾寒买点什么东西，但她却什么都不需要，只是喜欢走在人群里，东看看西瞧瞧的。后来她说累了，我们找了片干净的地方坐下来，默默地看街上形形色色的人。那时的顾寒说过，她感觉那并不是她的，也不是我的城市，似乎我们是在别人的城市里，仅仅是做着一份工，赚到一些钱。将来呢？我们谁心里都没有谱！

我抬头看天空里的云彩，看了很久，虽然在人群里，和顾寒在一起，我仍然感到孤单，心里无着无落的。我让自己不要想那么多，只想身边的顾寒。我心里仿佛有着千言万语，似乎也一直在想着该对她说些什么，但那些话像结了冰一样化不开，说不出口。

最后还是顾寒起身时主动向我伸出了手，让我拉，我才敢伸出手。

第一次牵女孩子的手时我感到心变成了一只鸟，"忽"的一下就飞出了身外，那种幸福的感觉甚至使我有了一种莫名的难过。

差不多有一年的时间，我和顾寒仅仅是在一起吃吃饭、逛逛街、牵牵手，再也没有进一步的动作。我总是被动地在活。除了工作上会主动以外，我从来不会、不敢或者说不好意思去主动表现、表达自己，因为我怕想要亲吻和拥抱她的想法是会被认为不纯洁、不正经的。那时候，我就是一块石头，一截木头。

非典疫情发生的那一年春，人们惶恐不安。不少学校、工厂、公司放了长假。各个片区的管理部门组织了大批人员，他们穿着白大褂，背着药桶，四处喷洒消毒药水。用来防治感冒的板蓝根等药物被抢购一空，人们外出乘公交车时戴着口罩，回家时反复用香皂把手洗得通红。恰是在那个非常时期顾寒感冒了——发烧、咳嗽、胸口发闷，很像是得了非典型肺炎的样子，她又不敢去医院看，怕去了就再也回不来了。模具厂的女工宿舍里住着的另外几个女孩怕被传染，请求顾寒搬出去住。顾寒有种被抛弃的感觉，心里特别难过。我知道情况后在公园的南门对着的城中村租了间房，把顾寒接了出来。

我守护着顾寒，从饭店里弄来了冰块为她降温，从很远的地方买来她爱吃的小笼包，鼓励她说只不过是普通的感冒，肯定没有什么事，如果真的有事我愿意和她一起去死。那时的顾寒爱着沉默寡言的我，因为我的表白，她被感动得热泪盈眶。顾寒表示，如果她真的没有事就嫁给我，永远和我在一起！永远在一起，那话从顾寒的嘴里说出来，我几乎也被感动得流下了泪水。

在非典过后人们又恢复到原来的工作和生活的状态，顾寒似乎也忘记了自己说过的话。不过我们的关系更进了一步，我从男工宿舍里搬了出来，正式与顾寒一起在小商场买了一应生活用具，两个人住在了一起。

灵魂与肉身结合在一起的那种感觉，就像是在飞。那时我觉得顾寒就是我的生命，是我的一切。那时我们一起手牵手上班下班，一起穿过公园的南门，去菜市场里买菜，然后回到出租屋里一起做饭炒菜吃。因为爱着她，我总是想要为顾寒多做一些。我学会了各种菜的炒法，还学会了煲南方人煲的靓汤。那时我心甘情愿做一切家务活，把原来有些瘦弱的顾寒养得脸色红润，微微发胖。那时的我觉得顾寒就是星星月亮，就是我的水和空气，就是我所有的快乐和幸福的源泉。

日子流水般一天天过去，城市一天天在膨胀变化。

顾寒自然会感受到城市的变化，想要有一些变化。虽然她觉得我人不错，她对我不该有意见，但最终觉得和我再过下去也没有什么前途。因为她从我的身上看不到将来会获得成功的可能，甚至我只能是那种被时代抛弃，被别人剥削的对象。因此，渐渐变得聪明的她会觉得我只配成为她人生中匆匆的过客。

顾寒不想被我对她的爱所牵绊，因为在她看来，那种所谓的爱在强大的物质诱惑面前，在车轮滚滚的时代面前就算不了什么。许多人都在现实面前明白了这个道理，她也明白了，她渴望成功，不想永远和我一样在模具厂没出息地打工。我们的老板黄公子就是很好的模样板，他正是改革开放的大时代的弄潮儿和代言人，他的言行影响了我们工厂里的一大批员工，顾寒也是其中的一个。顾寒想要成为城里人，有自己的房子车子和存款，有一份属于自己、可以见证自己成长与成功的事业。

为了寻找一种新的可能性，也为了逃避我的爱，顾寒跳槽到了另外一家公司做销售。换了家单位，工资提高了不少。重要的是她见到了更多的人，经历了更多的事，开了眼界。见了世面的她觉得和我没有将来了。那时的她认为爱让人满足于眼前的小快乐、小幸福，让人放不开手脚，变得没前途、没出息！

对于顾寒离开模具厂，我也没有什么意见。我爱着她，她想怎么样，我都支持。

在顾寒刚离开模具厂后不久，皮肤白净，单眼皮，有着一双明净的眼睛，嘴角上有颗小黑痣的，嘴唇红润的孙丽美来到模具厂，成了我的徒弟。

孙丽美曾经在服装厂做过普工，在流水线上做过拉长，在化妆品公司做过推销员。她怀着美丽的憧憬，期待着高中时的恋人在大学毕业后来找她。男友读完本科后又读了研究生，在读研究生时和一位女同学同居了。失恋的她想尽快找个男友取代前男友在自己心中的位置。我很像一盘可以拿来吃的菜——但孙丽美很快从工友那儿知道我是名草有主的。

孙丽美是个聪明的人，在她成为我的徒弟后不久，怕顾寒吃醋，也为了避嫌，主动与顾寒成了朋友。她提出让在外面跑业务的、越来越见多识广的顾寒为她介绍男友。很快孙丽美和顾寒变得形影不离，后来在我的见证下她们还在公园的一块大石下拜了干姐妹，约定从此以后有难同当有福同享，做一辈子的好姐妹！

孙丽美有了理由在休息日找我和顾寒一起玩。她们在一起无话不谈，经常会在我的身边嘻嘻哈哈地就笑起来，笑得我莫名其妙。

我虽说对孙丽美的出现有些意见，觉得她剥夺了我与顾寒单独相处的时间，但也从来没有表现过不满，回想起来，那还算是一段美好的时光。在后来顾寒想要离开我时，孙丽美还劝过她。孙丽美觉得任劳任怨的我承担了一切，而且为人也老实可靠，做的饭菜也好吃，她不该那么对我。

让我没有想到的是，一年后顾寒竟然离开了深圳，自愿被公司派到上海，而且她决定去上海的时候，怕我不同意，连商量都没有跟我商量一下。到了上海后，顾寒还让孙丽美帮我介绍过对象。她希望我喜欢上别的女孩子，把她忘掉。那样她就可以心安理得地彻底与我脱离关系了。

顾寒走后我在晚上一个人躺在床上想了一些问题，最终觉得我与她在床上时有可能会给她一种单调乏味的感觉，让她觉得无趣。顾寒是我的第一个女人，那时候我心里甚至还会觉得男人与女人之间的欢爱是种堕落，会让我莫名其妙地产生一种羞耻感。那种事甚至影响了我对顾寒纯洁的精神层面的爱恋，觉得两个人的爱情并不那么纯粹。我是可笑的、矛盾的，我清楚自己有那样的感受不应该，但那就是当时我真实的感觉。

尤其是在顾寒去了上海之后，我一再否定与她合在一起的那种美，觉得自己爱她应该与她保持距离。因此顾寒去上海发展，我也不是完全无法接受。我相信并喜欢一种精神上的爱，我想爱她的全部——过去、现在还有未来，而不是仅仅爱和她在一起时的，她温软美妙的身体，彼此真实的欲望。我希望一切发展得都不要那么快，那时我甚至感觉到我的身体里有个女人，那个女人正是想象和感受中的顾寒，我渴望像爱自己一样爱着她，甚至想成为她亲密无间的一部分。

我觉得没有谁真正了解我的内心世界，没有人能真正爱上我的灵魂。我沉默，我微笑着面对一切所需要面对的人和事，但我却时常感到孤单。我曾感激顾寒的爱与陪伴，对她的离开有时却又感到一种由心的难过与莫名的怨愤。

我想到了孙丽美，想到她与我之间相爱的可能性。在顾寒离开之后，我不得不或者说自然地想到这些。那时的孙丽美每天和我在厂子里打交道，我能感受到她对我的喜欢，而她又是一个鲜活美丽的女孩，她的存在是那么真切，让我无法刻意去否定。

孙丽美约过我，让我陪她去逛公园，但我还没有想好该不该单独和她一起去。我有世俗的一面，怕别人看到我们单独相处会说闲话，怕闲话会传到顾寒的耳朵里。我也怕自己真的爱上了孙丽美——对于我来说，孙丽美也有一颗需要爱与被爱的心，有美好的、温暖的身体会吸引我。我清楚我生命里有着对女人的真实的、难免会盲目的爱欲。最终我还是拒绝了孙丽美，因为我和顾寒还没有结果，我还在爱着顾寒。

我感到自己是没有出息的，一直以来，我奇怪自己也并不想成为一个有出息的男人。我不知道自己为什么在众人之中，哪怕是在顾寒一个人面前也要装模作样，道德感深重得像个老古董。我看不起自己，觉得自己虚伪，而且多年来竟然习惯了那种虚伪的活法。我看到漂亮的女孩子仍然会低下头来，想得丰富一点儿仍然会脸红。我仍然不敢在别人面前多说话，更不会去没话找话。我可能觉得一说话就暴露了自己的灵魂，变得赤裸裸的，在光天化日之下破坏了传统道德的我生命中的堤坝，让我难堪，让我无所适从。

在别人的眼里我是个老实人，其实我内心里什么都有。在别人的眼里我是没有出息的，其实那时的我根本不想要有什么出息——有什么意思呢？大千世界，古往今来，即使一个人取得了所谓的成功在万人之上又能如何呢？不过是做的事越大越操心，承受的风险也就更大，不过是获得的越多，将来失去的也越多。

我的母亲从我小的时候就教育我说，公子和小姐哪能做朋友呢？时间长了肯定会有事。我觉得母亲的话是对的，因此我不想和孙丽美做朋友。

孙丽美却不死心，有一次她说，我和顾寒是好姐妹，你就是陪我逛一逛公园又有什么啊，你怕别人说闲话？你放心好了，即使她知道了也是不会在意的！你觉得顾寒姐还喜欢你，还爱你吗？不是我在这儿说我姐的坏话，你真该考虑一下这个问题了。上海多大啊，有多少成功又帅气的男人啊，我姐长得也不差吧？

我看着孙丽美问，你是什么意思？

孙丽美笑着说，什么意思？这样吧，我给我姐打个电话，就让她放弃你，把你转让给我好了——我是真的想吃你做的菜了，给我做菜吃好吗？

我笑着说，你打！

没想到孙丽美还真就打了电话，她对顾寒说，喂，顾姐啊，我姐夫让我打电话和你商量个事，他说让你同意把他转让给我……

我见孙丽美真那么说，便去抢她的手机，把手机抢到手后对顾寒说，顾寒，你别听她瞎说，她闹着玩呢！

没想到顾寒却说，我看你俩挺合适的，你以后就把我给忘了吧！

没等我再解释什么，顾寒就把手机挂了。

孙丽美的那个电话可能会让顾寒觉得，她通过孙丽美，可以使自己名正言顺地全身而退。既然有了那种设想，再次与孙丽美通电话时，她便以半真半假的、开玩笑的口气鼓励孙丽美试探我，看我对她动不动心，她也好趁机考验考验我。

那时的孙丽美每天在模具车间与模具打交道，枯燥乏味得想死的心都有，她觉得生活实在太无趣了，何况顾寒愿意让她去试一试，想想也是件挺刺激的事，就半推半就地笑着答应了。

孙丽美怕我不愿单独和她去逛公园，下班后便叫了几个工友一起拉着我到公园去玩。后来她又把别的人支走，单独与我坐在草地上聊天。

那天孙丽美对我推心置腹地谈起那个读了研究生后变了心的前男友，说起他欠着她的钱，装成一种失恋后伤心难过的样子，希望能激发我怜香惜玉的心。见我不为所动，她又说心情特别难过，缠着我陪她去喝酒。那时我也有些心动，便和她去了。

孙丽美也就喝了一瓶啤酒，便东倒西歪说自己醉了，让我扶着她回家。

那一夜，我没有能够回去——后来我想，归根到底还是我不够坚定，没有真正想要回去。那时我潜在的心理也想要和孙丽美发生点儿什么，以对抗顾寒离开我去上海的现实，通过留下来，向我所仍然深爱着的顾寒表达不满。当然，孙丽美她不让我回，给了我犯错误的机会。

孙丽美说我可以睡在沙发上，她需要有人陪着说话。

我躺在沙发上，孙丽美又拉我到床上，说她心里难过，想抱着一个人，只是想抱着。

在床上躺了一会儿，孙丽美就开始调皮耍赖地往我的耳朵里哈气，不过我仍然在试图想想清楚是不是该和孙丽美发生点儿事，那样好不好。

那时的孙丽美喝了酒，借助着酒劲儿，已经不再是试探我，而是真心想要和我发生什么了——孙丽美说自己热，把外衣脱了。我仍然想让自己保持冷静，试图想想清楚，是不是该脱衣服。那时身上也热，孙丽美让我把衣服也脱了，我不动，孙丽美就是在那个时候说了顾寒让她帮我介绍女朋友的。孙丽美说顾寒已经不爱我了，但又不忍心告诉我实情，所以才离开我去了上海，她是想通过时间和距离隔开我们。

我半信半疑，任由孙丽美脱了我的衣服。

孙丽美为我打抱不平地说，我姐不要你，我要你……

我看着孙丽美乱乱的黑发中红红的脸，迷蒙的眼神，最终放弃了思考，带着一种复杂而又难过，难过而又兴奋的心情和孙丽美睡了。在一起时，我幻想着顾寒的模样，把自己想象过的所有方式与角度都用了一遍——我把自己想象成一匹狼、一头熊、一只雄狮，孙丽美对我满意极了，她激动忘情地流下了眼泪，狂吻着我说，我爱你，我爱你，我永远都爱你……

是的，那时我也发现自己是在爱着孙丽美的，尤其是那时我在爱着自己，以背叛了我所爱着的顾寒的方式，以背叛了生命中传统道德的方式，放纵地和孙丽美合二为一。

孙丽美也有着她的傻气和简单，她思前想后觉得还是应该把真实的情况告知顾寒。她想获得我的爱，完全拥有我，因此她必须要给顾寒有一个交代。

孙丽美给顾寒打了电话。

顾寒起初有点不相信，后来又觉得孙丽美不会骗她。她不相信，是觉得我不太可能那么快就与孙丽美在一起了。她相信是因为她觉得孙丽美完全具有勾引我的能力。那时顾寒的心情是复杂的，她想起与我在一起的点点滴滴，我们之间的爱。那种爱是真正发生过的，有过幸福快乐，有过感动和难过。如果我是个有出息的，能在城市中为她提供一切物质保障，让她过上富有的、有品位的生活的话倒也罢了，但我又是个没有什么理想和追求的男人。为了自己的将来，她只能狠心放下我。放下我，又难免会有一种从此失去了我的忧伤——但谈不上太痛苦，因为那时更远大的人生目标、更有意义的生活在等着她。

对于孙丽美，顾寒也谈不上抱怨，在她的感觉中，我虽说不是一个有出息的人，但却还是个不错的男人，孙丽美跟着我也没什么亏吃。因为我从外貌上来说还是个说得过去的男人，而且那时的收入也不算差。

我觉得自己的普通与整个快速发展的时代太不相称了，我后来也知道了顾寒为什么要离开我。她为了自己有更好的发展，只有放下我才有自由，才可以选择她喜欢的男人。为了达成商业目的，她在将来甚至也有可能会放开一些，不必有顾虑地和生意场上的男人调调情了。一个漂亮的女人如果放弃矜持与操守，会有助于她在事业上取得更大的成绩，赚到更多的钱。钱是个好东西，可以满足人对物质的虚荣心，让人在成功的光环中有种自以为是的成就感，让人在平凡的芸芸众生中有一种优越感。

顾寒坐飞机从上海飞回来见到了我。她装着冷脸，话语里也有了冰霜——她正式提出与我分手，要带走一些属于她的东西。既然我已经与孙丽美发生了关系，而且是顾寒先提出与我分手，虽然我会感到难过，但却没有了不同意的理由。那个时候的我心里有些复杂，因为我仍然在爱着她。我清楚，是顾寒的离开造成了孙丽美乘虚而入，我和孙丽美之间就像顾寒导演的一场戏。我不相信顾寒是那样冰冷无情，另外我那时也想要充满想象力地全力以赴地和她演一场床上戏，我甚至想以此来挽留顾寒，让她觉得错了——不过我又在内心嘲笑了自己，觉得我像孩子一样，却又有着一个成人的躯壳，那种存在变得十分可笑。

独自与顾寒坐在房间时我一直在想，顾寒为什么在说完分手的话之后没有掉头离开。我想她也并不是那种无情无义的人，只是我们在现实生活中的关系走到头了。总是沉默的我还有话没有对顾寒说。那一次我认真地说了，我说，顾寒，我是爱你的，不管你在哪里，我都会永远爱着你。我说爱的时候好似受了天大的委屈，忍不住流下了泪水。我在说爱的时候的确感到爱在心里正在生长——在顾寒离开后，我感到那棵树仍然会在我的心里独自长大，甚至有一天会变得遮天蔽日，硕果累累，而我所深爱的顾寒那时却会离我越来越远，无法与我分享那种在生命中继续生长和存在的爱果实。

顾寒看了我一眼，她的眼睛真漂亮，那里面有我熟悉的东西，或许顾寒懵懂不觉，但我知道那正是她潮湿可爱的灵魂——它有着人活在这个多彩的世界上所具有的鲜明欲望，有着纯洁但却会被影响被扭曲的真挚的情感。我普通但我也充满了变化——后来我佩服自己主动去拥抱和亲吻了即将离开的顾寒，投入得像一只贪吃的狗熊。顾寒和我最后一次上演了一场床上戏，她吃惊于我的变化——或许是肉体与灵魂交融的幸福或者是别的什么原因，顾寒的眼睛竟然红了，她对我说，我爱你，我也爱你……

不过顾寒还是走了。

我帮她拎着包，送她下楼。下楼后她坚决不让我再送，我没有再坚持，看她背着包走进人潮人海中。那一刻我觉得顾寒正走向我内心的深处，灵魂的深处。我甚至觉得我们终有一天还会见面，还会相爱，还会在一起。我又觉得那就是一次生死离别，从此我们将天各一方，老死不相往来。

我独处的那段时间，有几次下班后跑到书店里去查阅上海的地图，我想了解上海那个国际化大都市，因为顾寒在那里。那时我仍然在想着顾寒，希望她回心转意。我甚至想要打电话告诉她自己在地图上寻找她，通过地图想象她在上海的存在，但我又觉得她已经做出了自己选择，不该再打扰她。

何况我又有了孙丽美。

我那时对孙丽美有着一种说不出的怨恨，我觉得是孙丽美的出现破坏了我和顾寒之间的关系，破坏了我心中对爱情的执着与痴迷。孙丽美使我甚至想要离开深圳，去往另一个城市，去上海，去顾寒所在的那个城市——哪怕我永远不和顾寒再见面也好。

我无法逃避孙丽美，那个第一次带给我自由和放纵感觉的女孩。我想，还是与她相爱吧——既然她爱我，我也可以从她的身上，她的生命或灵魂的存在中感触顾寒的存在。

我正式与孙丽美建立了同居的关系。

我与孙丽美在一起时仍然是沉默的，不过我感到自己笑的时候少了。我仍然在爱着顾寒，同时也在爱着孙丽美了，就好像我爱的能力突然间变得强大了，可以把两个女人合在一起来爱。我总能从孙丽美的存在感触到顾寒的存在，同时觉得她们都是我所爱的女人。如果换一个陌生的女人呢，我想也许仍然是有可能的。我被敞开了，那种被破坏之后又被激发出来的爱别具一格，有着我感到惊奇的色彩线条和声音味道。我无法准确地表达自己的内心，在现实中我会觉得自己是个有问题的男人。我的内心与呈现给外界的我太不一样了。我那种内心的存在，有时候使我对一切有一种不屑一顾的感受。

我们的老板黄公子让我作为老员工上台发言的时候，我会脸红脖子粗的半天讲不出一句话来。似乎多年来形成了习惯，无法打破。其实那时的我觉得自己是有胆量，也是可以滔滔不绝地说话的，但我仍然不能——因为外部的世界，那个众人组成的世界所形成的整个时代太强大了，而我又自以为是的，不知不觉间把自己与外界割裂开来，渴求着能够在现实中，在世界上保持相对完整的自我——那使我觉得最好的办法是不要开口说话，因为我觉得一开口，这世界就要变了。

我与孙丽美在一起生活后，她告别了被前男友伤害过的过去，很享受和我在一起的生活。问题是，我和她在一起时，我总不开心的样子使她觉得我对她并不满意，使她觉得好似对我做错了什么。那时我仍然会买菜做饭，像个居家的男人，但洗碗的事却交给了她。我也会对孙丽美好，但有很多时候更像是朋友间的那种好，与她总还隔着什么——隔着我还放不下的顾寒。但在晚上亲热时，我又像个天真无邪的孩童，与她在床上投入地戏耍，让她感到我在白天和夜晚呈现出的我并不统一。

孙丽美会说出自己的疑惑，她说，你白天的时候为什么不能像咱们在晚上的时候那样投入，那样真实地与我相处呢？我觉得你真的好可笑，我觉得你在白天的沉默，就像是装出来的！在总结大会上，你为什么不能顺溜地说上几句呢，真的有那么难吗？

我清楚孙丽美是在生活的状态里，而我却经常会在现实和内心的生活之间左右为难，总是会处在矛盾之中。我与外界，包括孙丽美在内形成了一种精神上的滞差。不过孙丽美并不会追究我内心的与精神的真实与现实世界的悖论关系，因为她要面对扑面而来的生活，要面对具体的工作。

孙丽美凭着自己的聪明伶俐，能说会道，后来从生产车间调到黄公子的办公室，成了黄公子三位漂亮女秘书中的一员。因为黄公子那时的模具厂开了多家分厂，他的事业越做越大，需要多个秘书为自己工作。我在心里认为黄公子不会对孙丽美怎么样，但多少还是有些不放心孙丽美。与其说不放心她，不如说我不放心自己——因为我在现实中的情况和黄公子相比实在是相差太远了，我不如黄公子能说会道，不如他更加适应这个时代，不如他成功。尤其是后来，我觉得孙丽美也变了。

孙丽美跟着黄公子，在见了许多大场面和大人物后，和顾寒一样产生了无可厚非的野心。她开始不满足现状，觉得自己应趁着年轻漂亮，做成一番事业，拥有更优越的物质生活，活得更加体面。孙丽美曾经把想法说给我，我对此也没有什么好说的。我提出与孙丽美结婚，想要试探她是不是真心和敢于和我在一起，会不会为了她的发展放弃我，去选择一项使她的人生更加有分量的事业。如果她要离开，我希望她能早一点儿离开。因为那时我感到自己需要彻底的孤独，我不想再把孙丽美和顾寒混为一谈，让我的内心纷乱不安。

我没想到，孙丽美同意了和我结婚。

黄公子的事业发展得很快，赚了钱，对我们员工也不错，每年都有年终奖。我和孙丽美打算结婚时各自都有了一些积蓄。我把自己的钱和孙丽美的钱合在一起，在宝城公园西门对着的，后来变得越来越繁华的大街拐角的一个居民小区买了一套房子。房子是二手的，简单装修后我们从出租房搬了进去，举办了婚礼。

结了婚，有了房子，本来我打算和孙丽美就那样把日子平平淡淡地过下去了，可后来我不断地从工友那儿听到一些闲言碎语，便有些怀疑孙丽美与黄公子之间有事。那时的我也像别人一样，无法逃避别人的财富与成功对我的影响，无法回避整个时代的巨大变化所对我产生的无形压力。因为我看到过孙丽美笑容满面地坐上黄公子的保时捷，经历过她在很晚的时候才醉醺醺地回到家里，斜躺在沙发上让我为她倒水。她会说黄公子又开了一家工厂，或者又谈成了一笔大生意——那总让我感觉如同吞了一只苍蝇一般不舒服。

我劝孙丽美换个工作，孙丽美不同意。

我说出自己的担心，没想到孙丽美理直气壮地说，是啊，我是和黄总有事了，你爱怎么想就怎么想吧！

你，你……

你什么你？你瞧你整天疑神疑鬼的样子，不是我瞧不起你，你能不能像个男人！

我，我……

我什么我，你一句完整的话都说不清楚，怪不得我顾寒姐她嫌弃你，你就不能争口气，有点儿出息吗？现在你带的人有的成了分厂的厂长，你呢？还好意思怀疑这那的！

我的嘴笨，每一次吵架，不管谁是谁非，都是以孙丽美胜利告终。我的心里并不笨，我恨自己为什么每次都自讨没趣地和孙丽美吵架，恨自己为什么心口不一，在现实中总是无能为力的会遭遇一些尴尬。我恨自己为什么不能变得有理想有追求，像黄公子那样，像顾寒那样去追求卓越人生。我还恨自己一想到黄公子那样的人的成功，自己的庸常就会忍不住产生自惭形秽的情绪。

我想到现实社会，想到一些生龙活虎的人，觉得自己并没有什么魅力能拴住孙丽美的心。尤其是在我想要让孙丽美怀上孩子时，我想以此来告慰自己的平常，并试图让自己彻底甘于平常时，孙丽美却借口工作忙没时间生孩子拒绝。那让我对自己、对我们的婚姻更加没信心。不过，我和孙丽美在床上的和谐，以及我们对对方基本的认可与理解还是推迟了我们离婚的时间。

三年后，我和孙丽美因为一件小事吵过后冷战了半个月。孙丽美忍不住了，终于提出了要与我离婚。我感到那时强烈地渴望有成就的孙丽美，无法用心与我交流，不再适合继续做我的妻子，想了一会儿竟然就同意了。

孙丽美见我同意得那样爽快，想象着我们过去亲密的时光，用带着点儿撒娇的口气说，你难道对我一点儿也不留恋？

我知道孙丽美心里是有我的，那时我的心里也早就有了孙丽美，甚至早就对她产生了像对顾寒一样的爱的感觉，但我却不吭气，我想用沉默来对抗整个孙丽美所代表的强烈的、盲目进取的世界。

孙丽美叹了口气又说，傻瓜，那好，咱们离吧！但是我告诉你，我和黄总真的没有什么事，和任何一个男人都没有什么事。我是有些喜欢黄总，但很多人都会喜欢他那样的成功男人。黄总和你一样是个善良的好人，你们的不同之处在于他是成功人士，你不是！

我生气地望着孙丽美，欲言又止。

孙丽美看着我，有些无奈地说，即使你不成功我也会爱着你，我爱你，但是我们还是离了吧！我想了，这样下去也没什么意思！

人在现实中被现实所裹挟，那种速度大过了我想要表达的内心的速度。那时我想到顾寒，眼睛就悄然红了。多么脆弱娇嫩甚至是可笑的感情，那时我觉得自己活得特别失败，特别窝囊。那时我觉得自己的确不配去爱上任何一个女人。因此，虽说我心里百味杂陈，难过得揪断了自己的几根头发，但还是坚定了要与孙丽美离婚的心。

我与孙丽美离婚了，我感到就像是一场游戏结束了。

我结婚后没有要孩子，房子户主写的是孙丽美的名字。三年时间房价翻了一倍，按市价把房子卖掉还了房贷，差不多还能剩一百万左右。

孙丽美说，房子既然在我的名下，我也需要一套房子，就不要卖了！我给你写个欠条，等我有钱的时候再还给你。

我想了想，觉得自己也不需要太多钱，便同意了。

我们买房子时，我出了二十万，孙丽美出了十万。房子涨了价，孙丽美给我写了一张三十万的欠条，说是分期还，五年内还清。

我沉默了一会儿，觉得自己吃了亏，不过最终还是点头同意了。我一直以来都不是个太注重金钱的多少的人。

离婚后我也辞了职，从房子中搬了出来，又住进了公园南门城中村里的出租屋。

我没有想到的是，在我和孙丽美离婚后不到两个月，她就把房子卖了，在还清银行的房贷后，还剩下一百万。我以为孙丽美会把钱还给我，没想到她却用那些钱与顾寒合伙开了一家电子加工厂。

事实上，与整个快速发展的城市相比，顾寒和孙丽美她们仍然会觉得自己的行动不够快，成功也来得太慢了。从得知那个消息开始，我经常失眠。我的心乱了，我觉着自己固执地爱着顾寒与孙丽美，但她们在离开我之后忙着她们的事业，我越来越不确定她们对我的态度了。有时候我甚至会觉得她们真的与我没有关系了。她们忙着奔大好前程，总是显着我哪儿也太不正常了，我能理解，但觉得有一天她们会把我给彻底忘记了。那样想的时候，我感到自己在一个巨大的旋涡中正在被彻底抛弃，我在消失，无声无息，无法改变地在消失。

我觉得被一双无形的手主宰了自己的命运，而我想要反抗的唯一办法就是像别人那样去追求成功，去不断地寻找自己欲望中所需要的物质，成为与时代合拍的人。但我是个普通人，我只想安安生生地做一份工作，有一个爱人，好好生活。我不想承担太多别人或者说时代所附加给我的东西。凭什么我要成功，要有事业才能保住自己的爱情，才能为自己的幸福做主呢？那不成功的大多数人该怎么活呢？我知道，并且我也尊重那些追求成功的人，他们的确也不容易。

就像顾寒和孙丽美，她们合伙把电子厂的设备买了下来，租了厂房，安装了生产线，有了订单，进了材料，招了工人，投入生产，工厂运作了起来——孙丽美风风火火地负责生产加工和出货，顾寒马不停蹄，东奔西走联系订单和收账——整个过程热火朝天，会充满艰辛，人为什么一定要那样去活着呢？

一年时间，很快在忙碌中过去了。

第二年，顾寒与孙丽美要扩大生产规模，需要大量的资金，于是她们商量过后联系到了黄公子，邀请他入股。黄公子为自己曾经的员工有想法有追求感到自豪，欣然投了一笔钱，和她们开了一家新工厂。扩大了生产线，有了更多的订单，赚到了更多的钱。

第三年，顾寒买了一辆路虎，孙丽美买了一辆宝马。两个人又在同一个高档的居民小区各自买了一套大房子，"哗"的一下变成了有钱人，成功人士。

我辞职后在一家礼品公司找了份工作，她们知道我在什么地方上班。有一年她们厂子做活动，还特意用了我所在的公司的花。不过我避开了，尽管那时候我也挺想和她们在一起聚一聚，聊聊。因为她们的存在，是我的内心情感和生命灵魂有所依附的一种证明。我所以会避开，是因为我清楚自己无法以我的存在融入她们，无法与她们回到过去，也无法与她们再有未来。

那时我有了一辆电动自行车。我骑着那辆车给城市里的一些客户送鲜花、送礼品。除了一些重要节日，我的工作平时也并不算太忙。三年时间我几乎把深圳的宝城跑遍了。相比起在模具厂工作的日子，虽说工资低了不少，但生存没问题。只是经常性的失眠困扰着我，使我变得越来越消瘦，使我感到自己的心里越来越空洞无物。

我想过向孙丽美把钱要回来，做一份自己的事业，但做什么呢？没头绪。杂七杂八的想法混合在心里，以及下班后的孤单感，有时几乎让我发疯。

由于我一个人住，没有心情做饭，通常下班后会随便在路边吃点东西，然后再去公园里散散步。在公园里，我多次想跑一跑，出上一身汗，体会一下奔跑的速度带给自己的快乐和出汗后的畅快，但我又实在懒得跑。我觉得自己在想跑的时候没有力气，我得留下一些力气来对付经常性的失眠。另一方面我那时候也在刻意抵抗速度，从心里反对被别人关注。

我喜欢安安静静地想一些事，当然也想想顾寒和孙丽美。尽管那种想越来越空，我爱过的她们也离我越来越远，远得让我感到自己失去了生命力量，失去了爱的方向。

通常，我在公园里走一圈，坐上一会儿。有时我会深入地想一些事情。我有意识地让自己想些什么，但究竟想了一些什么事，事后也回忆不起来。经常性失眠使我的记性越来越差，思维也越来越迟钝。有时候我刻意让自己想起顾寒和孙丽美时，是为了重温过去与她们在一起的幸福和快乐。可笑的是，有时我会把她们混淆成一个让我感到陌生的人。

我也曾想过重新找个普通的，没有什么人生志向的女孩，和她好好谈一场恋爱。如果铁了心去找，也不见得找不到。而且那个时候的我也早已不再像与顾寒谈恋爱时的那种没出息的样子了。在我的想象中，我甚至可以对女孩子动手动脚，花言巧语调戏她们，但也可能会真正对待她，爱上她。我想自己是可以的，不过最终没有那样去做。没有那样去做，是因为每个人都是既定的自己，改变并不是那么容易，对于我来说，我感到那样做毫无意义。我仍然想普普通通地保持着自我，觉得那样适合自己，能够使自己真正体会到生命的质朴与自然，爱情的曲折与美好。

孤单像条蛇，有时会紧紧地盘在我的心里，使我坚定地认为，如果战胜了孤单，我就是个成功的男人。因为我认为，一个人的成功，未必一定是事业上获得成功，在社会中获得别人的认可。

一天下班后我照常把电动车骑回家，然后在小饭馆胡乱地吃了点儿东西，步行穿过菜市场去公园。我从公园南门进去，在经过几株棕榈树时用手摸了摸光滑的树干，抬头看了看我一直感到奇怪的阔大的棕榈树的叶子，用一根草茎逗了逗树身上的一只黑蚂蚁。

公园里已经有了许多人，熙熙攘攘的像是在赶集。我慢慢走着，听着旋律优美的抒情歌曲，默默看了会儿欢天喜地跳舞的人，突然我想到应该有件什么特别的事。我摸出那部用了许多年的旧手机一看，才想起是自己的生日到了。

上周我就想过怎么过生日的问题，我打算要为自己好好过一下，因为我的本命年到了，过了生日我就满三十六岁了。我觉得自己不再年轻，不再年轻，但一事无成。那时我莫名期待着有谁能打来个电话，能够问候一下我，记得我在这个世界上的存在。除了业务上的事，整个白天并没有人打我的电话。

以前顾寒和孙丽美都曾经为我过过生日，我想，她们为什么都离开了我呢？难道仅仅是因为我没有出息，太过平凡了吗？我坐在了路边的椅子上，希望自己重新想一想。想的时候，我又开始怀疑自己，怀疑普普通通的自己在这个世界上的价值！

晚上八点钟的时候，仍然没有人打来电话。我心里越来越感到难过，我想着顾寒与孙丽美正在别处春风得意，想着自己十多年来在深圳工作和生活的点点滴滴，再次觉得自己彻底是个没有用的人。我确定自己并不值得别人来爱，也并不值得别人来关注。

有些人从我的身边跑过去，或快步走过去，一个个都急匆匆的，就好像锻炼这件事，在这个变态的城市里也得争分夺秒。

公园里的路灯亮起来了，人们在灯光中穿行。我停住脚步，看了一会儿路灯，回头又看到自己淡淡的身影。突然间我产生了一个莫名其妙的想法——十五年前我参加高考落榜后想要惩罚一下自己，我当时想在操场上爬上一圈，但最终也没有那样去做。

我想要惩罚一下碌碌无为、平平常常的自己。我想让自己做点儿出格的事情，要让别人另眼看一下，议论一下，甚至嘲笑一下我。一直以来，我并不是一个积极融入现实、想要改变自己、顺应时代潮流的人，也不是一个有理想、有追求、积极进取的人。我几乎总是在作茧自缚，被动地生活着，尽管我也在努力做好工作，做好自己，但最终我觉得还是失败了。当然，那种失败是在对照外界所发生的巨大变化时产生的。我想，我怎么能够忽略强大的时代的变化，与整个时代去抗衡呢？太傻太自以为是了，我错了，我早就知道自己错了，但偏偏没有改变自己！

我想着，真的就趴到了地上。我双手撑在地面上，承受着上半身的重量，用双手配合着双脚向前爬行。我感到自己的心悬空了，在呼唤着新鲜的内容使自己充实！我失血而发闷的使我失忆的脑袋似乎像要快枯萎的花朵，此时也在开始汲取血液的浇灌使我兴奋！

　　四肢改变了平常的运动模式，使我感到它们背叛了过去，此刻才真正归顺了自己。我手脚并用地在公园里爬着，感到经过我的人都在看，在议论，在笑。我让自己不要在意，我继续向前爬。那种身心贴近地面的感觉使我感到自己不一般起来，使我自我解嘲、自我鼓励地想到我完全也是可以不一般，完全是可以在这个世界上成就一番伟业的！

　　公园环绕着山的路全长约有三公里。我在人群中爬行吸引了许多人观看，有些人改变了自己前行的方向，跟着我想看个究竟。有个孩子觉得好玩，也学着爬了起来。我看到那个孩子在我身边爬，想把自己的爬行活动进行得更加有声有色，于是我发出了声音，嘿……嗨……嘿……嗨……

　　有些觉得好玩的人也跟着我发出声音。个别人在旁边看着可能联想到马，于是发出"驾驾"的声音，希望我能爬行得快一点儿。

　　更多的人可能会想到各种用四肢走路的动物，比如狗、猫、猴子、老虎、灰熊、鳄鱼、大象……因为想象激发了心灵的自由，许多人也有了一种想用四肢走路的冲动，但是他们觉得不太好意思。

　　又有两个孩子感到好玩，也加入了爬的行列。

　　后来有一个驼背的老人也用手着地，开始爬行了——或许他早就想要爬着走路，以减轻双脚和必须仰着的脖子的负担了。

　　老人和孩子的加入使大家觉得更有意思。有些爱热闹、喜欢参与各种活动的中老年妇女，和喜欢尝试一切新鲜事物的年轻人也在想着是不是加入爬行的队伍了——如果大家都在公园里用四肢爬行，这该多有意思。

　　既然想，为什么不那么做呢？

　　后来有了更多的人伏下身子，用手着地，跟着我爬了起来，他们发出各种感叹的声音，有的"啊"，有的"哟"，有的"嗨"，有的"嗯"……

人们爬着，发出自在的感叹声，我觉得美妙极了。

我不时扭头看看在我身旁爬行的人，感到自己像在梦中。

有些正常散步或跑步的人——他们觉得再不加入爬行的队伍，会显得自己势单力孤了，说不定就会有人对他们有意见了，于是也加入进来。

公园里的保安以为发生了什么游行事件，相互用对讲机讲着，最后报告给公园管理处的领导。领导到了现场看了一下，觉得不可思议。他让身边的工作人员也加入爬行的队伍，因为天天坐办公室，他们的脖子和腰椎都出了问题，刚好可以通过爬行来放松放松！

由于人们普遍还不习惯用四肢走路，有些人会爬一会儿，再走一会儿，然后再继续爬。因为人们都在爬，大家都变得有些兴奋，觉得爬行真是一项不错的运动。

后来有人说，宠物狗、流浪猫、老鼠、野兔子、蟑螂等小动物小昆虫也加入了爬行的大军，与人们混杂在一起，在茫茫夜色中，在公园里灰黄的灯光下浩浩荡荡的，成了一种奇观！

那天晚上，在我爬到一半的时候突然收到一条短信，是孙丽美发来的：祝你生日快乐，你什么时候有空，见个面吧！

我盯着手机屏看着，感到心里酸酸的，有了难过。

公园里的人们渐渐散去了，我累了，松开四肢，躺在公路上，望着满天繁星。我在想着该怎么回复短信。

后来我终于想到一句话，把短信发过去了：我在公园爬了一圈！

有人通过短信、微信、微博，发布了公园发生的爬行活动。

报纸和电视台也报道了。

城市中忙忙碌碌的许多人，看到关于爬行的消息，觉得挺有意思。有些人在自己家的客厅，在办公室里也尝试着爬上一小段路，想感受和体会一下爬行究竟能给他们带来什么感受。

黄公子看到报纸后心情特别激动，给顾寒和孙丽美她们打了个电话。他打算在宝城公园举办一场盛大的爬行大赛，每年举办一次。他说，说不定将来会像火把节和泼水节一样会成立一个爬行节——通过爬行，人与动物、人与自然的关系将会变得更加和谐，这个浮躁的世界将会变得更加简单和美丽，这太有意义了。

第二天下午我与孙丽美见面时她把钱还给了我，不是原来的三十万，是六十万。

孙丽美说，钱在卡里，你可以用这些钱买套小产权房了！

我想了想说，昨天晚上我在公园里爬了一圈。

孙丽美说，我收到你的那条短信之后还不太清楚你要说什么，早上看报纸才明白。你相信吗？我和顾寒也试着在办公室里爬了一下。

嗯！

孙丽美说，我问个问题，如果顾寒还愿意和你和好的话，你还会同意吗？

我想了想说，有些故事已经发生了，有些故事还会继续发生。

你是什么意思？你是不是在说，过去的已经属于过去，你要有一个新的开始了？

我看了看远处说，没有什么意思，我突然就想到这么一句！

相关评价

徐东的小说是他悠远而又切近的个人独奏！

——著名作家、山东作协主席张炜

在徐东的小说中，我能看出他的才能和训练！

——著名评论家、中国作协党组书记李敬泽

徐东小说的热力来源于潮湿的地气，而地气就是小说的蛋白质。

——著名作家、广西作协副主席东西

我喜欢徐东小说中纯净的一面，他的小说属于艺术家小说。

——著名作家、鲁迅文学院副院长邱华栋

后　记

　　《大风歌》和《看火车》，写于2004年左右。那时我的爷爷奶奶已去往另一个世界。我想念他们，想以他们为原型写，就有了这两篇。当时我在《青年文学》杂志当编辑，一个月一千多块钱的工资，租住在北京的地下室里。2006年左右，写了《丸子汤》和《白太阳》，也是根据记忆中的人物形象虚构的。2005年开始写的西藏系列的《远方》《天空》《风景》《旺堆》等小说，为我在文坛争得一点小名，不少作家和读者表示喜欢，有人还写了评论。那些小说，是我离开西藏差不多十年后对西藏风景，以及人物的回忆。有许多人物在脑海中几乎找不到原型，是我想象出来的，那些小说因为离生活较远而显得更加真实。短篇《朋友》《游戏》《送花》《闪烁》，以及中篇《新生活》《喜欢》《我们》《爬行》，都是以都市为背景，写的是都市人的生活，有的有原型，有的全然虚构。即便有原型，也是经过想象和加工了的，因为离生活近，写得有些没放开。我所有的小说，我都在其中。在这大时代里，个人尤其显得微不足道，我写的那些人物，是我心目中的小人物。我想，小说的意义在于，那些小人物是人们现实与理想生存的一面镜子，可以照见许多人。

感谢我的父亲徐德申，母亲王秀环，他们都是农民，他们生养我，供我读书，在我远离家乡后也无时不在牵挂我。他们爱我，希望我能在城市里把日子过好。我也爱着他们，永远都爱着。感谢我的朋友和老师，在我个人工作生活中，以及我个人的城市化过程中，给予我关心与帮助，成为我人生风景的重要内容，他们值得感念。感谢我的妻子，她嫁给了写作的我，而我为了写作，不能更好地去陪伴她，去生活。感谢她为我生下了女儿小星星。小星星是父亲起的小名，他说，离得远，我们抬头看夜空的时候，看到星星，就想起你们了。在老家的传统中，是不太习惯讲"感谢"两个字的，我们会觉得见外了。是啊，这世界便是一个整体，所有人如同一家人。果真是这样吗？未必有人会那样认为。我愿意这样认为。我认为作家应该对这个世界上的所有人心存祝愿。

感谢促使这本书出版的人，他们有文学情怀，也是希望世界人心皆美好的人。感谢读者的阅读，你们将会从小说中获得或多或少的一些收益，并把感受到的一些好的方法，传递给你们或许并不清楚的一些人——你的一个眼神，一句话皆有可能影响到别人，影响到世界。世界在每个人的面前显得博大无边，然而别忘记，人的心灵如同一束光，正在抵达未知的宇宙。相信生命里的真善美，做个好人，有益于别人生存，大家一起生存得更好的人。阅读小说，是一种使世界和人心获得统一的渠道。小说中包含着人类文明的基因，人类信息的密码。

我确定，我一点都没有夸大其词。